中国书籍文学馆·小说林

与孔雀说话

王芸 著

中国书籍出版社
China Book Press

图书在版编目（CIP）数据

与孔雀说话 / 王芸著 . — 北京：中国书籍出版社，2015.3
ISBN 978-7-5068-4814-5

Ⅰ . ①与… Ⅱ . ①王… Ⅲ . ①短篇小说—小说集—中国—当代
Ⅳ . ① I247.7

中国版本图书馆 CIP 数据核字（2015）第 058015 号

与孔雀说话

王　芸　著

图书策划	武　斌　崔付建
责任编辑	王　淼
责任印制	孙马飞　马　芝
出版发行	中国书籍出版社
地　　址	北京市丰台区三路居路 97 号（邮编：100073）
电　　话	（010）52257143（总编室）　（010）52257140（发行部）
电子邮箱	chinabp@vip.sina.com
经　　销	全国新华书店
印　　刷	北京中华儿女印刷厂
开　　本	710 毫米 × 1000 毫米　1/16
字　　数	264 千字
印　　张	16.75
版　　次	2015 年 5 月第 1 版　2019 年 4 月第 2 次印刷
书　　号	ISBN 978-7-5068-4814-5
定　　价	48.00 元

版权所有　翻印必究

序

李敬泽

"中国书籍文学馆",这听上去像一个场所,在我的想象中,这个场所向所有爱书、爱文学的人开放,不管是白天还是夜晚,人们都可以在这里无所顾忌地读书——"文革"时有一论断叫做"读书无用论",说的是,上学读书皆于人生无益,有那工夫不如做工种地闹革命,这当然是坑死人的谬论。但说到读文学书,我也是主张"读书无用"的,读一本小说、一本诗,肯定是无法经世致用,若先存了一个要有用的心思,那不如不读,免得耽误了自己工夫,还把人家好好的小说、诗给读歪了。怀无用之心,方能读出文学之真趣,文学并不应许任何可以落实的利益,它所能予人的,不过是此心的宽敞、丰富。

实则,"中国书籍文学馆"并非一个场所,它是一套中国当代文学、当代小说的大型丛书。按照规划,这套丛书将主要收录当代名家和一批不那么著名,但颇具实力的作家的长篇小说、中短篇小说集和散文集等。"中国书籍文学馆"收入这批名家和实力作家的作品，就好比一座厅堂架起四梁八柱，这套丛书因此有了规模气象。

现在要说的是"中国书籍文学馆"这批实力派作家，这些人我大多熟悉，有的还是多年朋友。从前他们是各不相干的人，现在，"中国书籍文学馆"把他们放在一起，看到这个名单我忽然觉得，放在一起是有道理的，而且这道理中也显出了编者的眼光和见识。

当代文学，特别是纯文学的传播生态，大抵集中在两端：一端是赫赫有名的名家，十几人而已；另一端则是"新锐"青年。评论界和媒体对这两端都有热情，很舍得言辞和篇幅。而两端之间就颇为寂寞，一批作家不青年了，离庞然大物也还有距离，他们写了很多年，还在继续写下去，处在最难将息的文学中年，他们未能充分地进入公众视野。

但此中确有高手。如果一个作家在青年时期未能引起注意，那么原因大抵有这么几条：

一、他确实没有才华。

二、他的才华需要较长时间凝聚成形，他真正重要的作品尚待写出。

三、他的才华还没有被充分领会。

四、他的运气不佳，或者，由于种种原因，他的写作生涯不够专注不够持续，以至于我们未能看见他、记住他。

也许还能列出几条，仅就这几条而言，除了第一条令人无话可说之外，其他三条都使我们有足够的理由对这些作家深怀期待。实际上，中国当代文学的丰富性、可能性和创造契机，相当程度上就沉着地蕴藏在这些作家的笔下。

这里的每一位作者都是值得关注、值得期待的。"中国书籍文学馆"收录展示这样一批作家，正体现了这套丛书的特色——它可能真的构成一个场所，在这个场所中，我们不仅鉴赏当代文学中那些最为引人注目的成果，而且，我们还怀着发现的惊喜，去寻访当代文学中那相对安静的区域，那里或许是曲径幽处，或许是别有洞天，或许是，众里寻他千百度，蓦然回首，那人却在，灯火阑珊处……

目录

红袍甲 / 001

铸　剑 / 012

与孔雀说话 / 025

空中俏 / 041

年　祭 / 053

墨间白 / 076

神仙帖 / 092

木沉香 / 108

交出你的手 / 118

护城河边的旋转木马 / 137

大　戏 / 154

芈家冢 / 194

龙头龙尾 / 227

红袍甲

烈烈灯光下,油彩在变软,融化,胶膜一样覆在脸上。刘玉声不由在心里感慨,到底是久未登台了啊。戏服像一层壳子,人套在里面却化不进去。他暗暗提醒自己,眯眼,立眉,缩鼻,端出关老爷的威武相来。可眉眼不听使唤,嘴唇像被胶住了。

他仿佛看见自己呆立在台子中央,灯光从上泼下缭乱的暗影,一脸红赤赤的木涩、软塌,何曾有半点关老爷的神韵啊。

完了,这下要砸场了。刘玉声一急,双唇一用力挣开来,他看见自己的声音像一滩亮汪汪的水银从嘴里喷了出去,砸在地上,冰珠一样四溅开来,迅速铺满了台子……

醒过来,刘玉声好半天才稳住嘭嘭乱跳的心。有多久未登台了啊,做这样的乱梦。慢悠悠洗漱完,他照例走上阳台,刮胡刀在下巴两腮浑浑圆圆转了几圈,收拾清爽了,冲小北门方向提一口气,嘴里滚珠一样吐出一串字来。

不知是否梦的缘故,今儿气不济,只念到百来字就泄尽了。想当年,刘玉声可以提一口气念五百来字,那是年深月久练出来的功夫。以前是做功课,现在是锻炼身体,练着练着就对自己马虎了。

再做几下甩手、扭腰,刘玉声和老伴招呼一声,出了门。他每天穿小巷插上内环道,走到小北门附近,那里早点店多,早堂面就有好几家，还有手工米粉、黄豌豆泡糯米、伏子酒（江汉平原一带方言，即米酒）。刘玉声今天觉得嘴里寡淡，点了一碗酸辣手工粉。

红油油的汤盛在土陶碗里。是家老字号，来吃的人多。刘玉声找个位子坐下来，从衣兜里摸出个布袋，解开，抽出一双银色筷子，一把银色汤勺。布袋收好，再从另一个兜里掏出一方红黑大方格手帕，将筷子和汤勺擦一擦，这才用汤勺荡开表面的红油，挑起宽白的米粉吃起来。

吃了几口，刘玉声注意到对面坐的太婆怀里有个孩子，孩子正眼睛一眨不眨地盯着他，鼻子下挂一条清鼻涕。流小龙了，刘玉声用手帕擦擦嘴，拿手指指。先生好细心的人啊，太婆笑笑，从桌上扯过一截卫生纸，擦去了孩子的鼻涕。刘玉声无声地笑笑，埋头继续吃。

风从北门外吹来，见了凉意。绿中带黄的梧桐叶旋转着，落在青砖地面上。刘玉声顶风往城门外走，想起了早晨那个梦。

有多久未登台了啊，戏服、台子，包括那油彩、脸谱都认了生呢。他忘了台下有没有观众，只觉得四周很空旷，梦似乎是无声的，他连自己的声音也听不见。梦里，他穿的那件绛红袍，罩了护心甲，手里握着青龙偃月刀，那刀似乎格外沉，脸上的油彩也完整。冰珠铺到脚边的一刻，他慌得一抬脚，绿靴面划一道突兀的弧度，人就仰面倒了下去。还没等身子触地，惊醒了。

似乎这梦是个预兆。中午，羽飞忽然回来了。

从进家门，羽飞的表情就不自然。他单租了屋住，经常半月一月才落家一次，也不知忙些什么。一见那表情，刘玉声就知道儿子有事和他说。他偏偏沉住气，不问。对这个儿子，他没有满意的时候。从小时候学戏开始，儿子记词就比人慢半拍，台步比人欠点稳，架子比人蔫一层，唱起来气息又比别人短一截，没少给他丢脸。

老伴多少次怪他，不是他当初执意叫儿子学戏，进什么少年戏剧班，好好读几年书也不至于有今天。结果，父子双双成了中国戏剧的牺牲品。牺牲品，老伴说到这里总会加重语气。刘玉声不接话，他无话可说。

儿子学戏的天资不高，自己当时怎么就鬼迷了心窍，非让他学戏不可呢。仿佛人生只有这一条路可走。自己教得苦不说，儿子也学得苦，好不容易熬出点成色来，又遭逢剧团缩编解散，一众人等各奔了东西。他心里的苦朝谁倒。

那时候，戏剧还风光。只要有演出，大红海报贴出来，演几场场场爆满，买票还得找熟人开后门，那个俏。舞台也亮，"崩登仓"的锣鼓一响，上台那么一亮相，人仿佛处在光芒芯子里，耳边一片山峦起伏般的喝彩声，视线里混沌一片，剧场的楼上楼下满满都是人头。他迷啊，第一次迷，经历了上百次还是迷。

哪个父亲不想将最好的给儿子，谁又能想到金灿灿的苹果有一天会烂到核里去。如今儿子没着没落，东一下西一下地奔着前程，他心里也急，却使不上劲。每月，他拿着折子去银行取那五百来块社保金，坐在玻璃窗后面的丫头冰着脸，爱理不理的，她怕是连一场像模像样的京剧都没看过，更不用说他刘玉声的名字了。

刘玉声知道儿子憋不住，该说的话迟早会吐出来。可真等羽飞吞吞吐吐说出那番话，他内里的一口气还是没沉住，像冲破瓶塞的香槟爆洒开来。

爸，那红袍子戏服借我一段时间吧。羽飞手里拿张报纸，哗啦啦扇个不停。

干吗？刘玉声心里一拧，你要唱关公？

唔。羽飞垂了眼帘不看他，报纸扇动的频率慢了。

在哪里，唱哪出？刘玉声听见了自己的心跳声。

唔……唔……报纸停下来，羽飞眼睛盯着脚尖，我们排了个戏，关于三国的，里面有关羽，需要戏服。

我问你在哪演？刘玉声望着他头顶喇叭花似的发丛。

唔，一家商场二十年店庆……

刘玉声闭一下眼，再闭一下，睁开来，整个人腾地从沙发上冲起。臭小子，我就知道你干不出什么好事来！

老伴早有准备，冲过来拦在他面前。羽飞也站起来，梗着脖子，比他高出半个头来。我怎么没做好事，你怎么知道我没做好事！不借就不借，干嘛骂人。

我就骂你个臭小子。这是能借的吗，你就不该开这个口！你好歹也是上过台的人，关公戏那可是圣人戏。我和你说过吧，过去演这戏，得先斋戒、刮脸、沐浴、焚香、祭拜，为的什么？这关公不是一般人啊，他是圣人、关圣人、关老爷！刘玉声脖子上的青筋暴突出来。烈烈的灯光、空旷的台子、胶合住的嘴唇、四溅的冰珠子……那梦魇般的一幕飞速划过脑际。借戏服？亏这臭小子想得出。

我给你讲过吧，演关公戏的祖师爷王鸿寿每次演完戏，都要在后台歇俩钟头，然后步行回家，他陷在戏里出不来。你小子竟糊涂到要拿关公戏的戏服去演什么街头剧！那是演关公戏的地儿吗，做梦吧你。

我看你才陷在梦里呢，都什么年月了，还关公戏、关公戏的，现在还有人看你的关公戏吗？羽飞梗着脖子，不知望向哪里。我怎么啦，街头剧怎么啦，演一场一千，比你每月那点钱可多出一倍来。

臭小子，你敢挑剔起老子来了。我每月五百怎么啦，那是国家发给我的，想当年，我是古城响当当唱关公戏的头块牌，徐麟老名头响，可唱关公戏唱不过我，你老子也是戏台上风光过的……

好了好了，耳朵早磨出茧了。你当年还说，下工夫端稳了戏碗，名气响了，下半辈子不用愁。现在怎么样？不一样拿社保，连自己都养不活。

刘玉声的一根手指在空中抖了两抖，上下嘴唇也抖着，似乎有话含在里面，却终是一句也没抖出来。他一屁股坐到沙发上，拿手直抹垂下的一缕头发，再不说话。

羽飞摔门走了，留下两老在屋里。一个坐在东头沙发上，一个坐在西头沙发上。刘玉声已经不再用手捋头发，他歪着脖子看瓷砖地上的一处坑疤，似乎要用目光把它修补起来。老伴也不说话，苦着脸，仿佛喉咙里填了一堆黄连。

良久，老伴叹出一口气来。你就不能依儿子一次？他也不容易。戏服是现成的，你还会穿吗，难道要他再去费神做一件？你回来前，他就和我说了，怕你不同意，下了多大的决心，儿子和你开次口不容易。从小到大，只听你对他提要求，要他学戏挨老师批，他怨过你吗？进剧团不能说是你儿子，他怨过你吗？还没唱几天戏，剧团就散了，他怨过你吗？现在他想法子谋生活，怨过你吗？这些年儿子向你叫过苦伸过手吗……哎，我不多说了，你想想吧。

红袍和护心甲悬在柜子里多少年了，刘玉声没去摸过。也不刻意去想，那红袍甲的样子就在他脑子里了，还有他穿上它的样子。那场景有声有色，清晰如昨。

刘玉声打开柜子，拿出那套红袍甲。它们静静地铺展在灯光下，散发出淡淡樟脑丸的气息。手指抚上去，布的柔软，甲的坚硬，绛红和暖褐，浅浅的褶和深深的沟。

每次演关公戏，他总是从前夜就不敢马虎，早早睡下，调匀气息，只盼来日容光焕发、神气饱满。次日起来，洗个热水澡，站在阳台上刮净脸，冲着小北门方向深提一口气，念完五百来字后，再深吸一口气，便觉神清气爽，心里垫足了底。

通常喝一碗苡仁粥，加一碟素炒青菜，再洗了手脸，点上香，刘玉声冲桌上的关公像鞠三个躬，一身布鞋布衣出门，走到人民剧场。更衣室里，全套戏服早齐齐整整挂在那了。刘玉声再洗了手脸，冲墙上龛里的关公像鞠三个躬，凳子上静坐一刻，这才更衣上妆。

妆成，不论离演出还有多久，他不再许人打扰，俨然入定一般。来来去去的人，谁也不知他在想些什么。非得等到"崩登仓"的锣鼓点子响起来，台上的灯光亮起来，他才仿佛重新活过来，起身握刀整衣，迈大步挑帘登台，压着步，满脚落地，头上的绒球颤也不颤，崩登仓——，眯眼、立眉、缩鼻、斜身、丁字步，定住身子。

好一个威而不猛、稳而不瘟、勇而不火、庄而不僵的关老爷！台下立马爆出一片彩来。

可叹这红袍甲做好没两年，他穿上没演几场关公戏，就收进了柜子里。而今，居然有人想拿这红袍甲，去演街头小品戏。刘玉声知道儿子说的是什么戏，现在满大街到处都是，商场门前拿木板搭个巴掌大的台子，放轰得耳朵疼的音乐。上蹿下跳、噱头不断的主持人，加几个不入流的演员整的几档不入流的节目。

一次，刘玉声走在街上听到有人唱《贵妃醉酒》。凑过去仔细一瞧，台上一个浓妆艳抹的女人穿了件纱衣，露出白花花的大腿和肚皮，在台上抚头晃身的，嘴里吟吟呀呀曲不成曲，调不成调，哪像"红尘一骑妃子笑"的杨贵妃啊，明明是夜总会的女郎换了个装而已。

回来饭桌上一说，羽飞反说他老古董，都什么年代了，还缩在他的壳里不肯出来。羽飞拿筷头点着桌面。爸，你知道不，剧团的好多人现在都走穴，有的改唱流行歌曲了，有的改演小品了，有的改吹萨克斯了，人家日子过得可是滋润，每月收入过万呢。要是老爸你也走一走穴，没准现在也是"古城一热"呢。古城现在正打关公牌，关公祠重修了，春秋阁重建了，三国公园的塑像都换了新，听说还要在东门建三国实景地，古城地面上就差个能唱能演的活关公了……

活你个头啊，亏你想得出，让你爸去走穴，关老爷那句唱你还记得吧。刘玉声两指一并，脆脆地击三下桌，亮开嗓子。竹可焚不可毁其节,玉可碎不可改其白,有死而已——。他将"已"字唱得格外悲壮绵长。

音未落,羽飞一拱手。好了好了,关老爷,关圣人——。他也甩起了戏腔。小生得罪,小生佩服——。

收了音,羽飞叹一口长气。您老就继续保持气节吧,我不行啊,老婆还没娶进门,还得继续奋斗啊。您老反正已经奋斗到家了,我这不争气的品种好歹是出了炉,安心歇着吧您。

这才过去几天,他居然提出这么个无理要求,刘玉声想想就气不打一处来,这是让我安心歇着吗。

这一夜,刘玉声在床上烙饼。脑子里左边站着儿子、老伴,右边站着他自个儿,他感觉自己仿佛关公赴那古城会,慷慨激昂舌战双雄。可到底没关公那股豪气垫底,刘玉声并不能慷慨,也不能激昂,老伴那几句话,无锋无芒的,却让他无言以对。

天还没亮,刘玉声起了身,洗漱一番走出门。小北风,有点扎骨。他点了碗清汤早堂面,一夜无眠,似乎舌苔增厚了一层。还是头道汤,浓浓鲜鲜的,喝下去不只润了舌苔,满腹肠胃也暖得通透。可刘玉声还是觉得寒,他两手插在口袋里,在小北风中不由微微佝偻了腰身。

似乎没什么地方可去,他不想就这么回家。街上行人多起来,流流沓沓的,迎面开来一辆24路,刘玉声犹豫一下,跟在了上车的人群后面。几个孩子背着鼓胀的书包挤在最前面,只上去三个,最后那个书包像暴突的牙,在豁开的车口摇晃了半天,车门好不容易将它含了进去。

刘玉声终于挤上第四辆车,上了车在口袋里一掏摸,发现忘了带乘车卡,只有拾元的纸币。往里走,不要挡在门口!司机是个毛头小伙,头顶一蓬被风吹乱的黄稻草,声音像一支矛。小师傅,我没有零钱。刘玉声软着声音。下去买!伴随着司机刺过来的又一支矛，车一个急刹，刘玉声的头撞到前车窗玻璃上，闷闷的一声响。

这停在路口呢，我怎么下去买。刘玉声尽量压住上蹿的火气。车又开动起来。我说大爷，有点常识好不好，哧——还怎么下去，跳下去呗。司机的声音婉转成三截棍，刘玉声挨了钝钝的几下，有点蒙了，声音提高一格。小师傅，怎么说话呢，你车正开呢，我怎么跳下去？摔了这把老骨头，你负责啊。

哧——脑子有毛病吧你，我让你到下一站去买，报刊亭里有车票卖！哧——一蓬仿佛被乱风拨弄过来拨弄过去的稻草在刘玉声眼前直摇晃，晃得他眼晕。还有司机的语调，简直——不可理喻，刘玉声心里翻江倒海，最终甩出四个字来。

仿佛回应，车门拖着长长一声"哧——"，开了。刘玉声带着无法言说的气恼下了车，本想一走了之，可司机那声"哧"还像钻头搅着耳膜，他奔向报刊亭买了张车票，跟在队伍最后面再次挤上车。前面人的屁股几乎顶在刘玉声的脸上，他侧过头，将手绕过那人的身体，试图将车票塞进票箱。

赶紧站上来，站上来！司机不耐烦地大叫。刘玉声不作回应，他的手还在不屈不挠地摸索着。耳朵聋啦，叫你站上来，关门啦！刘玉声将屁股努力收一收，手终于摸到了投票孔。"哧——"伴随着长长的一声，刘玉声只觉左裤腿一紧，低头一看，裤脚卡在了车门缝里。他慌忙大叫，夹住了，夹住脚了！

车内一阵骚动，前面人的屁股像波浪往后一涌，刘玉声狼狈地将头后仰。"哧——"伴随着长长的一声，车里嘈杂混沌的一切突然以一种不可思议的方式，迅疾后撤，消失在了他的视线范围之内。

身体触地的一瞬间，刘玉声本能地闭上了眼睛。仿如置身梦境，喧嚣退远了，直退得干干净净。刘玉声再睁开眼时，发现许多人的脸构成一个不规则的圆形，叠覆在他的头顶上。起初，他听不见任何声音。梦里就是这样，空旷的戏台，他连自己的声音也听不见。

但是，很快，声音出现了，零乱黏稠地搅拌在一起，刘玉声无声地转动眼珠，他试图张开嘴，可是听不到自己的声音。从耳边翻滚的凌乱声音里，他渐渐明白了自己的处境——躺在一辆已卸载了所有乘客、空荡荡的公交车旁，与前车门呈三十度角，斜躺在地上。

蓬乱的黄稻草出现在眼前，司机从他口袋里掏出手机，大声询问他，打给谁。刘玉声张了张嘴，没有声音。告诉我打给谁，你有家人吗？刘玉声很想说儿子，他脑子里第一个想到的是儿子，虽然他们才吵了架，虽然他不知道儿子这时在哪，在做什么，能不能马上赶过来。老伴不行，她胆子小，经不起吓。刘玉声无声地张张嘴，冲着黄稻草一个字一个字说，我——儿——子。

黄稻草这时一点不神气了，一副不知所措的样子，时而蹲下来看看他，时而走到一边去。刘玉声不知自己躺了多久，警察来了，公交公司的人来了，他很想问问，有没有打电话通知他儿子。他缓缓转动眼珠，在一张张陌生的脸里寻找那张熟悉的脸。

羽飞出现的一刻，刘玉声心一下松散开来，散得不可收拾。他很想说，你来啦。他看见儿子俯近他。爸，你还好吧，你哪里痛，没事的，我们马上去医院，你要坚持住。从什么时候开始，他就没这么近距离看过儿子的脸。这张脸不像他想的那么熟悉，可是亲切。儿子从没这样对他说过话，他无声地张张嘴，很想对儿子说，我没事，你不要急，送我去医院吧。

一些时刻，刘玉声恍惚觉得真是在梦中。他躺在那里，看见儿子跑过来跑过去，他从没看见过儿子这样的表情。有儿子，真好，刘玉声对自己说。他看见躺在病床上的自己露出了微笑。也有时，他仿佛躺在白茫茫的光芯里，穿着他的红袍甲，手握着青龙偃月刀，高处的灯光刺目地罩下来。我这是在哪里，为什么穿着戏服？他问自己。也有时他站在一个台子中央，刀沉沉地握在手上，戏服纸壳一样套在身上，他一张嘴，一滩亮汪汪的水银从嘴里直喷出去，砸在地上冰珠一样四溅开来。这不是梦里的情景吗，他诧异地问自己……

刘玉声看见了老伴，在一片虚白的底子上，看不太清楚，可他认得她的轮廓，看了四十多年的眉眼轮廓。你醒了。老伴话没说完湿了眼睛，赶紧含住，冲他笑一下，醒了就好。

羽飞呢，刘玉声觉得自己很轻很轻，轻得声音都像飞在半空，抓不住。儿子在病房里守了一个星期。看你今天情况稳定了，我让他回去好好睡一觉，刚走。

哦，难为他，刘玉声想起了儿子俯近他的样子，还有儿子的表情。我还没见他这样担心过你，到底是父子连心。老伴拿湿毛巾轻轻蘸他的嘴唇。刘玉声拿舌头舔一舔，没说话，闭上了眼睛。

傍晚，羽飞来了，提着个保温饭盒，进屋瞟他一眼，就不再看他，饭盒往桌上一搁。医生说今天可以吃点流食，这是在"民间瓦罐"端的汤，妈，你们趁热喝一点。

刘玉声一直看着儿子，可儿子瞟也不瞟他，一屁股坐到门口旁边的沙发上，掏出一张纸在看。臭小子。他在心里骂一句，骂得很轻。

老伴将枕头垫高，用碗盛了汤，一勺一勺喂他吃。你们也喝。刘玉声轻声说，不看儿子。等了一刻，他冲沙发方向努一努嘴，老伴会意，拿碗另盛了汤。羽飞，喝点汤，趁热。儿子闷闷应一声，埋头喝起来。

一碗汤，儿子三下两下就喝完了，拿起纸继续看。刘玉声冲老伴再努努嘴，多喝点。羽飞头也没抬，不喝了，喝不下了。病房里静下来，只有汤勺碰碗的声音，时不时响一下。

公交公司答应承担所有的医疗费，另外赔偿一万元精神损失费。羽飞突然没头没脑地冒出一句，目光还在纸上。刘玉声等了一刻，见儿子没有下文。可以，你做主。声音很轻。

那就这么定了，我让他们打到你的社保金卡上。可以，你做主。

医疗费到现在总共花了两万三千,包括手术费,等伤口养好了再出院,反正对方承担费用。可以,你做主。

每天饭菜在医院食堂订,钱谈好了也由公交公司出,不要省。可以,你做主。

我请了护工,明天来上班,是个男的,听说很细致。可以,你做主。

妈不能太累,我怕她犯高血压,白天来照顾一下,晚上还是回去睡吧。可以,你做主。

护工每天下午五点来接班,第二天上午医生交接班后才能走,说好的。可以,你做主,那个……红袍甲你拿去用吧。刘玉声盯着对面墙上镜框里的水粉画,缭乱的线条和色块,不知画的什么。

病房里的空气似乎凝固了。

哦,不用,我们另排了节目。羽飞说得平静。有什么事就和护工说,别忍着。

是吧,刘玉声心里颤一下,眨一下眼睛。这水粉画还养眼,他冲画面笑一笑,轻声说,也好。

铸　剑

接到乐曲的电话，我特地去了一趟博物馆。鉴于他在电话里的语气和措辞，我觉得有必要先去见识一下那把真剑。

惭愧得很，在这座城市生活了这么些年，我对这把据说是从我们这里地底下挖出来的、两千多年前的古剑还一无所知。我直奔青铜展区，它陈列在非常显眼的地方，一进门就能看见。

我与那把剑隔玻璃而望。玻璃上映出一个虚幻的我，几扇窗子的投影、背后展柜的投影叠映在上面，我不得不将眼睛尽量贴近玻璃表面，一股异常凛冽的寒气穿透玻璃而来。

剑，修长、锋利，光扑在上面像被黏住了，剑身有几个稀奇古怪的字，隐约可见菱形的底纹。剑柄倒是显得古旧，黑里掺一点铜红。整把剑，给我轻盈又沉重的感觉。它已经在这世上存在了两千多年？我正想感叹，注意到下面的牌子——越王勾践剑（仿制品）。寒气哗地退回到玻璃里，我重新感觉到了空气里密不透风的暑热。

讲解员带着一群人走过来。我站在人群外围听了一阵，原来这不是越王勾践用过的唯一一把剑，也就是说他卧薪尝胆时不一定拿着这把剑，率军攻克吴国大门时也不一定拿着这把剑。迄今，已有四五把越王勾践剑在国内不同的地方出土。至于这一把为什么跑到了这里的地底下，至今是个谜。

我越过众多人头，大声问，那把真剑在哪里。省博物馆。我想乐曲应该见过那把真剑。对一种东西发生兴趣，自然就会尽可能多地去了解，人的好奇本性决定了这一点。乐曲急需一把越王勾践剑，当然不可能是真的，但他说，一定要工艺最精湛的仿制品，我打听过了，仿制的高手在你们那里，在荆州，在民间。

他一定觉得凭着大学四年的纯真友谊，我会义不容辞地帮这个忙。我确实一口答应下来，但得承认，直到现在我还毫无头绪。

乐曲挂断电话，又追了一条短信来：老弟，一定要帮我弄到一把好剑，这把剑至关重要，且越快越好。不惜成本，工艺要最赞的！！！

我没有追问"最赞"是个什么概念，只回：放心，全力以赴。四年上下铺的兄弟，好得可以穿一条裤子，默契绝对有。

老古是一家报社记者，走出博物馆我拨通了他的电话。他说话带着浓重的鼻音，嗡嗡嗡的，好像一年三百六十五天都在感冒中。哦，我知道知道，你是要那什么高仿真剑吧，今年过春节那会儿炒得特别凶，我想想，想想，对了，那人叫什么孙世海，我们报还报道过，说是经过十多年苦心钻研、试验，终于掌握了古代铸剑技术的秘诀，仿得和原件没十成像，也有九成像。没问题，我问下同事就能拿到他的电话，他现在火了，求剑的人马拉车载的，不过，他一年只做一百把剑，天王老子来求也不多做的，所以价格越炒越高，他现在电话都对外界保密……我越听心里越亮堂，没想到得来全不费工夫，还以为有多难呢。

我赶紧将消息反馈给乐曲，谁知喜滋滋地赶路，一脚踩了个空。

我知道那个，我不要那种高仿真剑，那个再难求，也不过是多花些钱、多打几个电话的事。那剑我见过，太伶俐了，伶俐得让人感觉不到岁月的沧桑感。我不要那个剑，炒作出来的东西，再赞也是商品。我现在要的是艺术品，是最赞的工艺！不是和你说了吗，高手在民间。我是听一个朋友说，你们那里有个六十岁左右的老人很厉害，自己用土法铸剑，铸出来的剑几可乱真。那气息，那神韵，剑的形容易仿制，两千年时间沉淀下来的那股子神气，不是每个师傅都仿得出来的。我要的是那样的剑，要你帮我找的是那样的铸剑师傅。

我这才意识到，这个暑天被迫接受的确实是个烫手的难题。民间，如此浩大的民间，我怎么去找一个不知名姓的铸剑师傅。为了全力以赴完成任务，我上网查阅了一点资料。荆州出土的这把越王勾践剑，剑首有11圈同心圆，这类剑采用的是分铸工艺。第一段先铸造剑身、剑格、剑茎，这一段的难度在于剑身与剑刃硬度完全不同，需要采用复合金属工艺铸造。第二段是铸造剑茎末端和同心圆剑首部分，有研究人员认为古人是用轮制法直接车制出具有同心圆的剑首陶范，以陶范铸造法来铸造。两段铸成，分别经过机械加工錾刻铭文后，再将两段用范连接进行浇注，采用"铸接"的方法使剑身与剑首连成一体。而且，越王勾践剑剑格背面还满嵌有0.1毫米厚金丝的绿松石，镶嵌工艺非常复杂，需要经过"母范预刻凹槽、錾槽、镶嵌、磨错"四个步骤。仿制的上品，其装饰物与剑表面吻合自然，手感平滑。此剑工艺复杂，虽仿制者多，剑的品质却是高下不一。

储备一定知识后，我再次拨通了古记者的电话，电话那端沉默了十多秒钟，才传来嗡嗡的鼻腔。这样，我认识一个收藏古玩的朋友，你去问问他，没准他知道些情况。

在古记者的描述中，这位姓曲的朋友是个收藏杂家，邮票、烟盒、啤酒标签、酒瓶、弥勒佛像、火柴盒、月份牌、报纸……什么都收藏。最经典的逸闻，为了收集邮票，他经常埋首在单位的每一个废纸篓上，将一捧一捧的信封装进塑料袋里，抱回家。老曲满脸的络腮胡子吓了我一跳，那些胡须各自弯曲出桀骜不驯的造型，组合成一幅极具视觉冲击力的画面。他在电话里一再强调,我们必须面谈。似乎他对电话有心理障碍,觉得这个东西会将双方的对话进行截流、变异,从而导致语意变形。

你找我是明智的,绝对是。他握住我的手,那手像一把大钳子钳住了我的。这座城市里做这个的,没有人比我更清楚了,都在我这里。老曲用粗壮的食指点一下自己的太阳穴。都装在这里面。你说吧,你要找谁。

我愣住了,是啊,我要找谁。我嗫嚅半天,老曲终于明白了我的意思,手在空中划过一道坚硬的曲线。这也好办,工艺最好的是吧,六十上下是吧,土法子铸剑是吧,做这个有很多年了是吧,那只可能是两个人中的一个,张师傅或者孟师傅。

老曲的胡子晃得我眼花,我眨眨眼睛。再没有其他人了吗。张师傅。孟师傅。这两个姓很普通,我怎么咀嚼也难和"最赞"发生联系。他们的剑做得怎样,可以看看实物吗。

唔,这我得联系一下。这两个老师傅都没有手机的,只能晚上打电话到家里。联系好了我通知你。老曲办事效率很高,当晚我就接到他的电话,说都联系好了,明天上午见张师傅,下午见孟师傅,他亲自带我去。

张师傅开一家工艺品小店,就在博物馆的斜对门。店面不大,挤得满满当当,很多我在博物馆里见过的东西,这里都能见到。漆木器比较多,据说楚国那时候流行使用这玩意儿,虎座鸟架鼓,漆木套盒,长着鹿角样的镇墓兽,具体而微的小型编钟,还有没上漆的木俑、竹简、小青铜鼎什么的,整个店子看起来像个大杂烩。老曲和店里站着的女人打个招呼,径直带着我穿过店堂,走进一个小门。

光线蓦地一暗。我差点一脚踏空,定住神,原来里面的地坪比外面低了近一尺,不过空间很大。老曲带着我继续往前走,眼前豁然开朗,我们已经站在一个小院子边上了。有三个人分散在院子的三个角落里，都埋头在鼓捣什么。

张师傅！老曲大叫一声。一个头发花白的老人回过身来。老人挺斯文的样子，鼻子上架了副眼镜，胸前套着条黑皮围裙。我跟着老曲走过去，他鼓捣的是一只绿锈斑斑的铜鼎。这干吗呢。老曲冲铜鼎扬扬他的络腮胡子。修修。老人笑了笑，嘴里一道银光闪了闪。

生意好吧。老曲拿起铜鼎，屈起食指敲了敲，那动作有点像我买西瓜时试那瓜熟不熟。马虎。老人嘴里又是一道银光闪了闪，这次我看清了，是颗镶银牙。这只有五成吧。老曲歪过头，一副蛮内行的样子。哪里，起码七成。老人这次没笑，拿手在皮围裙上搓了搓。

老曲说明来意，张师傅马上招呼一旁的徒弟，徒弟进屋没多久抱出三个大木盒子来。黑红花纹的漆色，抽象缭绕的凤纹，看起来沉甸甸的。张师傅一个盒子一个盒子打开来，三把剑孪生兄弟般在我面前一字排开。

是越王勾践剑没错。那修长、锋利的样子，我记得很清楚，还有剑身上的菱形底纹，和那几个稀奇古怪的字，虽然我一个都不认得，但我觉得就是这个模样。我拿起一把剑来在手里掂量几下，手感很沉，锋刃也利。可我还是觉得这不是乐曲要的那种剑，不是。我也说不清为什么这么判断，要知道两天前我对此剑还一无所知，可就是感觉不对，这不是乐曲要的最赞的工艺。

老曲在一旁一直没作声，由着我看，由着我掂量，大概看出了我的意思，末了向张师傅要了一套照片资料，说给外地客户看了才能定。张师傅客气地将我们送出小院，送过小门，一直送到临街的店门口。

你相信我，这条街上所有店里卖的，都没他家的好。老曲的大胡子凑近我，我立刻感到一股燥热之气袭过来。对了，那剑的气息不对。我也不知道那剑该有什么样的气息，可就是不对，我握着它的时候，周围的气场没有发生丝毫改变。我很想告诉老曲这个，可是张张嘴，什么也没说出来。我只是不置可否地笑了笑。老曲等了一刻，摇摇头。那好吧，下午去孟师傅那。

一个人往单位走的路上，我的胃空得慌，心也空得慌，早上吃下去的一大碗早堂面好像都消化掉了，原本那里装得满满的信心也流泻得差不多了。不是不相信老曲，我只是对乐曲说的民间最赞的工艺没有信心。也许他听到的只是子虚乌有的传说，这世上从来不缺少这样的传说，这时代也不缺少这样那样的神话。一些事传着传着就离谱了，飞天了，邪乎了。实在找不到，也是没办法的事，我只能这么安慰自己。

孟师傅在老城区的深巷里。这是城区唯一还没进行大规模拆建的一小片区域，旧名软脚坡，路面铺的青石板，两边还有一些木阁楼的旧式房子。从空中俯瞰，它就像镶嵌在城市腹部的一块陈年伤疤。不过快了，据说规划案已经制定好，一年后这里就将矗立起全球连锁的沃尔玛大型超市。

老巷子像绕来绕去的古戏文，有味。老曲晃着他的大胡子对我说。喜欢收藏的人，自然喜欢怀旧。只是可供怀旧的场所，越来越稀少了。老曲带着我在这戏文里穿来绕去，我已经辨不清东南西北了。终于在一个低窄的木门前，老曲停了下来。

开门的是个满头花白发楂的老头，脸上的花白胡楂也硬绰绰的，还有他的手，像用久了的砂纸。来啦。老人寒暄一句，握一下手，领着我们往里走。巷子不长，小院子很安静，放了把木椅，两张条凳，靠墙角用红砖砌了个小型碉堡似的东西。空气里有股金属的冷硬味道。我环视一圈，在张师傅那里看到的认识不认识的工具，这里一样没有，也看不到铁、铜、铅、锡之类的金属。

孟师傅让我们在两把木椅上坐下，自己搬过条凳来。一棵枣树从墙外边伸过一撇树枝，正好遮在我们头上。老曲细说了来意，从头至尾，孟师傅都没什么表情，也不接话。等老曲住了嘴，孟师傅站起身来。你们跟我进来。

走进院旁的一间小屋，我愣住了。迎面一座一人高的千手观音铜像，墨绿色泽，数不清的手弯曲在空中，线条柔美流畅。我忍不住走上前，前前后后地仔细打量。这是孟师傅生平最得意的作品，有人出一百万，他都不肯卖啊。颈部一热，我一扭头，老曲的大胡子凑在跟前。是吧。我拿手摸摸观音一根根修长的手指，凉沁沁的。

你们看看。回过头，孟师傅手里端了一把剑。我认得，越王勾践剑。伸手拿剑，看到孟师傅在剑柄下托了一块绒布，托着剑身的手上也有一块，我忙小心翼翼地连布带剑一起接过来。这剑也沉，即使隔着布，也凉沁沁的。这是几个什么字。我端着剑问。孟师傅拿手点着那几个字。越、王、鸠、浅、自、乍、用、鐱，鸠浅就是勾践，乍就是作，鐱就是剑，这是鸟篆文。

孟师傅的声音，也像他的胡楂、发楂一样硬绰绰的，不拖泥不带水。放下剑，我才发现屋子的三分之一处堆放着工具，大大小小，一样一样，规矩地躺在地上。

这剑多少钱。我的眼睛在这些工具上浏览，装作不经意的样子问。一千五，不议价。孟师傅将剑小心地放回木盒。这价格比张师傅的高出了三百，且张师傅送我们到门口时，还改口说价格还可以稍微打一点折扣。可是我不打算议价了，我觉得这高出来的三百块钱值，况且乐曲说不惜成本，他要的是最赞的工艺。我相信老曲，他说再没有其他人了，那就是没有了，尽管不知道乐曲最终能否满意，但标准就像光线，不会固定在一个地方一成不变的，我想我能找到的最赞的民间工艺就在这里了，这间穿过戏文般深巷的小院子的一间小屋里。

这把剑我要了。我从怀里摸出钱夹来。不行，这把是别人定做的，后天来拿。孟师傅盖上盒子，站起身来，表情还是那么平静。您这里还有吗。没有了。我做的少，都是别人先定，我再来做。可是我急着要。那也没有了,这些年身体不太好,做一把剑很花精力的。加钱可不可以,这把先让我拿走。不行,不是钱的问题,我答应人家的不能失信……

最终,我空着两手离开了孟师傅的小院子。孟师傅答应我,一个半月后来提货。这是最快的了,通常他做一把剑需要两个月。我好说歹说,才将时间提前了半个月。所有工艺要做到位,不能抢,不能急,要不我没法保证剑的品质。孟师傅硬绰绰的语气,让我选择了妥协。我也相信好的品质,是需要足够的时间做保证的。

我赶紧将情况汇报给乐曲,之中的周折做了适度的夸张,没别的,表示我这个老朋友尽心了。末了,我问,剑你是自己留着,还是送人。我要那剑干吗,放在家里辟邪吗,当然是送人。送谁,领导,朋友,同事,还是某位要害人物。送谁你就别问了,自然是喜欢这剑的人。什么东西,在喜欢它的人那里是宝,在不喜欢或是无所谓的人那里,就是一堆破铁烂布了。至于这剑,可以是艺术摆设,也可以是实用工具,可以是进攻的武器,也可以是自卫的武器。这就是生活的辩证法。总之,这事至关重要,办好了我一定好好谢你,别的就不多说了。

该告诉我的,乐曲自然会告诉我。多年的朋友了,这点信任我想还是要给乐曲的。老曲那里,我送了一套新出的奥运纪念邮册给他,顺便向他要了孟师傅家的电话。我需要随时了解铸剑的进展情况。

电话里,孟师傅的声音依然是硬绰绰的。可不知为什么,这反而增加了我对孟师傅的信任感。我平均一周打一次电话,孟师傅没有多话,两个字——在做。

八月底的时候,乐曲来荆州出差,带了贵重的烟酒过来,我请他好好地喝了顿酒。酒酣耳热之际,他提出想去现场看看那师傅铸剑,心里好有个数。他的舌头已经有些打结,猛摇晃着手。不是我老兄不信任你,绝对不是,咱们是多深的友谊啊,骗谁你也不会骗我是吧，我被谁骗也不会是你骗我是吧，我就是想看看，亲眼看看，那、那师傅怎么铸剑，怎么把假的弄得跟真的似的，怎么把新的弄得跟旧的似的，弄得像千百年前就有的似的。老弟，这就是工艺，最赞的工艺！

我拍拍他的肩，满口答应下来。送乐曲到酒店住下，我就给孟师傅家打了电话。喂，你找哪位。这次接电话的不是孟师傅，电话里传来的男声不像硬绰绰的头发楂子，而是卷卷软软的。

请问孟师傅在吗。您是哪位。我是向他订了把剑的。哦，是您啊，我知道我知道。我是孟师傅的儿子，我爸有事出去了。孟师傅明天在吗，我一个外地朋友来，就是托我买剑的朋友，想现场看看孟师傅铸剑，他后天就要赶回去。啊，真是不巧，我爸刚好有事，可能过两天才回，而且他铸剑一般不给人看的。您也知道，现在做剑的人太多了，人人都说自己找到了秘诀，我可以说只有我爸这手活，其他人是做不出来的。您放心，我们一定按期交货……

挂了电话，我发了会呆。还真有些不好和乐曲解释。再一想，也没什么，这么深的友情，乐曲这点信任还是会给我的，我也不用庸人自扰了。果然，乐曲听我说完，拍拍我的肩。那好，我就不看了，不过老弟你一定帮我盯牢。这剑至关重要，靠你了老弟！我郑重地用力点点头。

几天后，我又给孟师傅家去了电话，还是他儿子接的。哦，我爸回来了，正在给您做呢，您放一百二十个心好了。再几天，还是孟师傅的儿子接的，还是那番话。说心里话，我开始犯嘀咕了，怎么每次都赶巧孟师傅不在家啊。

转天，我溜了班，凭着模糊的记忆在那戏文似的老巷子里绕了半天，没能找到孟师傅家那扇小窄门。烈阳高照，窄长巷子悠悠地在我身前身后延伸开去，我的影子胖胖短短地委顿在脚边上。我前看看，后望望，巷子里空无一人，灿金的阳光仿佛在空气中晃荡。

一股强烈的不真实感笼罩了我。我这是在哪里，在做什么。我为什么出现在这条窄巷子里。

这条巷子真实吗，往前越过一百年，或者往后越过一个年头，它可能都不存在。站在晃晃荡荡、迷迷离离的阳光下，我甚至怀疑它是否真实地存在过。就是那把剑，果真是越王勾践用过的剑吗。那个在传说里卧薪尝胆的人，真的握过那把剑吗。谁能证明，就凭剑上那几个字吗？

如果不是一个老人晃晃悠悠从巷子一头走过来，我不知道自己还会站在那里恍惚多久。老人从我身边慢吞吞地走过去，胖胖矮矮的一截影子紧跟着他的脚步。定定神，我掏出电话打给了老曲。二十分钟后，老曲风尘仆仆地赶来了。他带着我左穿一下右绕一下，那扇记忆中的窄木门很快出现在我眼前。

老曲拿手拍拍门，没人应声。孟师傅。老孟。孟辉光。老曲的嗓门一声比一声大，还是没人应声。透过门上的一个小窟窿，只看得见门后巷子的一点局部，毫无悬念。

晚上我拨通了孟师傅家的电话，是他的儿子。哦，我一听就知道是您，剑快做好了。您说那里啊，那是我爸原来做东西的地方。他现在不住那，和我们住在一起，也不去那里做剑了。我们给他另找了个地方，这地方对外保密的。您也知道，现在做这行的人太多，竞争太激烈了，我爸他是个实诚人。您放心，剑我们一定给您做好，还有七天吧，七天后一定把剑交给您。

尽管心里不祥的预感翻腾，我还是竭力让自己镇定下来。没有问题的，不就三百元押金吗，有名有姓的，还怕他跑了不成。就是跑了他，还有老曲，还有古记者。即便时间上来不及，我也可以从张师傅，或者那个孙世海那里去买一把剑，谁又能看得出来这是不是孟师傅做的。况且，孟师傅做的剑就真的高人一等吗。这么一想，我的心慢慢安定下来。当然，我还是希望自己拿到的真是一把好剑，一把工艺最赞的剑。

拿货的日子临近，孟师傅的儿子主动打来了电话。他说剑已经铸好，没有问题，只是孟师傅出了点问题。孟师傅怎么了。我追问，不祥之感终于得到印证。您放心，剑没有问题，您明天来家里取吧。而且，可以告诉您，这把剑绝对物超所值！

那晚我辗转反侧，并不能放下心来。第二天，我特地邀上了老曲。我们按孟师傅儿子说的地址，很快找到了孟家。

在客厅坐定后，孟师傅的儿子捧出来一个黑红漆色的大木盒。他打开盒盖，先从一侧的格子里拿出一副白色的手套，小心翼翼地戴好，然后将一方绒布垫在左手食指和中指上，将剑柄拿起来放在上面，再将另一方绒布垫在右手食指和中指上，沿倾斜剑身的下沿滑行到它的尖端，双手将剑托起来。

他的样子像是在进行某种庄严神圣的仪式。室内的空气仿佛凝滞了，气氛肃穆。我站起身来，不由得屏住呼吸，凑近剑身，仔细端详那把剑。

剑身修长，剑柄厚重，似有一股气流扑面而来。我扭过头看看老曲，他也表情庄重，冲我点一点头。

待孟师傅的儿子重新将剑小心翼翼放回盒子里，关上盒盖，室内的空气才仿佛重新流动起来。我的心情也渐渐轻松起来，想起了关键人物。孟师傅怎样了，您说他出了点事。

孟师傅的儿子表情肃穆。我爸中风了，就在完成这把剑的晚上。我和您说过，这把剑绝对物超所值，它很可能是我爸的封山之作了。

啊，老人现在怎样了。我和老曲异口同声。

算是抢救过来了，情况还好。孟师傅的儿子垂下头，我想他的眼眶应该红了。

那，我们去看看老人家吧，孟师傅还在医院里吗。我和老曲对视一眼。我的心里翻腾起一股愧疚。不用不用。孟师傅的儿子抬起头来，摆着两手。

我们还是去看看吧，毕竟孟师傅是为了铸这把剑。老曲搓着两手，一脸不忍的表情。是啊，不然这剑我都不好意思拿走呢。我也接口道。

孟师傅的儿子迟疑一刻，点点头。好吧，我爸现在就躺在家里，本来不想你们看到，怕影响你们心情。既然执意要见，那就见见吧。他站起身来，推开了关着的一扇木门。我这才发现客厅四周的几扇门都关着。

浓烈的药味混杂着一股说不清楚的复杂味道，从门里涌出来。我屏住呼吸，跟在孟师傅儿子和老曲身后走进去。孟师傅仰躺在床上，一侧的嘴角斜吊上去，与耷拉下来的眉毛形成了古怪的呼应。老人眼睛半睁，嘴豁开来，呼吸声一下一下的，清晰可闻。

似乎看见了我们，老人突然半边身子抽搐扭动起来，仿佛被捆住了手脚的人竭力想挣脱开绳索。老人的眼睛、嘴巴成了一张被弄乱的拼图。他望着天花板，发出一连串"甲、甲、甲……"的声音。

那硬绷绷的声音像剑一样直戳过来。我不知所措地站在原地，好像有一只手正在身体里粗暴地搅动。我记起了一个半月前，第一次看见孟师傅。他硬绷绷的发楂，硬绷绷的胡楂，还有他像用久的砂纸般的手。

孟师傅的儿子奔到床边，轻轻拍抚老人的肩膀，想让他镇定下来。他嘴里重复着，我知道，我知道，爸，我知道……

回过身，孟师傅的儿子脸上带着明显的不安和忧戚。他冲我们挥一挥手，我和老曲默契地退出屋子。孟师傅的儿子随即跟出来，轻轻带上了屋门。

屋里依然传出硬绷绷的声音，甲、甲、甲……

我的身体有些僵硬，双脚直接将我带向大门。等等。孟师傅的儿子将木盒抱了过来，将它放在我手上。我不敢看他的脸，动作机械地接过木盒。

我爸一直怕我向你们多要钱,所以他一直念叨价、价、价的,哪能呢,说好的价格。

我这才想起来,还没有付钱。

我提着木盒逃一般离开了孟家。巨大的愧疚在我身体里翻涌,仿佛我手上拎的剑穿透孟师傅的身体,导致了病床上那悲惨一幕。我甚至开始后悔,为什么坚持要看一看孟师傅呢……

接到我的电话,乐曲兴致勃勃赶来荆州拿剑。我的心情已经恢复了平静,生活以它日常的惯性拂去了愧疚之感。不过七天时间,人是多么容易健忘。

我抱出沉甸甸的木盒子,在乐曲面前打开来,学着孟师傅儿子的样子,小心翼翼地戴上白色手套。我将一方绒布垫在左手食指和中指上,将剑柄拿起来放在上面。再将另一方绒布垫在右手食指和中指上,沿倾斜剑身的下沿滑行到它的尖端。一用力,我将整个剑身托在了手上。

可是,可是,我的心忽然莫名地一颤。剑很沉,锋很利,熟悉的菱形底纹,稀奇古怪的鸟篆文,越王鸠浅自乍用铩。可是一种不祥的直觉,突然间攫住了我的身体。

我仿佛又站在烈日下一条空荡荡的巷子深处。

一团疑问在晃眼的光线中,恍惚而起:这把剑,真是孟师傅亲手做的吗?

与孔雀说话

1

老顾六点不到就醒透了。他睁开眼睛,捂着胸口,半天没动弹。梦里的情景还十分清晰。

儿子回来了,带回来一个硕大的白羽毛斗篷。他说这是干吗。儿子像没听见,脸上泅一层神秘的笑意,给他系上了大斗篷。然后,儿子牵着他的手一言不发地走到阳台上,一曲腿,一蹬地,他感觉有风丝丝缕缕地吹过发端、眉梢、脸际,衣服鼓张开来,低头一看,双脚离地有好几米了。他和儿子往前飞啊飞,脖子上的系绳越勒越紧,他的呼吸渐渐急促,哑着嗓子喊浩浩、浩浩。儿子慢镜头似的回过头,满脸惊怔的表情,突然奋力挣开他的手。猝不及防的他失去牵引,向下坠去。他在空中徒劳地舞动四肢,下坠却越来越快,越来越快。"咚"的一下,他感觉眼前一片浓稠的黑暗。再睁开眼睛,人躺在床上,天已微亮了。

老顾不知道这样的梦寓意什么。待惊悸过去,他缓慢起身,身子异常沉重。屋里的一切呈暗灰色,墙面稍亮,也蒙了一层灰白。冷水浸在脸上,老顾清醒了几分。他穿上白绵绸衣裤,左手拎一个布袋,右手提两把用丝绸袋套着的长刀,红绸飘飘地出了门。

三月的风还凉,将绵绸衣裤吹贴在老顾身上。他再次想起了梦,被风吹得簌簌作响的白羽毛斗篷。上周六儿子来电话,说清明回不来,争取五一回,让他多给妈烧点纸上炷香。去年清明也是这样。老顾心里沉一下,"嗯"一声,说忙是好事,你们要注意身体。

女儿在国外,想回也回不了。挂了电话,老顾从抽屉里翻出照片。老于细致,一张张照片过了塑,不管怎么捏揉,都挺括的。

迎面走来一个老太太,老顾觉着眼熟,赶紧将帽檐压低,拐到街边花坛的另一侧,脚下频率加快。走到公园门口,鼻尖、后背敷了一层汗,帽子里也热腾腾的。老顾拿出老年证冲守门的老头晃一下,眼角余光瞥到老头没作反应。

帽子是老顾一天无意中逛到花鸟鱼虫市场,在地摊上买的。白色帽身,帽嘴上有一行英文字母SPORT。一次孙子回来看了,大声念"斯破特",他问啥意思,孙子大声说运动——斯破特——运动。回家戴上帽子,老顾冲骤然陌生的自己露出了无声的笑容。从那以后,这顶花七块钱买的帽子就粘在了老顾的头上。帽檐一处虚了边,后面的塑料摁扣儿也松了,可老顾舍不得丢。

公园里已经热闹起来。大门右侧的灯光球场是晨舞场,放着《毕业生》的音乐,透过铁栏杆看得见一对对舞伴在场上飞旋。

往里走,看见不少晨练的人,他们大多有固定的场地和项目。有的绕着湖边跑步,有的在山坡上做徒手操,有的在空地上练太极拳,有的冲着大树"呀呀嚯嚯"练气功。老顾也有自己的场地,他将帽檐压低到眉尖下,半埋着头往里走。

走到纪念碑前,老顾停下来,将帽檐往上抬一抬,视线霎时亮阔几分。这里有一片杉树林,棵棵举着一头蓬松褐红的树冠。下面是一带蜿蜒而过的湖水。老顾走到一棵纤瘦的杉树边,树下有一块石头。老顾唤树叫老于。

这里是他的地盘。老顾将绸袋不慌不忙取下来搁石头上,抖一抖手中的两把刀。晨曦水波一样泼溅在刀面上，老顾一瞬间迷了眼。他眨眨眼睛，再睁开来，五官像被晨曦洗过一样，泛出光泽。

老顾站在树下，练起初级刀术三十二式。这套刀术在上个世纪六十年代流行过，老顾那时还是小顾。几年前，无事可做的老顾突然想起练刀术，跑了几家书店，好不容易买到一本书，对照着演练起来。后来又陆续添了几套术式。每天晨练，他都先练这一套将筋骨活络开。

老顾稳稳站定，屏息，提气，起势，接着弓步缠头，虚步藏刀，弓步前刺，并步上挑……三十二式早已烂熟于心。待做完末一个弓步缠头，两脚并拢，双手抱刀。收势。老顾立在原地，做完六个深呼吸，方移动身体。有汗从帽檐处滑下来。老顾解开脖上的毛巾，擦一把脸。

不远处，一赤膊男子正拿背狠狠地撞树，每撞一下便发出一声低吼。老顾不知他练的什么功。天天如此。在公园里，老顾从不与人搭话，三套刀术练完，帽檐一压，收刀走人。

2

出来时，老顾不走老路，而是沿湖绕到公园西大门。这条路人少，老顾将脚步放慢，正好吹吹风，让燥热的身体凉下来。半路上是动物园。这时，守园的工作人员刚来上班，门还没完全打开。

守园的两个人轮班。一个是有着大酒糟鼻的中年男人，一个是头发像鸡窝蓬在头上的中年女人。男人十次有八次都是满面涨红，隔老远就闻到汹汹的酒气。不过这样一来，他的酒糟鼻就不那么醒目了。男人坐在那儿醉眼迷离，多半不搭话，头也懒得点。女人比较清醒，一笑两个又深又大的酒窝就堆在了嘴角，用挺家常的口气说"来了"。

老顾像进大门时一样,掏出老年证一亮,男人和女人眼皮都不抬一下,忙着自己的事。老顾走进去,满园子空荡荡。左拐,沿碎石子路往前,老顾的脚步越来越松快。他依次经过两只大猩猩、三只梅花鹿、五只猴子、一头老熊、两只雉鸡,到达了目的地——孔雀笼。

隔着铁网,老顾和三只孔雀打招呼:"嗨,绿松茸,昨晚睡得好吗?""红玛瑙很漂亮啊,白翡翠也很精神。"老顾兀自点着头,帽檐下的脸变宽了,多出许多横向、纵向的纹路。这里有三只孔雀,一雄两雌。雄的,老顾管他叫绿松茸,帅气得很。雌的,老顾分别叫红玛瑙和白翡翠。一个眼睛微红,一个眼外有一圈莹白。

绿松茸慢条斯理踱到笼子边,侧过头,看一眼老顾。老顾手里多了一个塑料袋,里面装着玉米和稻谷粒。他四下看看,将袋口散开,撒一把在笼子里。红玛瑙和白翡翠不慌不忙踱过来。三只孔雀吃得极斯文,很像一位绅士和两位淑女坐在星级酒店里进餐。"快吃吧,宝贝。"老顾喃喃低语,眼睛眯起来。

按理,老顾不必带食物来,三只孔雀饿不着。可他觉得这是自己的一份心,送给老朋友的。二年前,他第一次在早晨时分走进公园。半年后,他发现了动物园,和三只孔雀一见钟情。

很快,每天来这里看他们成了老顾的必修课。他喜欢三只孔雀的气定神闲,安静从容,一派超然尘外的风韵。笼前有一张石桌,围了四方石凳。老张往其中一方上一坐,从布袋里掏出一个馒头,再拎出一个保温玻璃杯,里面是满满一杯浓茶。他边喝茶边吃早点,边和孔雀开聊。

老顾说儿子和女儿清明回不来,说老于弄的那些照片他看不够,说很想孙子,已经一年多没见了,说报上讲快变天了,今年的梅雨季怎么没下几场雨呢,说以色列又发生汽车爆炸了,那些心怀仇恨的人真是可怕……拉拉杂杂一通聊,一个上午不知不觉过去了。

第一个游客出现在园子里，老顾马上结束聊天，将帽檐压低，左手拎袋右手拎刀匆匆而出。但这样的时候少。周一至周五上午，很少有游客走进动物园。中间，饲养员给动物喂完食后，偶尔给生病的动物做一下检查，就消失不见了。他们不知躲到哪个角落扯闲篇去了。

也许，在他们聊的话题里，不止一次出现过老顾，这个戴棒球帽的古怪老头儿。

3

老顾是很喜欢说话的一个人，只是现在话少了。

话少了，和儿女不在身边，老于抢先离开，不无关系。但最根本的，还在于老顾不想说话了。有一段时间，老顾害怕出门，即使出了门，手里也少不了一份报纸。老顾眼神好，六十出头的人，越是远景越望得清楚。老顾远远瞧见了熟人，哪怕只是疑似，就会将手里的报纸迅速举到头顶上，报纸压得低，足以让大半边脸处在半明半暗状态，那姿态貌似遮阳。碰上阴天，老顾就装作读报，一副专注忘形的模样，只是脚步有些不稳。

即便报纸在手，老顾还是疑心满大街的人，自己不认得人家，人家却认得自己。个个脸上的表情都很可疑。背脊阵阵发凉，似有人正指指戳戳。

如果老于在的话，老顾可以蜷缩在家，不用到街上受煎熬。可老于去了。让老顾心里添了硕大一个空洞不说，还让他的日常生活成为一个问题。人的脸面再重要，最终却扛不过一口肚子一张嘴。人就是这么不争气的动物。无奈走出家门走上大街的老顾，常常感叹。

在那个地方时，老顾想过死，拿头撞过墙，最终没死成。现在机会多的是，老顾却死乞白赖地活着，不让死字在脑子里落步。也许是厌倦，曾经想死的念头太强烈了，强烈得他已经厌倦了死。也许是舍不得，他舍不得儿子女儿，舍不得孙子，舍不得这世上的很多很多东西。也许是害怕，他害怕找死过程中承受的恐惧、绝望、挣扎和煎熬，宁可等死来找自己。不想死的话，就得活着，一天天过下去。哪怕过得悲惨，过得孤独。不想死的老顾，不能不给自己找一点乐子，找一些借口。

以前，老顾活得有滋有味。不止一个女人夸赞过老顾风度翩翩，机智幽默，不输乔冠华。那时，老顾喜欢说话，他坐在台上一开口，可以一气说上四个小时不重样，还让人听得眼睛都顾不上眨。而且，同样的意思变成话流，从老顾的舌尖上淌出来，就仿佛添了油盐酱醋八角桂皮莳萝花椒茴香，成了有滋有味的一锅汤，吃了上瘾，喝过难忘。

老顾顺风扬帆、得意扬扬大半辈子，却在即将功成身退时翻了船。船翻得很彻底。他在园林系统年度总结大会上，被突然出现的纪委人员带走。这一度成为小城街谈巷议的话题。

从被带上车的那一刻，老顾的精神系统就被迫进入了另一种运转节奏，和以前的老顾之间划出一道鸿沟。起初，他的大脑处于亢奋状态，急速运转，试图找出一点线索，再作自卫。但纪委的人身经百战，脸上的表情仿佛对他的一切无所不知。他们冷静而严肃地让老顾彻底交代问题。

老顾的大脑像剧烈燃烧的电线，发出"嗞嗞嗞嗞"的绝望声响，身体迅速崩溃，失眠、胃痛、心动过速、腹泻接踵而至。先前听过的经验教训之谈，来不及发挥作用，身心俱疲的老顾就彻底缴了械。他开始埋头交代问题，搜肠刮肚，事无巨细。老顾越写越绝望。他想到了在国外的儿子，在小城工作的老于和女儿，他至少应该为他们而活。可死的意念像生命力极其旺盛的春草，这里堵上又从那里冒出来。

老顾整夜整夜失眠，面对徒然四壁，在生与死之间徘徊挣扎。一天夜里，木然半宿的老顾突然拼力而起撞向墙壁。贴着壁纸的墙面发出哑闷的声响，"咚——咚——咚——咚——"，老顾被一股疯狂的力量挟持，拼尽全力撞上去，撞上去。直到纪委的工作人员冲过来，将他与墙壁远远分开。

第二天，老顾的头套上了一个摩托车头盔，外面安了一把锁。房里没有镜子，老顾能想见自己的模样很滑稽。他戴着这笨拙庞大的头盔继续交代问题，靠坐在床头打盹，面对墙壁发出呵呵呵的低笑声。

突然的一天，纪委工作人员说，你的事进入了司法程序。那时候，他和他们已经熟了。其中一个告诉他，知道你的事是怎么冒出泡的吗？老顾木然摇头。这些对他已经不重要了。那人一笑，小偷。三年前，你们家是不是被小偷光顾过。

老顾使劲想了很久才想起来，三年前他们家被小偷光顾，刚从银行取出来准备寄给儿子的十五万被一盗而空。老于和他吓得脸色惨白。宿舍里另外两户人家同时被盗，报了案，连带牵出他们。不过，他们只报了损失两万。那段日子，两人心里木桶打水——七上八下。好在小偷似乎人间蒸发了，公安机关一直没抓到。人算不如天算，谁知三年后小偷意外落网，为争取宽大处理，甩出一个重磅炸弹。

最终，老顾以贪污受贿罪被判处有期徒刑三年，折去审查期间的一年零三个月，还得服刑一年多。接到宣判书的老顾，像一架支离破碎的机器，不见了半点活力。老于在外面托了不少人，两个月后老顾保外就医回了家。回到家的老顾才知道，家里的存款三十多万全部上交了，老于又借了些钱，换得一个"从轻处理"。儿子因为家里断"奶"，已经回国，在北京一家公司谋了份工作。女儿忍受不了周遭压抑的气氛，匆忙找个老外奔了英国。说是英国，其实不过一个老顾连名字也没听说过的偏僻小岛。

老顾听老于絮絮地说完这些，一言不发木然呆坐。老于看看他，叹出一口长气，泪花直在眼眶里浮游。有大半年时间，老顾说的话没有一筷尖上的菜多。无论老于怎么宽慰，老顾都是那么一副表情。老于迅速衰老下去。五十刚出头的她，一直风韵不减，从背影看仿佛三十来岁，当了面也不过四十来岁的模样。两年间，她鬓边的发丛迅速变白，脸上的纹路以不可阻挡之势迅猛增加，一笔一笔的，仿佛无情的时光落井下石，突然对她大刀阔斧起来。

龟缩在家的老顾，时时感觉胸口窒息。疼痛隐约不明，却又挥之不去。这疼痛耗尽了他的全部力气，让他不会笑，不会哭，连正常的说话都不能够了。

4

从那个地方出来后，回到家的老顾将被褥抱进了客房。那时，他们已经搬离园林局宿舍，住进了一套二室一厅的旧房。一切都是老于操持的。老于将老顾的姿态理解为是对她的责怪。而老顾，不过是过了一年多的独居生活，习惯了。

老顾说不清楚到底怪不怪老于。刚进去的时候，埋头写那些交代材料的时候，老顾也许在心里千百次地怪过老于。如果不是她想着将儿子送出国，想着给女儿创造好的生活条件，他们两老简简单单地过日子，哪里需要那么多钱。

老顾还记得收的第一笔钱，是一个想承包街心花园园林工程的老板送来的。他不在，老于接下了，两瓶茅台。酒搁在柜子里大半年，过年时打开来宴亲戚，才发现里面用橡皮筋捆着一扎钱。五千元。他傻了眼。后来是老于说，这么长时间了，钱退也退不了，那工程不也让他接了嘛。咱们是不知者不为罪。糊里糊涂的，他也就默认了。这些年，老于总在耳边说，这年头哪里不要钱，钱多了有什么不好。儿子总在国外叫苦，女儿也在眼前叫累。不知不觉间，老顾接钱的手不抖了，心也不颤了。

　　老于默默地抹眼泪。儿子和女儿的事只拣好的，说给他听。老顾知道她心里苦，可他没有心力去顾惜了。他现在只剩一副空皮囊罢了。等老于躺倒在病床上，老顾才发现她已瘦得皮包骨头。老于眼泪汪汪地看着他，两行眼泪缓慢滑出，沿着凸起的山峰、下陷的谷地流淌。孱弱，却绵绵不绝。老顾紧紧握着她的手，喉头发紧，似有无尽的话要说出来。那是他出狱后，第一次有了想要说话的冲动。可他不知道该说什么，喉结上下蠕动了几次，还是一个字也没吐出来。

　　老于得的肺癌，发现时已是晚期，走得快。儿子赶回来，女儿没有，电话里泣不成声。屋子里只剩下老顾和他的影子。他开始后悔。也许，老于承受的痛苦比他多得多。而他，还在将自己的痛苦以无形的方式，不断地堆压在她身上，直到把她累垮，压瘪，塞进一个狭小的骨灰盒里。

　　儿子让老顾和他一起去北京，老顾摇头，说至少等三年之后，我不能就这么丢下你妈不管。说这话时，老顾抬起头来，第一次有了和儿子重新对视的勇气。他从没问过儿子对自己出事的看法，他甚至害怕看到儿子的脸。抬起头的老顾，看到了儿子脸上不加掩饰的悲伤和悯惜。这表情让老顾荒芜一片的心悄然萌动了。死的念头被老顾坚定地踢了出去。他像一个被车祸撞毁了双腿的人，重新接上义肢，忍受着锥心的疼痛迈开步子。一瘸一拐地，老顾独自走出了家门，手里紧紧攥着一份报纸。

　　大半年后，一个名叫余晴的女人出现在老顾的生活里。一个刚退役的未婚军官。儿子提早给老顾来电话，说余阿姨刚从贵州过来，住在哥哥家，因为和嫂子贴不到一块儿，哥嫂想赶紧给她找个人家。

爸，妹妹那儿我说好了，我们都没意见，就看您的。

老顾知道儿子打这个电话，是给他吃颗定心丸。外地人不知道他那事，也就不会嫌弃。心是好的，却让他觉得别扭。老于走了才半年啊。

余晴说一口普通话，说话做事干脆利落。见过一面后，就经常来老顾家了。老顾觉得她做的饭菜，没老于做的好吃。模样也说不上多好看，只是很精神，爱说话。噼里啪啦的，说起来像往铝盆里倒豆子。她在的话，老顾就没法想事。

老顾觉得自己真是老了，念旧。人一坐定，大脑就不受控制地往回奔。可想到那些往事，再看看近前，心里便多了不堪。不如不想。他感到，余晴急切地想离开她哥哥家。没过多久，她就自说自话地搬来了不少东西。她的衣服挂进了老于的衣柜，皮鞋占了鞋柜的满满两层，人也在老于睡过的床上躺下了。

老顾没有干预，想她也有不得已的苦衷。反正他睡在客房里，双方影响不多。而且，有了余晴在这里出入，叽叽喳喳地说话，房子里就不只是他和沉默的影子了。

老顾很快发现，余晴是个讲原则的人。每月一号，她会准时拿出五百块钱，拍在老顾的手上。她不买菜，由着老顾做主。不过，她的化妆品，大大小小高高矮矮的不下五六种，都是老顾开销。她拖着老顾上街，在柜台上看好一种，就站在那儿等老顾掏钱。

上街，余晴不允许老顾带报纸，更不许拿报纸遮脸。她说，干吗，跟做贼似的，咱们又没做亏心事。这条原则，让老顾很不自在。老顾从那个地方出来后，就坚持吃素了。余晴不满意，说营养得均衡全面，尤其是我们这一把年纪的人了，饮食上抠不得的。一个抠字，让老顾心里膈应半天。

余晴很懂得养生，每天起床后，先在床上做一套保健操，等老顾将鸡蛋煎好了，牛奶冲好了，才不慌不忙下床洗漱。慢慢地，饭也不做了，家务活都移交给老顾。老顾自己倒没觉得什么，时间让一日三餐填满没什么不好。儿子一家春节回来，看不过眼了。儿子慎重地和余晴谈话，说我们是给爸找个相互关爱、照顾的伴儿，不是给他寻个伺候的主儿。余晴也不争辩，当天就收拾东西走了。

老顾未置一词。临走，儿子说，爸您别急，我再帮您留意着。老顾嘴上不说，心里却打定了主意，一个人过。只要想活，这世上有什么样的日子过不下去？

然后，老顾练起了刀术。接着，爱上了和孔雀说话。

5

年轻时，老顾迷过一阵刀术。那时，浑身上下有使不完的精力，又赶上"文革"闹派系斗争，不用上班，他就跟着一帮小兄弟练武术。他迷刀，喜欢听刀锋过处那凌厉的"呼呼"声。再然后，下乡当知青，招工进自行车厂，一步步往上走，再进轻工局、环保局，最后到园林局。大约有三十年，他没摸过刀。现在，那"呼呼"的刀锋破空声经由怀旧的隧道奔至眼前。老顾就感到搁置不下，欲罢不能了。

屋子局促的空间，显然不足以唤醒"呼呼"声。老顾走进公园开始晨练，这让他不用在清晨醒来后继续躺在床上烙饼。接着，他发现了动物园这个好去处。

自从和三只孔雀一见钟情，老顾就像了热恋中的男子，心无旁骛。见不到他们的时候，他会不由自主地回想他们在笼中漫步、嬉戏的情态，尤其是他们望着他的眼神，平和、宽容、信赖、依恋、深情。脚刚踏出动物园的门，想念就开始了，水银一样灌满接下来的时光。

老顾喜欢和孔雀说话。他可以和他们讲任何话题。伊拉克战争、日本首相参拜靖国神社、奥运、沙尘暴、银行金库被盗案、克隆羊、海啸、禽流感、坠机、种族仇杀、非洲难民、煤矿爆炸、房价上涨……将身子倚靠在石桌上的老顾，滔滔不绝。

以前坐在台上的那股子神采，重新附着在他身上。他给三只孔雀说笑话，讲逸闻，发感慨，吐牢骚，泄义愤，甚至慷慨陈词，唾沫四溅，连声骂娘。偶尔，他也讲自己的过去和现在，讲他内心晦暗不明的念头，讲他关于生和死的个人哲学。三只孔雀表情沉静地倾听，不时拿眼睛瞅瞅他，仿佛理解一切。这眼神仿佛一只钩索，将堵塞在老顾心里的杂乱话语，源源不断、有条不紊地牵引出来，成为一条明亮的丝线。从这根丝线里，看得到无尽的岁月，看得到人心的细微悸动，看得到生活中种种复杂的简单和简单的复杂，看得到时光的有情与无情。

然而，一离开这里，老顾就会重新变回沉默的自己。踽踽一人穿行在大街上，走进空无一人的家，和影子做伴。

有时，他也听他们说。绿松茸抬起头来发出"啊喔—啊喔—"的叫声。老顾辨得出那声音是欢快，还是忧伤。红玛瑙和白翡翠站在栖杆上，发出低低的咕哝声，他也听得出她们的心情。

前年秋天，老顾和三只孔雀认识没多久，赶上他们出了毛病。三只孔雀都恹恹的，每天撒的食剩下一半。饲养员犯嘀咕，不知道是怎么回事。老顾跑去书店拎回几本关于动物饲养的书，又去花鸟鱼虫市场求教，回头告诉饲养员，恐怕是换羽。老顾指着书念给他听：秋季换羽期间可增喂火麻仁等，有利换羽。饲料中蛋白质水平可降至18%–19%，但要保证含硫氨基酸的供应……

一个月后，三只孔雀换上簇新的羽毛，活蹦乱跳了。从那以后，三只孔雀看他的眼神不再戒备、冷漠，老顾感觉自己成了他们的贴心人、老朋友，也是守护者。

这段日子，绿松茸变得异常活跃，他常在笼子里躁动不安地奔走，跳跃，展开尾屏的次数也多了。红玛瑙和白翡翠却神态自若，像没会过意来。老顾看着绿松茸猴急的样子,笑骂一句"臭小子"。又扭过头对红玛瑙和白翡翠说:"两位姑娘,臭小子在向你俩求爱呢。姑娘家,端端架子可以,别让臭小子等太久了。"红玛瑙和白翡翠仿佛听懂他的话,双双扭过头看绿松茸。绿松茸马上展开尾屏,莹蓝湛绿的孔雀眼在阳光下炫目的闪亮。

老顾看过不少关于孔雀的资料,知道这时节到了孔雀的发情期。饲养员来喂食时,老顾心里挣扎半天,鼓起勇气说:"给他们喂点好吃的吧,没准,他们快添小宝宝了。""有这些吃就不错啰。"饲养员从鼻子里"哼"出一声,"连我们都快吃不饱饭了,哪有钱给它们改善伙食。"老顾看看他的脸色,埋下头喝茶。

饲养员说上了劲:"您瞧瞧,每天这园里能招来几个人?这些动物可不管有没人看,天天张嘴等喂呢。唉,日子不好过啊,它们还有得吃,我们上个月的工资还没着落呢!"又冲着三只孔雀,满脸惆怅地说:"万一动物园关了门,你们也只能卖了。"三只孔雀仿佛听懂了,一起停住嘴抬起头。老顾看见三只孔雀的眼睛变暗了,他的心倏地一痛。饲养员一离开,老顾赶紧跑到笼边,柔声安慰三只孔雀:"没事的,没事的,他瞎说呢。明天我给你们带好吃的。"

当天从公园出来,老顾去了菜场,他买了新鲜肉和鸡蛋。肉剁得碎碎的,蛋煮熟了也剁碎,和肉末拌在一起。三只孔雀吃得很香,不时抬头看看他,似乎在说谢谢。

清明节,老顾一个人去了八岭山。那天风大,天微雨,老顾没带伞,在老于的墓前坐了一整天。他在心里对老于说了很多话。关于儿子,关于女儿,关于余晴,关于照片,关于他自己,关于三只孔雀。他知道天上的人可以知晓地上的一切,可还是在心里一丝不苟地说着。

黄昏时分,老顾一个人走下山来,身后拖着长长的一条影子。在山环水抱的一线羊肠小路上,踽踽而行。远天铺排着一大片火烧云，艳得烫眼。

6

　　回到家，老顾病倒了。浑身滚烫，呼吸困难。他挣扎着起身烧了点水，喝了六颗感冒灵和一颗退烧药。沉沉睡去。

　　醒来，一看表，竟是第三天的中午。烧退了，身子却软绵绵。他挣扎起身，下了碗蛋汤醋面。半撑在桌上吃完，一身淋漓的大汗。再躺到床上，沉沉睡去。又三日，老顾才感觉身体恢复了些许元气。清早，他拖着还感疲乏的身子，右手拎袋左手提刀出了门。三套刀术做完，老顾坐在石头上兀自喘息半天，呼吸匀停了，他起身往动物园走。远远地，老顾感到了不对劲。

　　九点多了，动物园的门竟还锁着。走近一看，门上挂一大牌"园内施工，暂不开放"。老顾傻了，站在那儿不知如何是好。正好园门打开，走出一个建筑工模样的人，身上灰扑扑的，老顾拦住那人问："园子里好好的，干吗施工？""反正在修园子，我哪知道干嘛用。"那人没好声气地答。

　　老顾在门口踌躇一刻，只听得园内"砰砰砰"一通乱响。他想起了三只孔雀，这时候他们最需要的是安静呵。又想起饲养员的话，顿时惊出一身冷汗。

　　老顾心一横，拔脚往回走。他一路问到公园管理处。一连三间办公室空着，最里一间坐着一个女人和一个男人。女人在织毛衣，男人在翻报纸。老顾将帽檐抬一下，冲着两人中间的方位礼貌地说："您好，我想请问一下，动物园怎么没开门。"

　　"施工。"女人说着，抬头瞟他一眼。"施什么工？园子里不好好的嘛。动物园……动物园是不是要关门？"老顾急切地问。"你听谁说的？过两天就开了。"男人不耐烦地说。老顾松一口气。"可是，可是……"他站在原地嗫嚅半天,"园里有三只孔雀,正处在发情期,他们现在最需要的是安静。"

男人抬头看他一眼。女人也抬头盯住他看了一刻。两人不约而同地笑起来,男人一脸戏谑表情:"你怎么知道是孔雀的发情期。发情期又怎么样,谁说孔雀的发情期就不能施工了?"女人"扑哧"一下笑出声来,男人脸上戏谑的笑纹迅速泛开。老顾的大脑"嗡"一声响成一片,他慌不迭地退了出来。

走出没多远,老顾停下了。他想起了绿松茸展屏的样子,那些莹蓝湛绿的孔雀眼仿佛在他眼前闪亮,还有红玛瑙和白翡翠变得黯淡的眼神。老顾深吸一口气,掉转头往回走。走过三间空荡荡的办公室,还没到里间门口,老顾听见女人压低的声音,"哎,那人不是园林局犯受贿罪进去的顾什么嘛。"

老顾定在那儿,面色煞白。他隐约听见男人的声音,"好像是吧,八成坐牢把脑子坐坏了。""就是,看着就不正常。还不是贪呗。"女人说。

老顾木然无声地走在大街上,耳朵里循环播放着男人和女人的声音……

7

一个月后,老顾再次出现在公园。

他似乎瘦削了几分,步子迈动的节奏也缓慢了几分,依然戴着棒球帽,帽檐压得很低,表情混沌。他在杉树林里练了两套刀术,坐在石头上喘息半天,就左手拎袋右手提刀,往公园西大门方向而去。

动物园门前一派喜庆气氛,一块硕大的彩色招牌挂在门的右侧。上面有一只孔雀的面部特写,背景是展开的七彩斑斓的尾屏,下书"孔雀园"几个艺术体大字。老顾站在牌子前,眯着眼睛看了一刻,像是绿松茸的面部特写。他的心跳渐渐加快。他们还在！

老顾冲守门的酒糟鼻男人迫不及待地晃一下老年证，男人一动不动，迷糊在椅上打盹。老顾走进门，拐上碎石子路，依次经过两只大猩猩、三只梅花鹿、五只猴子、一头老熊、两只雉鸡，三只孔雀呆的笼子空空荡荡。

定格片刻，老顾抬起头来，茫然四望。目光旋了一圈，终于，他看见不远处新添的圆拱形招牌，上面清晰写着"孔雀园"。迟疑一下，老顾折转脚尖，向招牌处走去。

孔雀园在公园的最西头，这里原是一片空地，现在被铁丝网围起来，里面栽种了一些树木，看上去绿意葱茏。远远地，老顾看见守园的女人坐在门前的一张桌子后面。他马上从口袋里掏出了老年证。

女人看见他，露出两个又深又大的酒窝。老顾照例将老年证一晃，正待收进口袋里，女人说："老同志，买票。"老顾下意识地作出疑问表情。女人好脾气地笑着，一指旁边的《告游客》："要买票，十块钱。"

老顾的嘴张开来，半天没合拢。女人态度温和，耐心解释："我们的孔雀园是才扩建的，又增加了五只孔雀，成本很大的，现在对游客一律收费，十元一个人，外送一包饲料，您可以走到孔雀身边，给它们喂食，与它们合影，和它们亲密接触。愿意的话，您再出二十元钱，就可以现拔一根孔雀长尾羽，带回家装在瓶子里，或是挂在墙上，是很好的装饰品。当然，您出更多的钱，可以拔更多的羽毛，数量不限的……"

老顾的嘴还没合拢。他抬起头来，向着园内眺望。依稀看得见几只孔雀的身影，但看不清是不是他的老朋友绿松茸、红玛瑙和白翡翠。望着望着，老顾的视线模糊起来，只感到眼前一片绿影摇曳。

这时，几声"啊喔——啊喔——"从园子深处传来，仿佛声声召唤。收回目光，老顾动作迟缓地将手伸进了口袋。

空中俏

　　还隔着两个节目，空中俏开始打抖。战栗接连不断滚过身体。毛孔仿佛都在贪婪地吸气，他想让它们闭上嘴，可不听使唤，体内的暖意哗哗流泻，很快，一对手足冰凉了。

　　怕上台效果差，空中俏从节目开演就坐不住了，在幕墙后面来来回回地走，暖腰腿，暖身子骨。有孩子岔开两腿半蹲下身子，歪了头，仔仔细细研究他脚下的物什，时不时抬起头看看高昂昂的他，一脸又快活又惊奇的表情。更多的孩子又蹦又跳又叫又笑，跟着他呼啸过来呼啸过去，竟是比台上更闹腾的风景。

　　空中俏没想到一个社区组织的晚会，安排了那么多领导讲话，左一个右一个，而且个个缠棉线一样，扯起来没完没了。

　　站起来了就没有再坐下去的道理，《大丈夫与小媳妇》排在第五个，空中俏暖了半天身子骨，不想在第三个节目时，被突如其来的战栗给闹冷掉了。

　　真到上台时，事先练了几个来回的台阶，又绊了空中俏一个趔趄，台下一阵哄笑。空中俏站到舞台中心，灼烫的灯光罩下来，只望见台下黑乎乎密麻麻一片人头，脑子里闹哄哄的。音乐响起来，麻姑在一旁辣辣地扭起来，他还木在那儿。

　　"活像个木偶架子支在那里，惨白的那个脸呀，"麻姑说起这段往事就笑得哈哈的。"我呀，不停地给他丢眼色，绕到后面拽他的袖子，台下笑得那个疯呀，我的脸臊得啊赛过了草岗的石榴王。正不知怎么办呢，他突然动起来了，扭着他的秧歌舞步，越舞越带劲，越舞越欢实，舞台被他踩得'咚咚'响，我想，得了，这下砸不了场了……"

那是空中俏第一次正儿八经地"走穴"，处女作，有惊无险。四五年历练下来，空中俏现在想战栗都难了，一双高跷像长在脚上，舞步是越发的娴熟，姿势里杂了即兴的花样，眉眼间透着飞扬自信，只是当年时不时就抖下俏的空翻带劈叉，高难度动作，现在不敢轻易做了。转眼，奔五的人了，再玩命也得顾着那副身子骨呀。

空中俏，不姓空，乃艺名。年轻时可是草岗村一景。草岗离两千多年前古楚国的故都郢不过几公里的距离。凡识得几个汉字的人都知道，古楚国有个很著名的人物屈原，因被奸佞小人诬陷，遭楚王放逐，怀抱忠诚之心终日忧叹，叹出了浪漫主义的源头之作《离骚》。传说，屈原最后抱石沉江而死，百姓为纪念他，每逢端午就驾着小船，将粽子、雄黄酒洒入河中，久之形成了赛龙舟的习俗。

草岗村就有悠久的赛龙舟历史，解放前解放后本地组织的龙舟赛，少不了他们的龙舟队，黄底滚红边的队服，举喙高扬的龙舟，激越的鼓点，飒爽英姿，绝对是赛场的亮点，十之七八夺魁的是他们。

空中俏五岁时骑在爷爷的肩上，走了两里地去便河看龙舟赛。鼓点响起来，他就直着脖子划拉着两手"嗨唷、嗨唷"，两只小脚丫子一个劲捣腾爷爷的胸。旁边人看他"嗨唷"得忘形，笑着打趣："小子快嘎长，长大了当舵手，威风！"

空中俏密赶密地长，没到十四岁就划拉着一对长手长腿，可惜腰身细溜溜，生成不是龙船上"嗨唷"的料儿。可是他，哪热闹喜欢往哪赶。逢年过节，村里的叔叔伯伯们抹了胭脂涂了粉，穿起平时打死也不会上身的花红柳绿，摇起采莲船，踩上高跷，龙灯舞得呼呼生风，从村头到村尾，再顺着村前那条路走上大道，队伍前头飘一面大旗，旗上两个大字——草岗。空中俏就跟着这片旗，熟悉了城里最繁华的北京路，次繁华的中山路，再沿着村头那条路飘回来。

空中俏跟得不安静，间或在旁显摆一两个造型，或扭一两下腰身，一副眉眼鲜活的，惹得路人夸赞。这一两句喂进空中俏的耳朵里，就是年节才吃得上嘴的捣了蜜的芝麻糖。

终有一年，刚过十四岁的空中俏被拉进队伍，踩上了高跷。踩高跷的世友叔生了急病是一层巧，空中俏踩着那没有主人的高跷在一旁玩得溜熟是二层巧，再三层巧就是空中俏和那世友的体态相貌非常像，以至领头的村长渺茫看去，差一点把空中俏当成了世友，索性让他顶了缺。

空中俏早把世友的招数学了个透，且青出于蓝而胜于蓝，与那摇着采莲船男扮女装的学军，配合得珠联璧合，一路赚得不少喝彩。这一出乎意料的收获，让村长意识到虽然队伍是临时组合的草台班子，也需要更换新鲜血液。从那以后，空中俏就取代了世友叔的位置，在两柄小小的高跷上踩出了一片风景。

说空中俏是草岗年节扫城的风俗队的亮点，一点不为过。且不说踩着高跷从头走到尾，还要舞出百般花样、千般表情有多难，空中俏偏要在这难上自加难度。他有招绝活——空翻带劈叉，在空中翻个360度，紧接劈叉，再跃起。这套动作空中俏完成得行云流水，细腰身一拧一挺再一拧，人就恢复了原状，仿佛不费什么力气。

这招绝活不论在哪，赢得的掌声彩声都是最响亮、最持久的。空中俏就显摆得愈加频繁，时不时来那么一下，久之得了空中俏这么个名号。

那时，空中俏已经高考落榜了一次。心有不甘，换了城里名头最响、擂得也最苦的中学复读，住在学校里熬更守夜搏了一年，终了还是落榜。空中俏在家里窝了两个月，村人没见他出过门。再一天，一个细溜溜的身影顶了个草帽出现在他家地头，看起来像根会走路的茶树菇。

纵有百般不情愿，空中俏也只能从书本回归农田，那是祖上好多辈人的宿命。他去了趟复读的中学，没进校门，在路边铺了块塑料布，几年读过的书，写下的笔记，一本一本摆了满地。

学中自有后来人，那些书和笔记帮空中俏赚取了人生第一笔财富，二十三元八角四分。他给父亲买了一瓶粮食酒，给母亲买了一条花布围巾，剩下的十九元交给母亲，自己只留下几角几分的零头。那几日，空中俏的脸上浮一层红晕，仿佛刚从父亲的酒壶里偷喝了几口酒。父亲母亲的眉头舒展开来，有什么熬不过去的坎？可谁曾想，那是空中俏此后多年赚到的最大一笔钱。

到底是读过书的人，空中俏喜欢凡事从书本里找根据。父亲年年给棉花杆子洒药，几分药几分水全凭感觉，哪里多洒哪里少洒也凭感觉，空中俏说不行，从书店里抱回一叠书，抽出其中一本来，翻到某一页指给父亲看：

棉花常发生的害虫：有蚜虫、红蜘蛛、盲椿象、红铃虫、棉铃虫……防治红铃虫，药水要喷在青铃上；防治棉铃虫，药水要均匀喷在正面和嫩尖上，茎叶及蕾铃部位；盲椿象活动量大，药水要喷在叶子的正面、嫩尖、茎及铃上……棉花常在上午开花，如果这时喷药，容易使花粉粒吸水膨胀而破裂，影响正常授粉，而下午四时以后喷药，授粉过程基本结束，这时喷药影响较小……

父亲耐心听了一阵，听得头都大了，索性交给他来洒。效果有何不同，只有虫子们知道，反正那一年的棉桃不知为何反而比往年结得少。空中俏不发愁，说这是种棉花多年地给种懒了的缘故，换个东西来种更养地。

种什么呢？空中俏在书堆里埋首几天，走出屋来告诉父亲种果树，他研究过了，这地的酸碱度最适合种果树，而且独他们家改种果树，收成肯定好，销路也肯定俏。父亲不知酸碱度是啥玩意，儿子从书里得来的主意，自然有道理，那种吧！

别家的地都一成不变种棉花，偏空中俏家的二分之一地换了新栽的桃树苗。头一年，树没结桃，空中俏说不急，果树不同庄稼。次一年，桃倒是结了，但个个体形袖珍，咬一口满嘴苦涩，空中俏坐不住了，跑去城里一趟，回来父亲问他什么也不说，闷头鼓捣了好几种药水，连番洒上去，等到满树的桃结出来，倒是红红绿绿喜庆得很，可尝在嘴里滋味寡淡，肉质硬绰。第一批桃卖出去，就再没人上门了。

空中俏闷头坐在家里，拿手揪头发，一下一下发了狠劲。父亲看得惊心，几亩地悄悄换成了棉花。从那以后，空中俏对地里的事就不怎么热心了。他白净着一张脸，细溜溜的一杆身影骑在一辆单车上，从村头小路晃出去又晃回来。日头在身后升起又落下，看起来那片身影薄薄的，单单的。

几年间，空中俏也对几件事抱持过热腾腾的兴致。他不知从何处听来，打鸡血可以强身健体治百病，就怂恿母亲将家里养的鸡，从十二只扩展到一百二十只公鸡的队伍。蹲在鸡笼前等鸡长到小腿一半高了，空中俏就拎出一只来抹了脖子，热乎乎的鸡血灌进一个个罐头瓶里，他忙慌慌跨上车头也不回地走了，留下一地狼藉，几只鸡还在满地扑腾。

那些鸡怎么办，空中俏是不去问的，母亲拿去餐馆，人家不肯收，说客人刁，都是现看现杀，你这死掉半天的，人家以为是病鸡呢。母亲解释不清，只能将价一压再压。

空中俏骑车回来时，心情不佳。原来那些鸡血是要现抽现打的。下一次，他在单车后轮旁挂了左右各一个鸡笼，捉了几只体态雄壮的公鸡装在里面，一路喧闹地进了城。

这次回来，空中俏似乎心情很好，甩开了车把，任车在村头小路上鸟一样滑翔，那鸟儿还扑扇着翅膀。可笼子里的几只公鸡仿佛受了惊吓，蔫蔫地蹲趴在笼子里。

滑翔了几日，空中俏再回来，被夕阳映贴在地上的身影就似了被熨斗熨过的衣裳。很快，空中俏对满笼子的公鸡失去了兴趣，母亲暗暗松口气，至少她送到餐馆的鸡是活蹦乱跳的了。

空中俏还养过一段时间红茶菌。几个大玻璃罐子，软膨膨的菌子漂浮在棕红色的水里。那时候，他母亲已经不知不觉养成了叹气的习惯，时不时地叹出一口来，连自己也没觉察到。她什么也没说，只是将屋角收拾出一块空地来，以便空中俏将几个大罐子安置好。

空中俏和母亲父亲说，这个现在很俏，城里人都抢着喝，说是有保健身体的作用。他让母亲和父亲每天舀一些来喝，父亲拿手抹抹脸，点点头，出了屋子。母亲看看父亲的背影，再看看空中俏，也点点头，背过身去咳嗽几下，不知怎么就叹出一口气。

空中俏每天都会用小一点的罐子带一罐菌子出去，回来时那罐子空着，在车后轮两边发出清脆的碰响。夕阳在玻璃表面洒上一些温暖的光斑，远远看去，空中俏像载着一个闪闪发光的物体。他身下的车子不滑翔也不滞涩，只是慢吞吞地碾着村头的小路。一张白净的脸上无喜无悲，空茫得很。

还做过些什么，村里有人记得这样，有人记得那样，偶尔也会凑在一起说说，但这样的时候不多。他们眼见得空中俏的细腰身，像多年的竹竿慢慢弯下来，似乎比他父亲弯得更迅速，耳边不时晃过空中俏母亲的叹气声，他们不忍心再说下去。沉默一刻，忽然有人叹息般说出一句："多好的一家人。"

只有在年节的时候，踩上高跷的空中俏仿佛回到了几年前的时光中，腰身细溜挺直，眉眼间揉了喜色，隐了傲气。他从高处俯看人群，扭出热闹火辣的秧歌舞步，与彩轿里花枝招展的第二代学军挤眉弄眼，打情骂俏，惹得观者喝彩声不断。偶尔，他也会来个招牌动作——空翻带劈叉，姿态还是那么俏，只是没以前显摆得那么频繁了。

他依然是队伍里最受欢迎的角色，老的少的、不老不少的似乎都喜欢他。可这样的光景慢慢地、让人不易觉察地淡弱下去，草岗年节扫城的队伍越来越短。

很多比空中俏略大或略小的汉子都去了外地打工，第一年兴许还回来，慢慢的回家次数就稀淡了，即使回来，他们也不再有这份涂脂抹粉凑乐子的兴头了。他们或者窝在家里陪父母孩子看电视，或者聚了堆搓麻将，或者进城坐摩天轮唱卡拉OK吃麦当劳……年节的队伍短得没法打出"草岗"的旗号了。

终于有一年，空中俏早早起来洗净头脸，可等到日头快当顶了，也不见村长来叫。他晃着弯竹竿的身影来到村长家，看见村长正和一伙人在玩牌。

空中俏站到人群外围，不声不响看了一刻。大家玩的双副牌拖拉机，据说规则是深圳那边的，村长一个人坐着不挪窝，旁边三个一轮轮换，一张张面孔熟悉又有些陌生，空中俏慢慢辨出来，村西张家的学军，和他搭过几年档的"花轿女"，村东张家的小虎，领头舞过龙灯，村东李家的鸿飞，举过草岗的大旗，村西李家的有年……

似乎没人注意到空中俏，他看了一刻就转身走开了。他慢吞吞地走回家，母亲叫他也不应声，从墙脚推出那辆咔嚓直响的单车，一抬腿上了车。城里还是那么热闹，到处挂着飘飘的彩旗、红绸条幅，古城门前立了个彩虹门，半空中飘几只大红气球。可这热闹似乎又是那么的不同，满街流流沓沓的人，空中俏只能下车随了人流往前走，他伸了脖子望，竖了耳朵听，没有，没有他想看到的景致，没有他想听到的锣鼓。

晚上，空中俏推着单车回了村。车胎不知被哪里的玻璃碴弄塌了气，他找了一路竟没找到一个补胎的摊子。母亲第一次听到他开口骂人，不停口地骂，声音不大，但连绵不断，偶尔听得清几句当地骂人的土话。母亲瞄瞄他的脸，那张脸看起来并不激愤，在半明半暗的灯光下显得绵软而白净。

空中俏边骂边鼓捣着车子，两只车胎拆下来，车架叉了两柄半圆弧仰躺在地上，座板下垫了块抹布。没有工具，并不能补，可空中俏闷头弄着，钳子、锤子、铲子、一小瓶机油、装了水的铁桶、脸盆摆了一地，他坐在那里消磨了整整一个晚上。

次日一早母亲起来，看见院子里还是前晚那般景致，没了轮胎的车架仰躺在那里，两柄车壳尖利地戳向月白色的天空。工具凌乱一地。

这一年，空中俏成了亲，娶的一个有癫痫病史的女子，别村的，离草岗有七八十公里远，可女人的病史还是悠悠地传了过来。村人知道了，也不多说什么，似乎这门亲事理所当然，没什么好费言语的。

母亲事先知道，只是抱着试试的心情说给空中俏，女子发病只是偶尔的事，和情绪、环境、身体状况等等有关，好时没事人一样，女人该有的啥都不缺，很能干，里里外外一把好手，比你小八岁……母亲絮絮地说着，空中俏不说话，闷头坐在那里。

这些年，空中俏的亲事母亲张罗过几回。空中俏不是等她刚开口就一口回绝，就是抬腿走人，骑上单车头也不回地出了村。母亲闹不清他的心思，叹气的频率一年年加快。可这一次，空中俏什么也没表示，额前的一缕头发垂下来，掉在半空中微微地颤抖。母亲叹口气，"你不言语，我就当你是答应了。"没有回声，母亲又缩句口，"那我给媒人回话了。"

婚事办得很快，新媳妇进空中俏家的门没几天，就出现在他家地里。看起来挺贤惠能干的一个女人，话不多，和空中俏的安静有得一比。村人看了一阵，纷纷说空中俏憨人有憨福。

空中俏骑单车外出的频率更高了，家里被新媳妇收拾得齐整，不需要他操心。而今已无所谓进城了，城里最宽的一条新路已经延伸过来，经过草岗村头伸向了古城东门，不远处开了超市、商场，这一带不知不觉就是繁华地段了。村里不少人家修了新房，两层的都不时兴了，三层的渐渐多起来。空中俏家还是老样子。他悠闲地骑着单车四处游逛，仿佛永远不会着急的模样，又似乎日子咸一点淡一点、紧一点松一点都没什么不同。

盼了几年，空中俏的父亲母亲终于盼来个孙女儿，粉粉白白的一团肉，眉眼像极空中俏。空中俏这才中断了每日的单车出行，在家里忙手忙脚地奶孩子，洗尿布，煮糊糊，可这样的辰光也只持续了不到两个月，似乎他在家里，长手长脚的一个人，格外占地方，本来不大的一个家越发显得凌乱不堪。

母亲说，你还是出去转转吧，家里有我和你爸帮着就可以了。于是，空中俏又骑上了单车，每天准点晃出村子，再准点晃回来。谁也不知道他怎么消磨这几小时的时光，只有空中俏自己知道，经过两个月的停滞，这几小时的时光变得和以前不一样了。它似乎被一只无形的手拉长了，太阳久久地厮磨在天上，不肯偏西，在一幢幢高楼后面沉下去。有几次他甚至想提前回家，可想想母亲的眼神、屋子的局促，他又调转了车头，漫无目的地骑下去，骑下去。

陆续地，有人回村了。与当年出去打工时不同，回来的人腰包鼓了，神态和说话的语气也不同以前了。第二辈学军回来的第三天，来找空中俏。他想成立个民俗演出班子，四处去"走穴"。

空中俏第一次听说这么个名词，走穴。他要去翻字典，学军说："翻啥字典，这是新名词，字典里没有。你知道那些歌星舞星吧，他们在外面演出一次就是几千上万的收入，这个就叫'走穴'。我想，我们这个民俗演出班子虽然比不上那些个大明星，可演出一次也可以赚个千百来块,这个我有经验,在深圳时跟着别人做过,钱来得飞快,我给你打下包票,两年后让你家房子换成三层楼房。"

空中俏考虑了一晚,答应了。说实话,学军打的包票是一层诱惑,更大的诱惑还在于那两柄小小的高跷。现而今,还有哪里可以名正言顺地踩高跷啊,踩上了又有谁来看啊。空中俏做了一晚的梦,他在梦里简直玩疯了,一个接一个地空翻带劈叉,那个带劲,耳边的掌声彩声拿山呼海啸来形容都不为过。

龙岗民俗表演队不到一个星期就正式成立了,前任村长担任顾问,他翻出村里以前的几套服装,学军招罗来十个人,急赶急排演了七八个节目,空中俏有两个,一个是踩着高跷和麻姑对唱《大丈夫与小媳妇》,一个是和学军摇的采莲船配一段戏。

既是民俗表演队,图的是俏皮的热闹、俚俗的亲切,和花红配柳绿的喜庆。这节目上不了剧院大舞台,却登得了街头的临时舞台。如今,这样的舞台遍地开花,多是商业性演出,有赖于蓬勃发展的市场经济。上台的节目不外凑个趣、助个兴,学军出去没费多大的劲,就联系回来一桩,是电信部门便民服务进社区的一台晚会,由他们出五个节目,报酬一千元。那晚,空中俏有惊无险地完成了"走穴"处女作,下台时掌声热烈。

没出学军的预料,他们的节目受欢迎程度还蛮高,很快就在古城一带创出了"龙岗"的牌子,演出频率也快速提高,从半个月一场到每周一场到每周两场、三场,多的时候甚至五场,不由人不感叹,这市场经济一铺开,遍地都是找钱的机遇。

似乎几年不间断的骑车,无形中让空中俏保持了细溜溜的体态,也保持了体质。时隔多年,重新踩上两柄小小的高跷,在短暂的不适后,空中俏很快找回了熟稔的感觉,舞得风生水起了。一开始,空中俏舞得卖力,内心怀了虔诚,一场表演下来往往汗透衣背。学军告诉他要使巧劲,姿势是能花哨就花哨,气力却是能省着就省着,那些明星登台不都时兴假唱吗，要场场来真格的，一忙乎起来还不唱倒了嗓子？

久之，空中俏摸出了一套窍门。台下人爱看的是他和麻姑挑眉斗眼、暧暧昧昧的光景，他把脚下的工夫往内收，眉眼的戏份加重，暗地里省了力气，掌声却反比以前热烈。渐渐，他又添加了与台下互动的噱头，即兴而发，灵机而动，这就好比在机器的最紧要处，洒几滴润滑剂，现场的气氛被他掀起一个又一个高潮。

学军拿手点点他，"空中俏啊空中俏，你生就是上台的料，要早几年出来走穴，你家怕是三层楼早住上了。"

空中俏的笑容里，不觉添了油油的成分，烟也学着抽上了，酒也跟着喝上了，腰身处显出了浑圆的弧度。

那辆单车倚在墙角，兀自腐锈着。空中俏每天来去匆匆，甚至来不及正眼瞧瞧它。不觉间，骑着单车满街晃荡的日子已经那么遥远。等到空中俏仰躺在床上重新想起它，却是再无法骑上它，回到时光深处了。

不是一念冲动，空中俏的走穴生涯原本可以更长久些。那晚，空中俏穿上了演出服，按惯例在前一个节目开演时站起来暖腰腿，暖身子骨。他在舞台一侧来来回回地走，照例有孩子跟在他后面呼啸过来呼啸过去。

空中俏偶尔停下步子，冲孩子们扮个鬼脸，就有孩子"哇"一声疯叫着跑开去，没多久又次第聚拢来。孩子们乐此不疲，空中俏也乐得配合。伴随着又一次疯叫，几个孩子绞绊在一起，被压在最下面的孩子发出绵长婉转的一声"哇"，哭了。

一个女人从人群中冲过来，扒开堆叠的孩子将最下面那个解救出来。她抬头的一瞬间，空中俏愣住了。

广场上人声鼎沸，空中俏踩在高跷上，高出人群一大截。一束灯光没有遮挡地打在他满脸的红红白白上，半天他没有动弹。

时光哗哗地倒转。一个坐在新华书店收银柜台后面的女孩。熟悉得不能再熟悉的轮廓。十八岁、二十岁、二十四岁的空中俏一次次偷眼望她。这些瞬间，女孩不知。别人不知。也许只有那辆跟随他无数次奔向书店的单车，听到过他无意中泄露的低语、情不自禁的呢喃和呼唤。还有那些远去的、随夕阳一同沉落的时光。

麻姑来叫时，空中俏还站在那里。他醒过神，只见满目人头攒动，女人已不知去向。上台时，空中俏被台阶绊了个趔趄，台下爆出一片哄笑。一个念头就在这笑声中，不期然地抽出芽来，并在瞬间茁壮。

空中俏目光闪亮地望向台下，灯光高低错落，交织成一带混沌的光路，一大片仰起的模糊不清的脸。他抬起头，望向湛蓝幽深的天空，有热流在心口涌动。

音乐响起，空中俏舞了起来，他舞得格外用力狂放，舞台被他脚下的高跷踩得"咚咚"直响。麻姑看看他，再看看他。空中俏昂着头，目光不知伸向何处，舞得忘形，舞得飞扬。

忽然的一瞬，空中俏腰身一拧，身子在空中划出一道流畅的弧线，观众的呼叫未及出口，这弧线在半空猛地折断，变成一条锋利的垂线。闷哑的一声响，舞台中央升腾起一团密蒙蒙的尘雾。

空中俏躺在尘雾的中央，费力而安静地眨眨眼，一道道光束仿佛跨过千山万水，从四面八方向他奔来……

年 祭

1

　　满地金黄的玉米粒，孟余赤身站在中间，只穿了一条金黄色的平脚短裤。他不停地捧起玉米粒抛向半空，有些玉米粒落在他身上，有些落在脚边。他在金黄的玉米粒上打滚，奔跑，跳跃，忽而激越，忽而散漫。渐渐地，他涂抹了蜂蜜的身体上粘满了玉米粒，被金黄覆盖。两个穿绿色工装的人走过去，用两片同样是绿色的塑料叶子将他紧紧包裹住，再用透明胶将叶子一圈圈绑起来。

　　转眼工夫，一只硕大的"玉米"树立在满地玉米粒上。它安静地立在那里。

　　良久，叶片开始抖动，上端逐渐被撑开，撑开。从两片叶子交汇处，露出了孟余那张略显沧桑的脸。仿佛憋闷了太久，这张脸夸张地做着深呼吸，一下、两下、三下……表演在一次深吸气时定格。结束。

　　工作人员走上前，帮孟余从两片叶子中解放出来，为他披上黑色的长风衣。孟余牵着两名工作人员的手，向观众鞠躬致意，陆续有人将硬币和纸币抛在铺满玉米粒的地毯上。孟余看也不看，收拾东西，穿上鞋准备离开。"孟老师，这些钱和玉米怎么办？"一位工作人员追上来问，孟余脚下没停，玉米粒摩擦布衣发出"簌簌"的声响，他头也不回，朗声说："玉米，爆米花吧。钱嘛，你俩分了吧。"

孟余将这次行为艺术表演命名为"回到玉米"。很快，一家都市报记者的电话进来了，说他们刚接到读者的手机彩信爆料，想请孟余谈谈这次行为艺术的主题。为了印证他的话，一条彩信紧跟着发过来，孟余按开，自己的脸嵌在两片巨大的叶子中间，呼吸的姿态表演得很充分。

"回到玉米就是回到玉米。""您所说的回到，是不是蕴含有回到自然，或是回到生命的意思……"孟余无语一笑，掐断电话，并按键关机。他始终认为行为艺术的意义存在于过程本身，不需要额外的语言解释。千万个人可以有千万种解读，已与他这个表演者无关。

不定期的，孟余会做一次这样的行为艺术表演，不为什么，心里的一股劲攒足了，忽然的一念，然后马上开始行动，找场地，找服装，找道具。有时也和朋友一起做，动静大一些，场面喧腾些。做完，畅饮一通酒后各自散开。孟余享受的是过程。

到家，孟余冲了个澡，他站在木桶里，先将玉米粒清下来，桶底铺了不薄的一层。这才进淋浴间，打上香皂"唰唰"地洗起来，头发上的蜂蜜涂得厚，费了些劲才洗干净。穿上睡衣，孟余将玉米从桶里倒出来洗干净，放进电饭煲煮。很快，屋里溢满蓬蓬勃勃的玉米清香了。他拌了沙拉，就着蓝带啤酒、精武鸭脖，边听音乐边上网。

音乐是光头发过来的，萨顶顶的新专辑，还有一句留言"这丫的音乐够味"。孟余却不觉得，华丽了些，不如原汁原味的藏歌。孟余曾自驾车去西藏，一路录了不少藏民即兴唱的歌，视如珍宝，百听不厌。这周的专栏文章还欠着三篇，分别是三家杂志的，有一家催着晚上十二点之前交稿，孟余不急，先把这罐啤酒喝完再说。

接到父亲的电话时，孟余正在写专栏文章。他掐算时间，这通电话也该来了。他能想象到，话筒边一定站着母亲，老太太踮着脚，微探过头，紧盯住老头子的嘴巴，似乎从那嘴巴的开合间就能捕捉到电话另一头儿子的回答。

萨顶顶在一旁低声吟唱。"一个人？"老头子问得突兀。"嗯——两个人。"孟余舌头一滑，在惯常的"嗯"之后不知怎么拖出个尾巴。"谁呀？"老头子的语调有点飘。孟余将音乐声关掉，耐性在一瞬间溜走了，"说了您也不认识。"

老头子哼哼两声，"春节回的吧？"孟余将手机卡在脖子和腮帮之间，手指没停，"回。""今年，你二爷说想做堂大祭。""哦，要准备什么不，钱还是……"孟余腾出一只手握住电话。

"这些都不用你管，你回来就好。"孟余"嗯"一声，"我回。"话筒里静了一刻。"多带个人回吧，是个大祭。"

孟余咧开嘴，无声地笑了，这才是老头老太太要说的重点。他都能想见老太太绷得紧紧的眼神了。"再说吧。"挂了电话，孟余灌一口啤酒，继续写。

2

一只空碗，旁边规规矩矩摆放着一双筷子。

这画面，连同不远处强作笑脸的母亲，欲语还休的眼神，成了除夕团年饭桌上的固定一幕。有时孟余会荒诞地觉得，这简直就是老太太的行为艺术，比他做过的任何行为艺术都高明，都强大。尽管老太太对这四个字可能听都没听说过。

唠叨、期盼、牵挂、眼泪、失望，这一年积攒下的，都寄放在这一碗一筷里了。如果将这样的画面重叠在一起，中间垂落下来的，就是孟余一年虚掷的时光。无论这一年孟余经历了什么，坎坷还是顺遂，轰动还是平淡，寂寞还是热闹，每到除夕这一幕出现时，他就有一种挥之不去的羞惭感。

除夕，孟余是必回老家的。没有和谁约定过，但似乎是心里的一根线，不会断。他不记得这一画面从哪年开始，因为不断在他脑海里复现，以至于它所贯穿的岁月似乎远远多过物理意义上的时间。到后来，明知道这一幕绕不过去，他还是会老老实实地回去，和母亲一样，以沉默面对。他也曾动过这样的念头，装作不经意的样子，操起那双筷子夹一口菜，大大咧咧填进嘴里。这样的念头却迟迟没有付诸行动。

大祭，多大的祭？印象里，至少有十年家族没做过大祭了。父亲按捺不住，终于将话明白说了出来。多带个人，带谁呢？光头肯定不能让他们满意，同性自然也是不行，异性，年龄大过他的呢，或者小他二十来岁的呢，极瘦或极胖，极妖妍或极蠢笨，极犀利或极木讷的呢。他从没问过父母对媳妇的要求，恐怕拖到现在，只要他带回个异性就足以让两老心满意足了。明知道这是最能让两老欣慰的方式，可他还是年年独自一人回家，年年面对一只空碗一双规矩摆放的筷子。再长也不过一个年的长度，挺一挺也就过去了。

老头的叮嘱没让孟余睡不着吃不香，发愁苦闷，他照常过着日子，写专栏，听音乐，看影碟，茶馆聊天，喝黄的白的红的水或是酒。"你丫过年又回去啊。"光头陷在炒股失败的低潮中，天天股市一收盘就唤他出来喝茶。两人各来一份中式简餐，两三样小菜，就可以灌下一整箱啤酒，消磨掉大半个晚上。

"当然。"孟余将杯里的酒喝尽，添上一杯。"你丫回去了我怎么办？""再找个人嘛。""找谁，还有谁比你更有意思？""比我有意思的人多了，老皮、小马哥、歪嘴……"孟余看光头在灯光下晃得激烈，戏谑道："或者，找个女人吧，陪你过个温暖年。"

"这倒不错。不过，大过年可不同别的时候，没名没分的，谁肯陪你啊。比如你，这么铁的哥们，都奔你老爸老妈去了……"孟余举起一只手，打断光头的话。"有什么你光头搞不定的，有钱有屋有人才。"孟余脸上的笑意更深了。

"那冲着钱来的，能陪着过年吗。过年不也得图个吉利吗，一年之始咧，你这不是害我明年又被股市套牢嘛。""那我就没办法了，你就一个人过吧。"

"哎，带我去你家过年吧，听说现在乡下过年还有那么点意思，城里的年连滴滴年味都没有了，没劲。"

孟余夸张了语调，"把你带回去，还不把我爸妈吓死。"光头咂摸一下，方回过味来，翘起兰花指，装了娘娘腔，偎向孟余。"不嘛——孟哥哥，你带我回吧，啊？"孟余摸一把胳臂，摊开手来。"看，一手的鸡皮疙瘩。"

一连几天不见光头打电话联系，一天夜里，孟余突然接到光头的电话，"你回了吗？""还没呢，大后天。""那你过来帮我救救火。"孟余颠颠地跑过去，原来光头的妹妹来了，小丫头学校放假，不愿回四川老家，他们父母去世得早，兄弟姐妹散在全国各地，老家早没人了。往年，小丫头放假都待在学校，今年说是男朋友被人抢走了，无处可去，待在学校处处都是伤心地，就奔她哥哥来了。来了不好好吃饭不说，还不好好睡觉，半夜三更拉着光头谈人生，动不动就以泪洗面，或是痴痴地望着窗外做发呆状。

光头说他已经被折磨了三天三夜，神经处于高度紧张状态，实在受不了了，叫孟余顶下班，他要好好地睡一觉。"求你了，陪我妹谈谈人生吧。"光头说完进了里屋，不一会儿发出了豪猪般的鼾声。

小丫头窝在沙发上，似没看见孟余这么个人。眉眼长得比光头清秀不少，孟余在照片上见过，不过照片上看不出肤质，小丫头皮肤光洁白皙，不美艳，但属于耐看型。眼睛下面两片深晕，显见得有些日子没睡好觉了。

孟余打开两罐蓝带啤酒，递一个过去，小丫头敌意地望他一眼，接了。"天塌下来了吗？"孟余搬过一把椅子，面对小丫头反坐在椅子上，下巴抵住椅背看着她。

小丫头瞥他一眼，没答话。"以为天会塌下来，可天没塌下来。以为天不会亮了，可它还是会按时亮。你问问自己，是真的感觉痛苦，还是以为自己痛苦？"

小丫头再瞥他一眼，不答话。"没有那个人，你就真的走不好路了吗？那你是怎么走到你哥哥这来的。"

"我不是为失去他痛苦。"小丫头硬邦邦地甩过一句。"那你为什么把自己弄得像傻瓜一样？""你才像傻瓜呢。"小丫头没好气地。

"是的，我若不是傻瓜就不会坐在这里，这么和你说话。你哥哥若不是傻瓜，就不会被你折磨三天三夜。"小丫头咬紧下嘴唇，不说话。

"你是不是因为感到被背叛而痛苦？"孟余伸过啤酒罐，等了一刻，小丫头才伸过来和他一碰杯，两人各自喝了一口。孟余发出响亮的吞咽声。"爱任何人都是一种冒险，除了爱自己。因为这世界上没有完全相同的两片树叶，也没有完全相同的两个人。"

小丫头看孟余一眼，还是没说话，不过眼里的戒备少了一层。"所以去爱一个人，就要做好受伤的准备。受了伤，也不必意外，这只是结果的一种，但是，没必要让自己痛苦太久，痛苦太久就是傻瓜了，是拿别人的错误来惩罚自己。"孟余说着这些话，心里暗暗奇怪自己怎么可以这么耐心，简直像个励志大师。

"你又没恋爱过。"小丫头咕哝道。"你怎么知道我没恋爱过？""我哥说你和他一样都是单身，逍遥自在，都是不结婚主义者。"孟余在心里暗骂光头。"不结婚主义，并不代表不谈恋爱。"话一出口，孟余后悔了，和小丫头说这些干嘛。

"那你谈过恋爱吗，谈过几次，都是为什么分手的？"小丫头坐直身子，盯着孟余。孟余感觉脸上一阵发热，幸好屋里暗，没开灯。他不好说自己没谈过恋爱，也没义务向一个小丫头汇报自己的恋爱史，那是一部少儿不宜的个人史，就是说出来小丫头也未必懂。她才多大啊。

3

带刘思琪回去的主意，不是孟余想出来的，是光头硬塞给他的，像塞一个自己恨不得马上脱手的物件。

"你不正好有人陪着过年了吗？"孟余反问。"你饶了我吧，这样我更愿意自个儿过年。""己所不欲，勿施于人。""你和我不同，她是我妹妹。"

"有什么不同，她是你妹妹，不也相当于是我妹妹。""你别跟我绕了，对于你，她还算是个女人吧。就算在你眼里她不算，在你老爸老妈眼里，她还算是个女人吧。你每年除夕那什么空碗空筷子的，且不算我帮你，就算你帮帮我好吧。"

"你妹她愿意吗，我看这小丫头其实挺有个性的，不输你。""我妹啊，还就服你和她谈人生，我一开口，没两句就被她给呛得回不过气来。"

"我没告诉你吧，我爸今年电话里说，族里有个大祭，让我多带个人回去。这多带个人什么意思，你不会不明白吧，所以，你妹我还真不能带回去。"

"有什么不能的，我妹长得很丑吗，带回去丢你的人吗？"光头声音提高了八度，孟余赶忙示意，小丫头正在卫生间里洗澡，听到可不得了。

"我是说，这带回去意思是很明显的，对于我没什么，你妹妹未必肯。""没关系，她现在丢魂失魄的，没什么肯不肯的，反正你得带她走，我要过个清净年。"

孟余无奈。"那你问问你妹吧。"第二天一大早，他就接到了光头的电话。"说好了，我妹愿意跟你回老家过年。""真的？""真的。""不过，你给她买身新衣服吧，再怎么也是第一次见你老爸老妈，图个鲜亮。"

"那没问题，就这？""怎么，觉着报酬少了心里不安？那再把她下个学期的学费包了吧，哈哈。"孟余没犹豫。"那好。"

"你怎么跟她说的？"孟余还不放心。"放心，照你的意思说的。"孟余思忖一下。"这样吧，我先回去，给我爸妈心里垫个底，你妹除夕再过来，这样她在我家只需要待三天。"

"老哥，你就不能多带她几天吗，我都快被她磨疯了。""你也知道，时间越长，穿帮的风险越大，我爸妈年纪大了，可经不起折腾。"

"好吧好吧，我到时送我妹上车，你可一定要到车站去接她。她人生地不熟的，出什么事我可不依你。"

"你都放心让我带她回去了，还和我说这话，放心，我会把你妹一根毫毛不差地带回来。"

孟余带刘思琪去商场买衣服，但凡是个女人就过不了服装这一关，小丫头也不例外，喜滋滋的。孟余没提回老家过年的事，觉得不好提，小丫头也没提。孟余将买好的车票拿给光头，约好刘思琪上了汽车就打电话给他，他掐着时间提前去车站接。

孟余没想到，本来是个不小的难题，就这么迎刃而解了。坐在回乡汽车上的他，心里不免安逸。只不知刘思琪这个小丫头，到时能不能应付得来，能不能和他一起成功地瞒过老父老母。细想想，这也算是一次行为艺术吧。

孟余刚拐上通到家门口的那条路，就听见鞭炮声乍起，他家屋门口腾起一团烟气。走近了，是父亲在门前点了一大挂鞭。透过淡蓝的烟雾，孟余感觉父亲比去年见时显得老了不少，两鬓的发迹线似又升上去了一些。父亲的目光穿过孟余,直往后延伸,孟余笑起来,老头盼着呢。他装作没看见,笑吟吟进了屋。

母亲湿着两手从后面的厨房里奔出来,目光和父亲碰一下,瞬时暗淡了几分。孟余不忍心了,没头没脑地说:"思琪大后天过来,请不到假。"老头老太太没反应过来,目光再次对接在一起。"我那个叫刘思琪,除夕那天坐车过来,我到时去接她。"老头老太太不约而同地"哦"一声,笑成了两朵菊花。

"哪个啊?"老太太细软着声音,拖长语调。"不就你们盼了又盼的那个嘛。"孟余也笑了,笑得底气十足。

家里杀了鸡,正宗的土鸡,红辣喧腾的一锅。孟余拿出带回的酒,让老头开,老头说留到初一吧,初一大祭。孟余一用劲将瓶盖拧开来。"留什么留,还有呢,不够再买就是了,哪缺这点酒。"

孟余知道老头平时只喝五块钱一斤的粮食酒,省得很。白酒他喝得不多,主要陪老头儿。老太太没怎么动筷子,看着他俩吃,眉眼里都是掩不住的乐。"那个,叫什么名来着?"

孟余会意。"刘思琪,你们就叫她琪琪吧,小名。""她家里老人都好吧,真会来咱家过年?""放心,说好了,大后天上午的车,下午两三点就到了。""好好好。"老太太一个劲点头,老头不说话,一口口酒咂得"吱吱"响。

"您家到时别太那个,吓着她。""我喜欢还喜欢不过来呢,哪会吓她。""我就怕您家太喜欢了,弄得人家不自在。"孟余笑着给老太太夹一口菜。"你妈心里有数。"老头拿酒杯和孟余一碰,"吱"下去一大口。

孟余问了下族祭的情况,老头说二爷在忙乎,等会下午他也过去帮帮忙。十年了,这一堂祭,家家都当件大事儿,早一个月就开始往回召唤人了。这几天出外的人都在陆陆续续回。

"姐和小弟呢?""你小弟明天回,你姐大后天回。""要准备啥？""都准备好了，你不用操心。""各家凑份子吧？""凑。""多少，咱家的我来出。""你二爷说，每家按人头，一人两百。"

"那咱家出三千吧，甭管多少人了。""你定吧。"

"初一？""初一。"

吃过饭，孟余和老头去祠堂转了一圈。

孟家祠堂修起有十年了，当时也是二爷发起的，族里人出钱的出钱，出力的出力，在这一带算是最气派的家祠了。"孟家祠堂"的门匾上围了红绸，两旁的门楣和对联上也挂了红绸，二爷站在进门处，正指挥人摆放东西。

"牛娃回啦。""回啦二爷。"孟余不抽烟，口袋里却特地揣了一包，满屋子洒一圈。

面孔多是青嫩的，有的叫得出名，有的见过但叫不出名，还有的是第一次见。二爷一个个介绍过去，末了，一指孟余："这是孟三爹家的大儿子，孟余，诗人、艺术家，也是城里回来的一个财主咧。有百万了吧，牛娃？"

"哪里，折半吧。"孟余嘴上谦虚，笑得却不谦虚。他看一眼站在一旁的老头，微仰着头，将烟深深地吞进去，久久也不放出一口来。

寒暄一阵，众人又忙起来。二爷指挥人往墙上挂族谱，案桌上空着，牌位还没摆出来。阳光从天井斜挂下来，在祠堂里切割出一方明亮的区域，无数细小的尘粒在光亮处飞舞。

孟余站在光亮的这头，往祠堂的深处看。看得久了，不免有恍惚之感。光亮愈发衬托出深处的幽暗，那些在暗处晃动的人影，细切的语声，仿佛一个遥远而模糊的梦境。

4

姐一家三口先回来了。他们是和在温州的几个老乡包车回的。

侄女活泼，到家喊过外公外婆，就跑出门找小伙伴玩去了。"在那边就欠伴儿，早半个月就吵着要回来。"姐还是那么瘦，一抬眉，额头上现出一个深深的横川字。姐夫寡言，带着含蓄的笑，默声不响地坐在屋里，问一句才答一句。

"想回就好，就怕在那边待惯了，要她回都不想回了。"孟余给父亲、姐夫散根烟。"这才去半年嘛，天天嚷待不惯，没老家好玩。"

"还租房住？""租房住，现在这房价像打了鸡血似的，哪买得起。早两年手里宽松点，我说买房吧，他不肯，舍不得，现在好，手里那点钱连半间房都买不到了。"

"慢慢来。缺钱和我说。""你也不比在海南那些年了，你自个儿也早些安定下来吧，爸妈就惦着这个了。"

"我很好啊，一人吃饱全家不愁。"孟余呵呵笑起来，忽然想起这话说岔了，忙收住笑，转眼看老头老太太的脸色，还好，两老都没在意。

"这大祭，各家要凑份子吧？"姐拿出一条手织的新毛线裤，递给爸。"说好了，咱家的我来出。""那哪成，我们也凑一点吧。"一旁的姐夫开了口。

"没什么成不成的，我和爸商量好了，你们甭管了。"屋子里静默了。"找到工作了吗？""我不比你们，我来钱快，敲一篇稿子就是几百上千的稿酬。""那也是没个准吧，早点安定下来的好。"孟余不再说话，他知道姐是好意，可他忽然没了说话的兴致。屋子里再次静默下来。

吃过晚饭，孟余在手提上敲稿子，还有一篇专栏文章催着交稿，姐转进来。"牛娃，听妈说你有了？""有啥，哦，女朋友是吧，有了。""后天到？""后天到。""你看，我们要准备点啥不？""准备啥，你们平平常常地对她，别太热情就好。"

"这次是真定下了？"姐问得小心翼翼。孟余心思全在稿子上，一时思路没转过来，缓一缓神。"嗯，定下了。""看把妈高兴的。"

孟余无声地笑笑。"是哪的人，多大了，做什么的？""姐，我知道你好奇，还等一天就见到了呵。"孟余急着完成稿子，没耐性。

刘思琪坐的车在半路上堵了，说是路上出了车祸暂时封路。车卡在高速路上，进不得退不得。光头在电话那头急，孟余在电话这头急，反而是刘思琪在电话里不急不躁的，还向孟余细细描绘现场情况。

小弟一家到了，说省城车站人山人海，他们好不容易托一个票贩子买到票，又奋战了半天才挤上车。小弟的孩子最大，十一岁，男孩，小名叫东东，嘴唇上隐隐约约一层细绒毛。"肯德基吃多了吧，这么早就长胡子了。"孟余打趣他。东东有些腼腆地一笑，没答言。从回到家，他一直埋头在玩掌上游戏机，旁若无人的样子。

自从小弟有了这孩子，孟余就舒了一口气，他觉得自己身上承载的重负终于可以卸下来了。他闲云野鹤般四处闯荡，没有顾虑地放任自己，和朋友在海南炒地皮炒成了百万元户，又泡进股市里快速地亏损了大半资产，钻进一个深山沟帮人开发包装景区，挺进内地做钢材生意，炒期货，开专栏，办杂志，到一家民办学校当校长……没有一件事可以长久地拴住他，也没有一个人可以牢牢地拴住他。钱进钱出，他毫不在意。回家离家，始终是寡人一个。有几年，他觉得呼吸格外舒畅，生活完全是他渴望、设计的样子，直到除夕夜的饭桌上多了一副空碗筷。

孟余还记得第一次看到那副空碗筷，他沉默了足足有十分钟。起初他没在意，等他坐到父亲身边，一家人都按顺序坐下来后，他突然发现旁边多出了一副碗筷。"是谁算的人头，这还多出一副呢。"他大大咧咧地问。奇怪的，谁都不搭腔。孟余环视众人一圈，姐的眼睛在回避他，老太太的眼睛在回避他，大家的眼睛都在回避他，忽然间他就明白了，一股气从体内喧腾而起，直冲脑门。

他坐在那里，一手撑住大腿，迟迟没动面前的碗筷。他提醒自己，这是除夕，这是除夕。他竭力不让这股气冲决而出，拿手掌沉沉地抵住大腿，等着这股气慢慢回转，下沉，偃旗息鼓。饭桌上的气氛一时绷得紧紧的，只听得见碗筷碰触的声音。

"爸妈，我先敬你们，一年辛苦了。"他举起杯，伸向老头老太太，笑着。他能听见满桌人不约而同地松了一口气。到这时，孟余才感觉到身上的重负其实还在，并没有因为东东的降生而离开他。这以后，他依然闲云野鹤，依然潇洒闯荡，可找不回最惬意的状态了，总像有一根细细的线拴在他心上，每到过年时，这线就会收一收，紧一紧，而他也会疼一疼，愧一愧。心里又觉得这愧毫无道理，愈觉憋闷。

孟余十分钟一个电话打给刘思琪，好不容易，那头的车重新启动了。眼见得天一寸寸加速黑下来，孟余在家坐不住，跑去车站等，临出门让家人先吃团年饭，别等他。

5

车站安静极了，显出一股清冷的味道。四周鞭炮声不断。孟余一个人在车站门前的空地上转悠，时不时地跳跳高，跺跺脚，搓搓手。这除夕过的。那丫头还困在车上，大概也是大年三十——头一回吧。不知道她冷不冷，饿不饿。

雾气慢慢从地面升起来，若有若无的。远山已是雾霭一片了，轮廓逐渐消隐在夜色中。一辆车从雾中缓缓驶来，孟余伸长脖子，近了，是从省城开来的。车停下来，孟余快步走到车门口，却不见有人下来，他正犹豫着要不要上车看看，被人一把从后面抱住了。回过头，是刘思琪，脸蛋绯红。

"还好吧。"孟余将手装在裤兜里，不知该说什么。刘思琪不好意思地松了手，指指车身："我从中门下的。"孟余接过她手里的皮箱。"走，回家去，不远，十分钟路，这时候没有车了。"

"孟大哥，等好久了吧。""没有，我刚到。饿吧，回家吃饭。"四周的鞭炮声此起彼伏，两人踩着碎石子路往家走。"委屈你了。"孟余说得真诚。"没事孟大哥，一路上景致蛮不错的。"

快到家门口，孟余停下来。"有个事得和你说一下，我不知你哥怎么和你说的，你这次来，是帮我个忙，装一下、装一下……""我知道，你女朋友！放心，我还蛮有表演天赋的。"

"从进家门，我就改口叫你思琪，你呢，看怎么叫我顺口。"刘思琪眨眨眼睛，"你小名叫什么？"孟余磕巴一下，"牛娃。""哈哈哈哈，牛娃，真土。那我就叫你牛娃吧。"孟余拿手搔搔后脑勺，"好吧。"走两步，又停下来。"这两天就委屈你了。"刘思琪摇摇头，黑暗中看不清楚表情。

一长挂鞭炮蜿蜒在门前的空地上。两人一到家，弟弟和父亲就将鞭炮点燃了，"噼里啪啦"一通轰响。姐姐和母亲将刘思琪拉过去，一人拽住一只手给她暖。弟妹和姐夫忙着倒酒和饮料。孟余放下行李，回头看这一屋子暖融闹腾的景象，不由笑了。看起来，刘思琪表演得还蛮自然，笑意盈盈的，又带了点娇羞。父亲让弟弟关上门，鞭炮的香气还是从门缝里渗进来，填了满屋，更添一分暖融。一家人围着桌子坐下来。

孟余时不时地给刘思琪夹菜，怕她有生疏感。老太太也夹，姐姐也夹，刘思琪碗里堆得满满的，她将不爱吃的菜挑出来，夹进孟余碗里。若在往日，孟余断不肯吃别人这样塞给他的东西，今天却在推杯换盏间不知不觉全吃了下去。

席间，孟余没好意思叫刘思琪的名字，倒是刘思琪一口一个"牛娃"叫个不停，每叫一声，老太太脸上就开一次花。

吃完，孟余怕母亲和姐拉住刘思琪问个不停，借口她坐车辛苦，将她带上楼自己的房间。临上楼，他让母亲将隔壁房间清理出来，准备和东东一起睡。老太太明显地迟疑一下，看看刘思琪，又看看他。刘思琪抢嘴道："不用，我和牛娃住一屋吧，就是伯母多准备一床被子，我怕冷。"老太太应一声，乐颠颠地准备去了。

"委屈你了。"进了房间，孟余暗舒一口气。"孟大哥，你今天已经是第一百次说这话了，委屈你了，委屈你了……"

"我是说，我可以和东东一起睡的。""你没看到伯母的表情吗。我这人啊，还是很有敬业精神的，既然是出演你的女朋友，就要把这个角色扮演好。"

"那你睡床上，我可以在地上打地铺。""都什么年代了，我一直当你思想挺新锐的一个人，原来你还这么老古董啊。"刘思琪语带揶揄，说得孟余愣住了，不知该怎么接话。

"你和我都可以睡床上，一人一个被子，井水不犯河水就可以了。没听见我向你妈妈多要了一床被子吗。""哦，如果你觉得不方便……""好了，孟大哥，难道你会半夜不小心滚进我的被子吗？我相信这种可能性为零。"

孟余缓过神来，有了开玩笑的心情。"为什么？""你可是答应我哥，让我毫发无损地回去。我哥说，你和他是混在一起好多年的铁哥们，他百分百放心，也让我百分百放心。"

"呵呵，我是怕你半夜钻进我的被子。"孟余咧开大嘴。"放心，我没那么花痴。而且，以你的年龄，对我来说也忒老了点。"刘思琪说得利落，倒弄得孟余心里一股酸溜溜的，这丫头。

正说着，母亲抱了被子进来，特地强调是新絮的棉被，"就等你俩回来啦。"刘思琪一把接过来。"伯母，您去歇着吧，我来铺。"小丫头动作倒麻利，很快铺好了。

"时间还早，我们要不要谈谈人生。"孟余调侃的语气，其实不知道怎么打发时间，他是个夜猫子，不到半夜不会闭眼。

"可是我很困，我想睡觉。"孟余看到刘思琪的眼睛下面确实黑乎乎的两团，这一天坐车肯定够累的。"那好，你先睡，我把一篇文章收个尾。"说着，孟余背过身去。

身后一阵窸窸窣窣的声音，很快静了。孟余将台灯压低，调暗，手指在键盘上"滴滴答答"敲起来。窗帘上不时晃过一道光亮，是夜行的汽车。

"你为什么不结婚？"忽然，刘思琪的声音悠悠地从身后传过来。

孟余停下来，沉吟一下。"嗯，我对这世界不够信任，而世界的一半是由女人组成的，所以我对女人也不能信任。"

"你是个怀疑主义者？我也是个怀疑主义者，怀疑很多事，不过我宁可相信一个个人。"刘思琪依然说得悠悠的。孟余无声地笑了，未置可否。"你是个矛盾体，比如你的价值观更接近于西方，你和我哥一样，更赞同以西方的价值体系来作为普世原则，包括你的生活方式、行为方式、看待问题和处理问题的方式，我哥说你在大学里学的外国文学，自己又看了很多哲学书。可是在某些传统的根节上，你又无法做到西化，做到超然，所以你才会迎合父母的意愿，让我到这里……"

"不是迎合。"孟余斟酌词句，"有些东西是在你骨血里的……"

"这就是迎合。"小丫头说得坚决。孟余揉一下眼睛说："睡吧，明天会很累的。"

6

似乎五点不到，楼下、路上就有了响动。孟余听见父亲和路人打招呼的声音，他扭头看看刘思琪还睡得香，怕她醒来尴尬，先起了身。

大祭的时间定在九点整。父亲已经忙乎一阵了，天没亮提了鸭子去太爷爷的坟头上香，祭酒，回来用热水烫干净了鸭毛，准备中午烧菜。等孟余起来，父亲已经忙停当了，坐在堂屋里喝茶。

孟余拿上相机，去村子里转了一圈。回来的路上遇到不少人，有人笑着打招呼，"牛娃，一个人啊，你新媳妇呢。"孟余吓一跳，没想到消息传得这么快。

到家，刘思琪已经起来了，坐在堂屋里和父亲聊天，看见孟余一吐舌头，穿了他给她买的新羽绒衣，似乎还化了点淡妆。"聊什么呢？""你小时候调皮的事。"父亲干咳两声，进厨房忙去了。

"没想到你都四十五了，比我大十七岁，不过看起来还蛮嫩像的。""我比你哥大五岁。""可你看着比他小。"孟余一笑。"那是假象。"他想提醒刘思琪在这里注意不要说错话，又怕这话伤到她，终是没说，拿出拍的照片一张张翻给她看。

八点不到，穿了一身新的父亲率领着一大家人往孟家祠堂走。"这是干吗，赶庙会吗，你们这里过春节都兴这样吗？""不是，是族里的一个大祭。"

"大祭？什么大祭？"刘思琪满脸好奇。"好玩吗，有没有舞龙灯，踩高跷，唱堂戏什么的？"孟余含糊其辞地点头。

一路上，遇到不少本家亲戚，队伍越汇越壮大。远远地，看见祠堂门口已聚集了不少人，到处红彤彤的。祠堂前的空地上，用高高的木梯盘了三条壮观的鞭炮龙。刘思琪吸引了不少目光，她跟在孟余身后，时不时拿手拽一下孟余，看到什么都一脸好奇，问个不停。

父亲一到，就被二爷拉过去开会了，商量各家各户的位置安排。母亲被一群婆姨拉过去，站在人堆里和人说着话，眼睛不时往这边瞧。孟余知道众人都在看他和刘思琪，和他这张老脸相比，刘思琪是显得太嫩了点。但他不以为意，早有心理准备，大祭再长，也会过去的。他怀着闲散的心情，领刘思琪在祠堂周围转悠。

对于这堂大祭，他既是局中人，又仿佛是局外人，看热闹的心情似乎胜过其他。父亲那边的会散了，走过来将一家人招呼在一处，告诉大家，男丁排前面，父亲、孟余和小弟站在前排左侧，妹夫在后一排，女丁和孩子跟在最后面。九点仪式正式开始。

父亲郑重其事的表情，让孟余闲散的心情不由收拢了。"思琪呢？"孟余忽然意识到，刘思琪在这场仪式中身份有些尴尬。"让她跟着你妈你姐站吧。"孟余迟疑一下，不知道天上的先祖们，可知道这位后辈的媳妇有假。他看看父亲严肃的表情，将疑虑硬生生吞下去，转身向刘思琪叮嘱一番，将她交给了姐。

男丁走到前面，自动排成三排。二爷引祭，大爷主祭。村主任"唱礼"，他深吸一口气，响亮地喊出，"列队——"

众人忙端肃衣裳和表情，各就各位站定。

"盥首净巾——"

大爷庄重地净手洗脸。

"焚香上香——"

二爷引着大爷，恭恭敬敬点上三支香。

"荐馔祭酒——"

二爷将酒杯奉于大爷手中，大爷双手捧酒杯，先三点，后半弧，表示祭天祭地祭祖先。而后，大爷跪下三叩首，众人也齐刷刷跪下来。

"诵念祭文诘文——"

二爷展开一纸，"兹天地玄黄……"

声音朗朗，祠堂里静极，只这一脉声音在众人头上回旋。

"行叩首礼——"

众人齐刷刷俯下身去。似有一股风在众人的头顶上吹刮。一叩首、二叩首、三叩首。孟余将身体深深地鞠下去，眼窝发胀，涨得生疼。额头也仿佛被什么紧箍着，青筋暴突出来。

将头深深埋下去的他，在这一刻，似听见了身体里血液汨汨流动的声音。

"礼毕——"

人群静静地肃穆一刻,方有人走动起来。孟余站在原地,稳一稳神,回过头,越过众人寻找刘思琪。刘思琪站在人群边上,莹蓝色的羽绒服在阳光下闪闪发亮。"还好吧。"孟余走过去,扯一下她的衣袖,刘思琪才仿佛回过神来,神情有点不自然,垂下眼帘没有看他。"你没说过是这个。"

"没什么,一场族祭而已。""我知道这个,我们那里也有的。很庄重的一个仪式。"刘思琪在庄重两个字上加重了语气。孟余没有说话,抬眼看看四周,母亲和姐都看向这边。

"可是,我不是真的!"刘思琪抬起头,说得有点急,声音有些大。孟余忙将她拉到一边。"没关系,只是一个仪式。"

刘思琪拿手指指案几上的牌位。"可是,他们知道,知道我不是真的!"

刘思琪较真的表情,忽然让孟余心里掠过一阵害怕。他明白刘思琪的意思,这种心虚和害怕他刚刚也有,在他将身体深深鞠下去,头深深埋下去的时候。可是现在仪式结束了,那种突然间攫住他身体的心虚消退而去。他本以为一切都结束了,几分钟的仪式而已,没有人会追究。可是现在,刘思琪以倔强的眼神提醒他,她是假的。这事并没有过去。

他有些恼火,但不知拿这恼火怎么办。显然,他不能冲着刘思琪发脾气。姐姐走过来,说"怎么啦?爸叫我们回去。"孟余强撑笑脸。"没事,思琪,我们回吧。"他伸过手搂住刘思琪的肩,刘思琪没有挣脱,垂着脸默默随他走。

回去的路上,母亲不住地瞟他俩,姐姐也是,大家都没什么话。孟余本想说两句活跃一下气氛,话到嘴边,想想又何必呢。压抑的气氛也带到了中饭桌上。母亲特地做了红烧老鸭,大家却吃得不欢,早早就散了。

孟余怕在家说话不方便，借口带刘思琪看风景，和她一起出了门。

"你不要有心理负担，没人追究这事。""可是，其他人不知道，不等于天上的人不知道。再说了，我，"刘思琪拿手指指胸口，"我心里'知道'。"

刘思琪眼神坚硬，孟余不语地看着她。看着看着，突然发觉这一切很可笑，他终于体会到光头快疯掉的心情。"那你说，该怎么办？"

"我不知道。"刘思琪垂下头，拿鞋尖拨弄地上的石子。

"那让我们来设想一下，一种可能是告诉我爸妈，我们不是真的，那能改变什么吗？仪式已经结束，告诉他们也于事无补。那还有什么办法能让你心安，你告诉我吧。"

刘思琪久久地不说话。忽然，她抬起头来，满脸欣喜，"我们再去祠堂吧，告诉你们孟家的那些祖先，我是迫不得已才装成你的女朋友，是为了让你父母高兴，是善意的谎言。只要他们能原谅我就可以了。"

孟余看着刘思琪不无稚气的表情，哭笑不得。良久，他点点头。

7

祠堂里静寂下来，只有两三个人在收拾。家谱下方点着两盏长明灯。案上摆着供品，后面是近祖的牌位，香炉里燃着香，空气里盛满香息。孟余和刘思琪对视一眼，示意她敬香。

他走到一边，刘思琪用眼睛询问他，见他没反应，自己走到案前，拿起三支香，点燃，鞠了三个躬，将香插进香炉里，又合掌闭目在案前站了一刻。

孟余看她神情肃穆虔诚，看看桌上的牌位，再抬头看看墙上的族谱，心想：祖先可以听到的吧，消去小丫头心里的疑惧。心有疑惧，实是因为心有敬畏，心有底线，他还是理解小丫头的，虽然觉得此举有些多余。

忽然地，孟余看见族谱下端多了一方显然是新贴的布幅，因为被长明灯挡着，不太引人注意。心念一动，孟余慢慢踱上前，只见上面写着几行字，再细看，中间一行竟是"孟余媳妇 刘思琪"。孟余心内一震，下意识地回头看刘思琪，她还闭目虔诚地站在哪里，嘴唇在轻轻蠕动。

孟余不动声色地踱回到原处，等刘思琪回过身，忙带她飞也似的离开了祠堂。刘思琪显得轻松不少，话多起来，在一旁叽叽喳喳的。孟余却显得沉默，一股说不清楚的情绪在他身体里回旋，逐渐茁壮。

本来打算带刘思琪四处转转的，孟余忽然没了心情，直接往家走。到家时，这股情绪已经胀满了他的身体。

父亲出去拜年了，母亲和姐在堂屋里守客。孟余上楼，闷坐在桌前，若是往时，他一定像火山一样爆发了，将身体里的情绪一泄为快，可是现在他只能由着这情绪在他身体里困兽一样，撞过来撞过去，撞得一颗心别扭生疼。

刘思琪不知出了什么事，枯坐在一旁，拿手指绞纸巾，神情里渐渐添了委屈之色。母亲端了些吃食上来，孟余掩饰地打开电脑，耳里听着刘思琪和母亲在身后说话，小丫头还不错，应付得很得体。楼下传来一阵喧闹，来了客，母亲忙下楼去招呼，刘思琪也跟了下去。

将刘思琪带回来，难道是个错误？孟余忽然有些想不明白，自己怎么会取此下策，真像刘思琪说的，自己是在迎合父母的意愿？那么多年，他从不觉得身边没有一个人陪着有什么遗憾，也不认为结婚生子是一个人证明生命存在和延续的唯一方式，人生只是一个过程，只要自己觉得合适、活得真实就可以了，何必在意别人的目光。他一直这么活的，依循着内心。可是现在，因为一堂族祭，他将一个原本没什么牵连的女人带回了老家，默认父母乃至左右亲邻视之为他的媳妇，更可笑的是，现在这个女人的名字端端正正挂在了族谱上，陈明于列祖列宗面前。整个事情，让他感觉如此荒唐。是的，在这谎言的前面可以加上貌似光亮的定语"善意"，但这可以改变事情的性质吗？这件事现在让他感到很恶心。不是对刘思琪恶心，她是无辜的，孟余只是对自己感到恶心。

他在屋里踱了几个来回，下楼直接出了门。他听见母亲和刘思琪在身后叫他，没有应，也没有回头。路上，孟余遇到了父亲。父亲和几位邻居串门刚回，老头有说有笑的，孟余匆匆和其他几人打声招呼，将父亲拉到了一边。

"爸，刘思琪的名字是谁加到族谱上去的？"

"二爷让加的，说反正大家都知道了，这大祭十年才一次，能加的都加上，也显得咱孟家兴旺发达。他还说，你媳妇是研究生，也算是族里的秀才，为族里争光了。"

父亲咧开嘴，露出缺了两颗牙的笑容。孟余闭一下眼睛，声音提高了三度，"二爷怎么知道她的名字。"

"我问了你媳妇，告诉他的啊。怎么，名字写错了吗？"孟余再闭一下眼睛，强迫自己冷静，他压低声音，"她不是我媳妇，您去把名字去掉？"

"怎么？"父亲瞪大眼睛，"这上了谱的事，可不是儿戏。"

"那您怎么不事先和我说一声！"一阵风冲破喉咙，孟余简直在咆哮了。他缓口气，再次竭力压低嗓门，"不管怎样，您要把那名字去掉。"

"你妈不是说，你俩的事定了吗？你俩不是都睡一屋了？"

孟余耐着性子，"那不代表什么，如果我不和她结婚怎么办，您想欺骗列祖列宗吗？"他知道最后这句话有多重，可他只能拿出这个杀手锏了。

"牛娃，这可不是儿戏……"父亲仿佛在一瞬间老了十岁，样子看起来有些可怜。他叹息般地说："娃，咱家可丢不起这个脸。"

孟余必须承认自己被打败了，被父亲的叹息，和那句没多大声量的话。他在一瞬间重拾冷静，明白了身处的时空位置——现在是二十一世纪戊子年的大年初一，在中国腹地一个小山村里，刚刚参加完一个有近百人参加的孟家大祭。他是眼前这个少了牙秃了顶男人的长子，他姓孟，是一根长长链条上的一环。他可以无视很多事情，但有些事情他却不能无视。

他深吸一口气，垂下头。"算了吧。"

"娃，到底为什么，你还不愿意安定下来吗，你妈……"父亲在旁边絮絮叨叨地说着，一句也没入他的耳进他的心。孟余伸过手搀扶住老头，摸着袖筒里清瘦的臂膀，默默往家走。

大年初二一早，孟余逃一般带着刘思琪离开了老家。临走，老头老太太执意送他俩到车站，孟余没有制止。老太太给他们装了满满两大包东西，有自家晒制的干辣椒、种的花生、腌制的腊肉香肠、亲手做的豆酱、炸的麻花翻饺，还有刚从地里摘的萝卜、菜薹、青菜……老太太说这些城里都吃不到。老太太还慎重地将一个装在锦包里的戒指，塞进刘思琪手里。刘思琪推辞了半天，无奈地看了孟余好几眼，一张脸挣得通红，最后还是面带尴尬地收下了。孟余一直在旁边看着，无言无语，仿佛看一场戏。

墨间白

见李准的第一眼，田飞白就觉得这孩子不寻常。

这世间，人与人、人与物讲的都是个缘分。李准也像初来的孩子一样，凑到写字的孩子旁边好奇地看。家长恨不能孩子见习之下，马上生出强烈的意愿，多半不催不急由着孩子观摩。

李准盯着纸和笔的眼神里，有股特别的神气。田飞白不经意地瞥过去，愣住了，有被击中的感觉。这神气他不能准确地描述出来，也不清楚与自己的哪一段记忆吻合，可就是感觉似曾相识。

李准的额头又宽又高，看得出他的父母对他寄予了很大期望，在学校里门门功课拔尖，做主持当班长会二胡会跆拳道，标准的"五好"加"全能"。

在挽留学生方面，妻子比田飞白强，一般田飞白负责展示学生的作品、获奖证书，还有自己的作品，点睛的话由妻子说。这一次，田飞白的话多起来，语气里带了王婆卖瓜的成色。李准父母当即决定让李准留下，试上一堂课。

怎么可以把孩子培养得这么好。李准的父母刚出门，妻子就感慨道。这孩子蛮有灵气。上完课，田飞白对来接李准的爸爸说。他从不这么轻易夸学生，特别是刚来试上课的孩子，那会让家长错会你的真诚。可今天，话不觉溜出了嘴。

李准像别的孩子一样，最先学横与竖，包括长横、短横、长竖、短竖。他一上手就写得像模像样，一管笔握得妥帖稳当。你是不是在别处学过书法？田飞白诧异。没有，我看他们写过。李准抬起头，拿手指指旁边的孩子，一双黑亮的眼睛神神气气的。田飞白心里像灯芯倏地一亮，临时决定再加两个笔画，点和撇。也是没几笔，李准就写得有模有样了，不只有样还有势。

以前田飞白对学生也有偏爱，只是这偏爱不明显，半斤与八两的区别而已，不过是根据每个孩子的性格特点、接受能力施以不同的教法。孩子都是家长花钱送来的，钱交得一样，他自然不能教得参差。收了李准这个学生，田飞白才发现原来自己会偏心，这偏心还收不住缰绳似的。

田飞白统共收了一百五十六个学生，一大半是孩子，也有离退休的书法爱好者。每人每周两堂课，晚上六点开始八点半结束，周六周日分了几班全天倒。有些老人闲来无事，也喜欢下午来这里临摹上两笔，田飞白就陪着他们，也和纸笔厮磨一阵。

老人倒是为爱书而来，人老了断不会再为不爱的事花费那么多的时间和精力，这两者都是越老越金贵。孩子不同，一多半顺着家长的意志而来，有的或许日写月写地兴趣渐浓，有的不过当做功课来应付。喜与不喜，眉眼间能感觉出来的。

每到周四傍晚和周日下午，田飞白有些坐立不稳，一次次竖起耳朵听楼道里的声音。他听得出李准的脚步声，前脚掌落地，先重后轻，一听到这声音，他的心就坐了溜板，乘了风意从半空滑下来。等李准出现在门口，他的脸上早安顿好了笑意。

李准学笔画比别的孩子不止快了一拍，可田飞白含着，不让他提前进入下一环节，和别的孩子一样足足练了五周。写到后来，李准的眼睛巴巴地往临帖的孩子那儿瞄，田飞白明白那眼里的意思，不理会。李准的妈妈沉不住气了。田老师您看能不能把李准的进度提快点，这孩子脑子还是蛮灵的，我们希望他升高中前把书法学扎实啰，上了高中怕是没这么多时间花在兴趣班上。

人人都巴不得速成，可有些东西是没办法速成的。基础不打牢，上面建得起大厦吗，根不扎深，长得出大树吗，这些道理我不说你们也懂的，中国传承千百年的艺术那都是时间熬出来的，书法尤其如此。想当年，米南宫给自己定下功课，日写千字，那是多大的书家啊，还下这样的笨工夫。我们现在怎样，每个星期挤出两三个小时来写写字就不错了……田飞白越说越激动，唾沫星子飞出来。

李准妈妈笑得尴尬而礼貌。我们倒不是要孩子成什么家，书法家哪是那么容易当的，我们只是让他感受一下，书法是中国传统文化的精粹嘛。本来他这么大了来学书法，怕是太迟了，可这孩子想学，学校里办书画展，他看了同学写的一幅毛笔字，不知怎么就起了心，吵着非要学。

我知道我知道。田飞白恢复了一贯的恭谨，声音沉下去。这就是缘分嘛。你家李准是个好苗子，相信我，不会看走眼的。

如果可能，田飞白还想让李准再练五个星期笔画。当年他学书法时，跟着群艺馆的李老师，光笔画就磨了半年，硬是一笔一笔出来跟字模似的，李老师才让他开始临帖。若是按这么个教法，这里的学生怕是一个个早吓跑了。

这里没有孩子真要成书法家，你别那么较真，李准的妈妈想提速，你就给她提，我看这孩子接受能力强，能应付得来。妻子劝得含蓄。

田飞白一梗脖子，我有数。这里怎么就不能出个书法家！

妻子不再说什么，知道温和的驴子也有摸不得的地方。田飞白说，李准这孩子没准真是个人才，我这样教他是为他好，以后他会感激我的。

这里来的孩子谁不感激你，一日为师终身为父，你虽然不是正规学堂里的,可也是他们的师。妻子这几句话顺田飞白的耳,却与他的意思不对辙。田飞白还想说,妻子对着电视甩起了手臂,他话到嘴边,咽下去。

田飞白每次梳完头,会将缠在梳子上、落到地上的头发收集起来。起初他尖起两指,轻落慢起,心里默数六、七、八、九……,仿佛一用力那些头发就会折断。没过多久,他收集头发的动作就变得潦草了。眼见得当年波浪翻卷的一头浓密,变成了犁耙滚过的田头,且是深冬的田头,每一耙下去又必拖带起些许荒草,草草收拾了事。

明知是荒草,却舍不得丢,非用巴掌大的宣纸包起来,收进抽屉里。妻子见了调侃道,留着做毛笔啊?这笔算是狼毫、羊毫还是兼毫?田飞白不笑不答,一脸严肃。

田飞白跨过四十五岁的门槛就变得越来越严肃了,常常闷头挥毫到深夜。写字时,他的腮帮不自觉地硬起两道棱,不断地隆起,嘴唇也跟着笔头的走势一努一抿的,仿佛和那白纸黑字在对话,只是旁人听不见罢了。

如今他写多长时间,写到多晚,妻子都不会说什么了。二十多年前,他正疯狂痴迷书法的时候,撂下妻子一个人在被窝里,常常写字到三更半夜,也常常半夜三更爬起来写字,没少惹得妻子明里暗里抱怨。写写写,能写出房子洗衣机电冰箱吗。衣服泡得快化掉了吧。纸纸的尿片都该拧出水了。你就不能少陪陪你的宝贝纸笔,多陪陪我和孩子。有时间你多看看机械书,不至于一辈子当初级工吧。如果写字能填饱肚子,你怕是这辈子只肯做这一件事了。田飞白充耳不闻,眼里只有素纸墨字。

最激烈的一次,妻子冲过来一把抢过他手中的笔,两手一起一落,笔"啪"一声干脆断成两截。那是善琏湖的长锋狼毫,田飞白非常喜欢的一支笔。他瞪着妻子手里已分作两半的笔，再瞪着妻子，始终未发一言。妻子也瞪着他，鼻翼快速翕动，胸脯像激烈扑翅的鸟，可是没多久，她垂下眼睛掉头走了。后来妻子和他说，我看着你的眼睛一点点红起来，火烧着了一样，心里忽然就怕了。

妻子的抱怨与她的年龄成反比。纸纸一天天长大，她顾女儿还顾不过来呢。田飞白从厂里随大潮买断后办起书法班，学生一年年多起来，到后来家不够用了，另租了一室两厅的空房子来办班。再后来，一次手术，妻子的子宫像一个娩出的孩子永远离开了她。而他，依然是老样子，对她没有多热一分，也没有少热一分，眼里依然只有素纸墨字。她还有什么可抱怨的。

像大多数快满五十岁、衣食无忧的女人，妻子早有了看穿世事的眼力，对生活没什么奢求了，将目光转回到自己身上。她每天早晨去公园舞剑，晚上到社区花园跳健身操，认识了一大帮姐妹，过得从未有过的潇洒。严格执行早吃饱中吃好晚吃少的饮食原则，三天两头煲内容复杂的养生汤，边看电视边做健身动作。也疼惜他的身体，比如掉头发要多吃什么才好，需要怎样的日常锻炼，饮食上注意什么，如何预防颈椎病、高血压，她一一咨询了来，絮叨给他听。

两人早分房睡了，妻子怕他的鼾声，他只求写字时的清净圆融。一旦拿起笔，浓浓的墨汁倾洒进砚台，他的鼻子就仿佛贪恋中的男子，每个嗅觉细胞都兴奋地翕张开，恨不能泡进这气息里才好。笔走龙蛇，疾奔弯转间，一张素纸渐渐被恣意的墨线填满。而现实中，他何曾如此的恣意过。他只是《圣教序》无数集字中的一个，也端正俊雅，却谈不上恣意。

野心有过，只是被尘灰一层层地埋了下去。当年，为找一本王羲之的字帖他跑遍了古城的书店，还专门去了趟省城，终是失望而归。后来在路边一个旧书摊遇到，字帖捧在手里，双手抖个不停，一股闷热直冲眼眶。他望着守摊的老头半天说不出一个字来。

每个月发了工资就往书店跑。在那里徘徊半天，多半还是空手而回。走在路上，心里总有支笔在横直撇捺。魂都丢在字里头了。走在一旁的妻子不停地伸手拽他，怕他被来来往往的汽车自行车撞到。

这股痴劲不知何时淡下来，就好像妻子的抱怨不知何时变少的。再回想那时候，连田飞白自己都会微笑摇头。现在他整天泡在墨的气味里，连身子骨似乎都浸透了墨味，可找不回来，有些东西一旦松开手就再找不回来。

气息一定要沉下去，这样写出的字才有静气，有内力，有架势。若是写字的时候心浮气躁，比如像张乐儿那样，写一笔眼睛四处瞄一圈，这字一定会散了骨架。田飞白的话惹得一屋的孩子笑起来。

唯有李准，还在一隅屏息静气地写。这孩子姿态好，笔握在他手里有股浑然的气息，背挺拔得像又一杆笔，神态却放松，笔也运用自如，书法本就是法式与自由结合的艺术，所谓"用笔千古不易，结字因时而为"。

李准的眼神里，那股特别的神气，田飞白看一回叹一回。这世间人的禀赋千差万别，想当年，李老师也赞过他是学书的好料子，可他如今不过尔尔，窝在这一室两厅的房子里教一群半大孩子，他知道自己教的还不是真正意义上的中国书法，他只是将一个个孩子带到了殿堂的入口，可能绝大多数孩子就止步于此了，目光不会再向前延伸，伸进历史深处那博大深邃的书法空间。

田飞白不知自己做的算不算真正意义上的启蒙，会不会让孩子错觉为中国的书法艺术仅此而已，就是几本字帖上规范的楷、隶、篆、行、草，只知道历史上有颜真卿、欧阳询、王羲之，只知道多宝塔、九成宫、张迁碑。可他只能做到这样了，家长按月交钱，都巴不得孩子花最少的时间学更多的东西，还不是更多的东西，是更多证书——考级证、获奖证……

办了快十年的书法班，田飞白算是古城这方面的先驱，名气不小。他早摸出了一套家长和孩子都乐于接受的办法。临帖一段时间，田飞白会让孩子登上"雏鹰台"，每周一次。"雏鹰台"这名儿气派，不过铺了一方毛毡的独立桌子，桌面大得足以铺两尺来宽的宣纸，写比脑袋还大的墨字。

一周两堂课，田飞白会根据每个孩子的学书进度，给他手书一幅十字或十四字的诗句，孩子在毛边纸上临摹熟了，周六或周日便可登上"雏鹰台"。这好比吊在驴子眼前的苞谷棒子，让每个孩子雀跃，期盼。

一个个轮着来。田飞白站在一旁，负责铺纸、展纸、收纸，兼指点一二，遇到手拙的孩子也会帮他铺垫几笔，补缀几笔，总之保证这幅作品入得了眼，拿得出手。墨香扑鼻的宣纸作品一在家长眼前展开，家长多半笑逐颜开，甚或不敢相信出自自家孩子之手。

田飞白也笑，心里却明白，书法不是靠每周练熟几个字就可以登堂入室的，没有扎实的杂临百家，博采众长，很难触摸到书法艺术的真正精髓，也难获得书法艺术真正自由的化境。可为了让家长心甘情愿每月掏两百块钱把孩子送来，他只能这样。

这境况是不可深究的，如同掉落的头发不便细数。

田飞白看着端坐一隅的李准，心里涌起说话的冲动。学艺术，有个由技而艺的过程，你们现在刚开始学技的阶段，学技没有捷径，没有窍门，就是要用心，要勤练，要下苦功夫。铁杵磨成针的故事，你们听说过吧。马上有调皮的孩子举起手。学过，我学过。田飞白拍拍孩子的头，在两排桌子之间的窄过道上走过来，走过去。你们就要有这种精神。田老师让你们每天练字，就是在磨你们的技，磨你们手中那根无形的铁杵。有孩子张开手，夸张了表情。铁杵，我们哪有铁杵？马上有孩子接嘴道，田老师不是说无形的铁杵吗，笨蛋！顿时，一屋的孩子笑开了。

田心白站在屋子中央，仿佛掉进了鞭炮堆里，他左看看，右看看，也笑了。李准也在笑，可眼睛没离开帖，笔没离开纸，姿态依然稳稳地端着。田飞白不由在心里赞一声。

忽然有了诲人不倦的欲望，田飞白自己都有点搞不懂。他看看镜子里的自己，发际线像往后退潮的海水，头发日渐稀疏，眼角满是展不平的褶子，有时照镜子发现眼角窝了团没揩净的眼屎，吓一跳。不由喟叹时光无情。想想自己也曾像那些孩子一样，稚嫩，青葱，快乐，未来充满了无限可能。而今，即便尘埃还未落定，也离落定没多远了。

田飞白不知道自己那些用心之语，孩子们能不能听懂，十句百句里总有一两句入耳，甚或进心吧。他安慰自己。

田老师，能不能借几本字帖给我看。李准的话让田飞白一惊，继而大喜。

字帖是他的宝贝，都是过去二十年里寻寻觅觅来的。田飞白说起这些字帖，可以一口气说上几个小时，从每本字帖怎么得来，到帖的历史、风格特点，再到写者的生平、学书经历、典故等等，只是没有人有兴致听他讲这些。来学书的，无论老少，多半抱着送到他们面前的字帖埋头死啃，看似心无旁骛，实则拘泥困囿。现在李准从人堆中抬起了头，他岂能不喜。

田飞白马上在心里细一梳理，列出了一长串适合李准的学书帖单。整理帖单的过程中，一个计划在田飞白心里团成了形。如果说之前那想法还暧昧混沌，现在俨然一个轮廓完整的胎儿了。

李准刚学完楷书，开始学隶书，之后将是篆书，隶、篆是接下来学行书的必由之径。田飞白哼着歌儿，指尖在一长排字帖的帖脊上滑过，来回了好几次，最后停在赵孟頫的《汲黯传》。赵字承王字的神韵，却又比王字易学，秀挺潇洒，笔势舒展，每一字都堪称楷模。

下一次上课时，田飞白待李准一坐下，就将字帖递给了他。他满意地看到李准脸上的表情，仿佛自己当年。田飞白搬一把椅子坐到李准身边，指着帖一个字一个字说给他听。一抹阳光从敞开的窗口斜照进来，师生二人的头一大一小，双双落在帖上，紧紧拼贴在一起。

田飞白从教室往家走的路上，哼起了歌儿——《红莓花儿开》。这歌年轻时他爱唱，后来不知怎么就淡忘了，仿佛沉溺到时光深处。现在，那旋律那歌词忽然冒了出来，像水中浮出的气泡，在他的舌尖上轻快地弹动。他的脚步也随了这旋律，在春天的气息里一下一下轻快地弹动。

到家，田飞白洗把脸，望着镜子里的自己。眼角的皱纹似乎没那么惊心，梳子划过头顶，几根头发掉落在盥洗台面上，梳齿上也嵌了两根。田飞白尖起两根手指，心里默数，六、七、八、九……落发一一包进宣纸。他做得细致认真。红莓花儿的旋律一直在心里头回旋，带着草莓的酽红。

田飞白在桌上铺开一方素纸，用笔蘸了浓墨临张旭的草书。笔在纸上疾走。人老本是生命的常态，何至于那么悲观呢。有落亦有生，万物就这么循环着，循环不已，千古不易。所喜之物仅仅是纸、墨、笔，可三者遇合，黑白二色之间，就演绎出那么多的机趣与回味，可见生趣之无穷。

妻子奇怪，你最近怎么了，遇上什么好事了，整天笑眯眯的。田飞白含笑不答。他晚上除了挥毫，也坐在灯下戴了眼镜写啊写的。他在为李准准备资料。接下来该读哪一本帖，这帖的妙处在哪，败笔在哪，虽是一己之见，却是二十年学书的心得。田飞白很高兴自己肚子里的货，还能拿出来与人分享。他也很高兴，李准对他的看法并不是一味接纳，经常就某一字、某一笔画勾连处与他争论。他们读的最多的是行书和草书帖，米南宫的、苏东坡的、二王的、黄山谷的、王铎的、怀素的……那用笔,那使转,那节奏,那浓淡,那走势,那布局,那枯湿,那轻重,那缓疾,那虚实,那错落……师生俩常常各持己见,如两股水流激荡,时而水花迸溅,时而化作轰响。有时两人争得满面潮红,继而相视一笑。逢到妙处,田飞白不由在心里击掌而叹。

学书不在长短,灵气实不可缺少。田飞白感慨,他学书二十年,教人学书近十年,可在对书法的直觉与识见上并不胜过李准多少。这让他不忧不涩,反而满心欢喜。

田飞白对李准的学书计划早已胸有成竹,只是这竹的枝叶只婆娑在他心里,他没有对妻子说,也不会对李准的父母说,甚至对李准也没说。每堂课,他都会留出时间让李准读帖,而不是像别的学生那样每周只练熟几个字。

两人坐在房间一隅窃窃而谈,惹得其他孩子眼里都是羡慕。久之,也习以为常了。只是这样一来,田飞白指导孩子们上"雏鹰台"的时间不免匆促,应付起来便有了潦草之态。妻子委婉地告诉他,已经有好几位家长看了孩子的作品,说这字怎么越写越差了。田飞白似未听见。

你不是真想把李准培养成书法家吧?妻子对着电视机做甩臂动作,语气里夹了笑意。很想。田飞白答得认真,想想,再强调一句,真是很想。这孩子有潜质,田飞白不由笑起来,仿佛看到李准就坐在屋角伏案习书。

妻子收了笑,你不是开玩笑吧,这事,怕不是你能做主的。人家父母对孩子抱了大期望的。我知道,大期望,田飞白笑一下,傲慢地,难道成为一个书法家就不是大期望?你不要狭隘。

我狭不狭隘没关系,关键是人家父母,你知道人家怎么想,怎么看。说到底……妻子停下来,看着田飞白,不再往下说,动作从甩臂换成了扭腰。

田飞白悠悠地抬起眼睛，说到底什么，我知道你的意思，我不过是个收钱教人家写写字的嘛，哪管得了人家怎么规划孩子的前途。可这孩子要是不走这条路真是可惜了，这样的苗子千里万里难挑一啊，我田飞白这辈子才遇到这么一个。

在你眼里，书法自然是比天大比地大的事儿，可在人家眼里呢，你想过这个没有！扭腰做完了四个八拍，妻子开始弯腰压腿。纸纸出国留学的事基本定下来了，学校那边要交五万押金，两年学费二十万……

田飞白心里一阵烦躁，他站起身进了自己房间，门重重在身后合上。这一晚，田飞白闷了大半宿，埋头疾书，换了好几个帖，都写得干涩无味。干脆掷笔，傻傻地坐在桌前。或者，找个时间和李准父母沟通一下？

还没等田飞白酝酿好怎么开口，李准妈妈主动来找他了。田老师，您帮忙劝劝准准，不能因为学书法耽误了学习。现在他像着了魔，吃饭走路手都在空中比画，傻子一样。叫他半天，和他说话，都没反应。以前我们是鼓励他每天做完作业再练练字，现在纸笔都被他爸爸收起来了，他就躲在房间里偷偷看字帖，还骗我们说在温习功课。晚上作业都没做完啦，就抱本字帖在那里看，过十二点了还不肯睡。上周数学只考了八十四分，一百二十分的卷子，这才刚刚及格啦，您说我们着不着急。李准妈妈说着说着眼圈红了，再这样下去，我们只有让他别学了。

田飞白木在那里，无法答言。他不清楚李准的这些情况。让他说什么好呢，别这么迷恋书法，或者干脆别学书法了？让他对李准说这话，还不如让他掴自己耳刮子呢。他又能对李准妈妈说什么呢，由着他，难得一个人这么与书法投缘，他田飞白过了大半辈子才遇到这么一个，终有一天李准会成才的。他能这么说吗？

妻子从另一间房里转过来，拿眼睛轻轻剜他一下。田飞白埋下头，沉默半天，才沉沉地点了一点。

田飞白在两排桌子间来来去去，走了好几个来回。他看着李准专注习书的样子，步子再往前迈不出去。直弄得自己口干舌燥。他走进另一个房间，求助地望望妻子，妻子以目光回应，轻轻点点头。妻子擦着他的身子走出去，走进了客厅，田飞白站在那里没有动，没有回头。他看见桌面上有一颗凸起的钉头，歪着脑袋，像个犟头犟脑的孩子。

我不！

李准的声音。满屋的孩子纷纷抬起了头，带着受惊的表情望着田飞白。田飞白嘴唇紧抿，站在原地，腮上两道青筋棱起来，没有言声。良久，田飞白转进客厅，看见妻子坐在李准旁边，正絮絮地说着。

眼前的景象让他有些眼晕。他从未感觉屋子这么拥挤过，两排桌子前满满的坐着孩子，他们一个挨一个，有的肘下的毛边纸重叠在一起。屋角，堆放着他们练过的半人高废纸，两边墙壁上也贴满了他们的作品，一幅幅白纸黑字，你贴着我我贴着你。空气中弥漫着浓烈的墨息，干燥坚硬。似有股铁锈的腥气撞击着鼻腔，田飞白深吸一口气，这气息仿佛来自他的体内。

很多年了，他自然安适地在这里穿进穿出，没感觉到隔涩。此时却仿佛一枚锈蚀的铁钉，僵硬地戳在这场景里。

田飞白正准备关门回去吃饭，楼道上响起一串硬邦邦的脚步声。他愣一下，这脚步声有些熟悉，又似陌生。扭过头，李准出现在楼梯口。额头上满是汗，双颊绯红。

田老师，我想换本字帖。李准三步并作两步跑上来。你怎么这时候跑来了，刚放学吗，田飞白诧异，还没回家吃饭吧。

我们开始上晚自习了，七点钟，我路上吃了个烧饼。李准的胸脯汹涌起伏，他将手里紧紧攥着的字帖递给田飞白，您再给我找本字帖吧，书也可以，只要是关于书法的。

吃个烧饼怎么行，再不要这样了，你爸妈知道不骂你才怪呢。田飞白心里一疼，这孩子！

他赶忙打开门，翻出一本邱振中的《书法艺术》，想想又进厨房拿了瓶酸奶。谢谢田老师，不等田飞白说话，李准已经冲了出去。一串硬邦邦的脚步声由近而远。田飞白愣在那里，回过神奔上阳台，看见李准飞跑过马路，沿湖边的人行道跑远了。夕阳中，一抹淡色的影子。

这孩子！田飞白心口莫名地抽紧，锐痛。

同样的时间，同样的方式，李准又出现过两次。第三次田飞白再不肯换书给他。李准的眼睛里仿佛有一簇火，田飞白看见这簇火在瞬间黯淡，李准满是汗水的脸上清晰地浮现出委屈、失望、沮丧。一层柔软的绒毛覆盖在李准的嘴唇上方，两侧腮帮上，这还是一张孩子气的脸，让人心疼。

田飞白不能不坚硬起表情，没有换书给他。李准像来时一样跑下楼，脚步声一下一下仿佛砸在田飞白的心上。他不敢问自己，这样是伤害了李准，还是为他好。他不敢问。连他自己内心也矛盾纠结着，理不清答案。

那以后，李准再没在黄昏时出现过。田飞白却习惯了每天下午去教室待着，即使没有一个学生来，也待到暮色四合时分才匆匆回家吃饭，又匆匆赶来上晚课。

饭焖在锅里，温热。妻子去社区花园跳健身操了。屋里安谧，安谧得让人心惊。田飞白坐在这安谧里不时地想起李准来，那孩子仿佛正气喘吁吁地向他跑来，还有他紧紧握着字帖的手，他仿佛在波浪上汹涌激荡的心。

很多时候，田飞白回避去想，如同他回避去看镜子里的自己。

他不知道那张脸上停留着什么样的表情。像生命中绝大多数时光一样，他依然常常挥毫到深夜，手不停地挥动着，机械地摹写字帖上的王字、赵字、米字。有时候，他陷入极度悲观中，不知自己这样不断地写啊写，有何意义，有何价值。有时候，他又被一股欢欣鼓荡着，心仿佛乘了风意，脱了羁绊，在一处至为浩瀚的空间飞翔。只是不能想起李准，那张混杂着汗水、委屈、失望、沮丧的脸。

李准每周四晚上的书法课取消了，因为学校上晚自习。这决定是一次李准爸爸来接他时，当着李准对田飞白说的。李准好像事先并不知道，他马上说，可不可以周六加一堂课。他爸爸摇一摇头，一副坚定的表情。

田飞白看见李准的脸在瞬间变成了一张素纸，脆薄得仿佛吹一口气就会皱缩成一团。而他的指尖，也仿佛在一瞬间失了温度，冰凉漫起，迅速浸透了全身。

田飞白被禁锢在这冰凉里，眼睁睁看着李准的爸爸跟在李准身后，消失在铁门外。

田飞白能感觉自己的目光里多了些东西，重起来。但他不去想那是什么。现在一看到李准坐在屋子一角习书的样子，他心里就会莫名地抽痛，一股奇怪的情绪在瞬间攫住他的身体。于是，他回避去看那个角落。大多数时间，他待在另两个屋子里，在密挨密的桌子与孩子之间茫然地走来走去。

预感很快被印证了。

又一个周日，李准的脚步声没有准时响起，田飞白等了一刻钟，终于忍不住了，打李准的小灵通关机，再打他妈妈的手机，李准妈妈在电话里礼貌地告诉他，李准的书法课停掉了，他现在加了校外的奥赛辅导课，时间上安排不过来。这事，她已经和他妻子刘老师说过了。

田飞白不知怎么挂断电话的。他只觉眼前密麻麻一片，耳边吵嚷嚷一片，脑子里仿佛有水流在激荡回旋。这消息并不让他意外。他只是觉得有些疲惫，可能前夜写字到深夜。他缓缓走到屋子一隅，在李准空出的凳子上坐下来。身体与凳子相触的声音有些突兀，旁边的孩子纷纷停了笔，扭过头来看他。田飞白冲他们笑一笑。孩子们又相继回过了头。

笑停留在田飞白的脸上，他保持这笑很长时间。不知有多久。

田飞白又看到桌面上那枚歪着脑袋的钉子。傍晚的时候，他用锤子一下一下，将这枚冒出桌面的钉子钉进了桌面。现在，无论是看上去，还是用手摸上去，桌面都平整了。

李准的座位并没空多久，就被一个新来的孩子填了空。这孩子胖墩墩的，行为有些迟钝，接受新东西似乎也有些迟钝，他学笔画花费了比一般孩子多一半的时间，可这不影响田飞白每次耐心地为他准备教案，为他在课前铺好纸和笔，像他对待其他孩子一样。

一些恍惚的时刻，田飞白的目光不经意地瞟向屋子这一角，他仿佛看见斜铺进来的阳光中，端正地坐着李准，李准正屏息静气地临帖，笔稳稳地握在他手里，背挺得像又一杆笔，不由在心里叹一句，这孩子姿态真好。这时候，田飞白会闭上眼睛，站在那里，迟迟不愿将眼睛睁开来。

夏天不觉到了，准备考级的孩子趁着假期都加了课。考五级的孩子要现场写两种字体的作品，七级以上的要写三种字体，田飞白给每人准备了备考的资料，孩子对照着临时抱佛脚密赶密地练。应付这考级，田飞白经验足，和省里负责考级老师的交情那是三个字——熟透了，每年一百个孩子九十八个过关是不成问题的。很多家长看重的就是这份证书。

田飞白差不多整天守在教室里，妻子也放弃了晚上的健身操，按时给他送饭来。一室两厅的房子每天都满满当当，送走一批迎来一批。不知是否忙的缘故，田飞白头发掉落的速度似乎提了速，他任掉落的头发狼藉在洗脸盆、盥洗台上,不再去收拾。倒是妻子每每看见,将这些落发收拢来,像他一样收进宣纸包里,放到抽屉一角。

那天中午,田飞白送走最后一个学生,将散落在桌面地上的纸一一收集拢来,堆在那叠废纸上,准备坐下来吃饭。再过半小时下一批学生就来了。手机忽然响了,陌生的号码。田飞白犹豫一下,接了。

听筒里传来杂声,似乎是在大街上,汽车声乐声人声交织在一起。一片混沌的声音之上,传来一个异常清晰的声音,田老师,我是李准,我还想学书法……后面的声音突然模糊不清了。恍惚是抽泣,继而是号啕声,从电话那头狂泻而来。田飞白握着手机,呆呆地站着,有一刻脑子里一片空白。他仿佛看见一个孩子正气喘吁吁地狂奔而来,他手里紧紧攥着一本字帖。那字帖散发着浓郁的墨的芳香,唤醒了他筋骨里沉睡的气息。这气息,自岁月深处绵延而来,如此熟悉如此亲密如此地不可抗拒。慢慢地,慢慢地,泪水涌进了他的眼眶。

继而缓慢而下,耐心地将一切杂声淹没了……

神仙帖

李睿从窗口掉下去的全过程，我设想了很多次，还是感觉荒谬。李睿的家人自然更没办法想明白了，这个我充分理解，但他们将矛头对准我，我觉得之中的逻辑也很荒谬。

我已经被这荒谬的逻辑纠缠了一个星期，感觉自己比窦娥还冤。"你暂时休息一段时间，出去避避吧。"罗校长对我说这话时，眉心像贴了个线条复杂的螺纹，又像个微型迷宫。

我的心一下抽紧了，不知该怎么反应。半晌，我小心翼翼地说："真是不好意思，给学校添麻烦了。""别这么说，事情不怪你，要说这事谁也不能怪，可……"罗校长停下来，一脸苦笑。这话让我的心舒缓不少。"那，我休息多长时间？""现在还说不好，你等我电话吧。你不要有心理负担，就当是休假，有好几年没休假了吧？"

当天夜里，我带着几本书、两三套衣服从青湖山中学的后门成功出逃，内心仓皇地奔向老家。一转眼，我有三年没回老家了。每逢寒暑假，这所民办学校就会面向社会办补习班，我总是自愿留校的那一批，为的是省点路费，多赚点钱。现在，我带着从一个噩梦中逃离的庆幸和忽然翻涌而起的回家热望，踏上了北上的火车。

不是年假期间，车上不挤。我将身体懒懒的倚靠在座椅上。对面坐着一对恋人，一路上他们不只身体黏在一起，嘴唇也时不时地贴在一起。我身边坐着一个老妪，她的脚边蹲着一篮子鸡蛋，圆圆滚滚的鸡蛋半掩半埋在金黄的谷壳里。谷壳粗糙，但气息温暖。对座的恋人第一次接吻时，我感觉到老人笑了，脸上的褶子密集得仿佛随时会掉落下来。她羞涩地掉转目光，望向窗外。那目光似乎有着谷壳粗糙的质感，磨砺着我的左脸，我只好微侧过头，也将目光投向窗外。

火车穿过隧道，光线霎时黯淡下来。窗玻璃上清晰地映出了车厢内的景象。人们的侧影被随意拼贴在一起，乡村老妪的手仿佛在触摸有着动漫发型男子的脸，手握棒针的女人一下一下仿佛在勾连老妪的领角，中年男人手中的水杯伸向恋爱中年轻女子的嘴边，还有一对看起来素不相识的人仿佛依偎在一起，正在车窗幻影里相亲相爱……这一切逻辑荒谬。

是的，逻辑荒谬。我闭上眼睛，又一次想起了李睿和发生在516寝室的那个逻辑荒谬的夜晚。

李睿有梦游的习惯，同寝室的学生曾半夜被奇怪的声音震醒，醒来看见李睿闭着眼睛，正在两张桌子间跳过来跳过去。他们呆怔一刻，赶紧将李睿唤醒，才没有导致什么意外发生。醒来的李睿满头大汗，对刚刚发生在自己身上的事一无所知。

数天前的那个夜晚，没有任何征兆，516寝室的学生在熄灯后次第进入梦乡。深夜，他们忽然被一阵喧闹声惊醒，楼下有人在喊："跳楼了，有人跳楼了！"马上有人飞奔下楼，挤进人堆里，在几束电筒的光亮下，依稀看见跳楼者穿一件背心短裤，四肢摊开趴伏在地上，脑袋下一摊乌血。那时他们还没将这一幕与李睿联系起来。

事后，认识李睿的老师同学纷纷回忆了此前他的行为举止，没有什么情绪或行为上的异常表现。他的书包收拾得整整齐齐，作业也都做完了，看起来是准备第二天去上课的样子。人们翻遍了他的床铺、桌子，没有发现类似遗书的文字。他也从来不写日记。

人们做了种种推想，其中一种推想是李睿半夜梦游症发，于无意识中坠落窗外。似乎，这是最合逻辑的解释。校方抓住李睿有梦游史这一点，强调舍此没有其他更合理的解释。但李睿是怎么闭着眼睛，悄无声息地从上铺下来，又是怎样爬上桌前的凳子，再爬上窗前的桌子，再一步迈向窗外的，这一过程无人可以演绎，也无人敢下断言。我想象了很多次，依然觉得荒谬，不真实。

李睿的家人很快出现在学校，不是一个两个，而是一群。他们四处走访调查，在看起来杂乱无章的信息中，最后拎出了三点质疑学校：第一，寝室既然在五楼，就该考虑到学生有坠楼的可能，为什么不安装防盗网？对此，学校理直气壮地解释，根据消防规定，五楼以上不得设置防盗网。第二，既然知道李睿有梦游的习惯，为什么还让他睡在上铺？对此，校方也合情合理地解释，睡上铺还是下铺由学生自行选择，校方并无硬性安排。第三，语文老师在课堂上讥讽李睿作文写得乌七八糟，导致李睿情绪波动，是当晚悲剧发生的直接促因。对此，罗校长马上找到我，我承认是批评了李睿作文的内容不健康，偏离了一个中学生应有的价值观，但我言语中肯，没有讥讽之意，且同学也证明，我的话并没让李睿情绪低落，后面一节课和下午的三节课，他同往常一样与同学说说笑笑的，临睡前还和人下了三盘象棋，三局两胜，开心地在寝室里跳了几下机器舞。

"对心灵造成的伤害是看不见的！如果不是情绪波动，他怎么会无缘无故走上这么一条绝路……"来人将校长室围得水泄不通，学校保安和老师都被拦在外面。

"警察已经下了断言，非主观性自杀，也非他杀，系梦游导致的意外死亡。你们的心情我能理解，但请你们也理智一点，不要影响我们的教学工作……"罗校长还算镇定，一遍又一遍语气平和地解释。

最后还是派出所动用了五名警察，才让局面有所改观。一大群人退到了校门之外，在校门口搭起了灵堂，花圈环簇，一天二十四小时播放哀乐。在熙攘的人流中，李睿表情平静地面向学校大门，脸上还透着让人心疼的青涩之气。

我被老师们保护起来，一旦有人来找我，或询问我的下落，他们都会警惕地摇头，表示不清楚。"现在是谈判的关键期，只要你不出现，他们就不会情绪激动，也没有什么新的由头……""可是我……"我感觉自己满心满嘴都是苦的。

"现在就是这样的风气，明知道他们是找借口，找由头，但是没办法，没地方来断这个案，也没地方来评这个理，学校肯定是要拿笔钱，但现在他们是狮子大开口，要五十万，这个学校肯定不能答应……为了尽快把事情解决好，只能委屈你了，你看到哪里去避一避，最好是离开市里。"离开市里，我还能去哪，只有回老家了，我忽然比以往任何时候都渴望回家，回到半字不识的老母亲身边。

我打定主意要给父母一个惊喜，之前打了个电话问家里情况，只字未提回家的事。母亲说家里一切都好，她和父亲都吃得睡得要得，让我不要挂心。电话这头的我，不知怎么鼻子一酸差点掉下两行泪来。到家，我才发现母亲并不好，她竟是比三年前我见到时矮下去一大截，腰背佝偻得更厉害不说，一条腿走起路来一瘸一拐的，说是风湿腿犯了。我弯下腰来查看母亲的腿，隔着裤管，那腿细细瘦瘦的，膝盖处却鼓凸得厉害，摸着摸着，我的眼泪再忍不住，刷刷地掉下来。

母亲见我半天不抬头，弯下腰，发现我在哭，惊得忙把膝盖从我手里抽出去，"不碍事的，伢儿，就是变天的时候会疼一疼呢，平时不疼的，不碍事的。"我哭得更厉害了。"为什么不和我说，我不能带你去看病，总可以开药寄回来吧，回回电话里都说好好好的，这哪里是好……"我蹲在地上，拿手捂着脸，像个孩子耍赖般地哭着。我感觉到母亲的惊慌，她的手四下慌乱地抚摸着我，似乎不知该落在哪里才好。我很想停住哭,可停不下来。

"伢儿,你怎么啦,是不是在外面受委屈了?"母亲的声音近在耳旁,我睁开眼睛,透过泪水才发现,母亲为了俯近我,一条腿半跪在地上。理智重新回到了我的身体里。我抹一把脸,一把将母亲扶起来,冲母亲展开笑脸。"这伢儿,吓死我了,这一哭一笑的,娃娃脸一样。"母亲并不能放心,细细端详我,我从心底里笑起来,"没事,三年没休假了,学校给我假,让我回家好好休息一阵子,陪陪父母。"这一刻,李睿的阴影似乎从我心里消失了。

母亲笑了,进厨房忙活起来。我陪在一旁和母亲说话,母亲想到哪说到哪,说的都是镇上认识的那些人,家长里短的一揽子事儿。我陪父亲喝了两杯酒,看得出来父亲很高兴,点着筷头说明天把你姑妈婶婶叔叔伯伯都接过来,我赶紧拦住了,说学校还布置了些任务,明天就得到附近跑跑。幸好父母没追问是什么任务。

一个人躺在床上,门外传来一叠叠的蛐蛐声,我辗转反侧睡不着。李睿又在眼前出现了,他平静地看着我,一脸青涩的表情让人心疼。不知学校的事处理得怎样了,事发后,罗校长提醒我换掉手机号码,免得李睿的家人找到我。新号码只有罗校长知道,我将手机二十四小时开机,可它静若无物,没等到一个电话。

每天早上我睡到九点来钟,骑上父亲的旧自行车,不想在镇子中心碰上熟人,我就在郊外乱逛。阳光灼灼地洒在身上,我眯起眼睛,放开两手,让自行车在马路上飞驰,仿佛回到了少年时代。有时选一处田埂坐下来,在树荫下眺望田野,看云影在大地上缓慢地移动。这样的时光没话说,自由自在,和校园里讲课备课改作业机械而忙碌的生活不能比,可我的心情惬意不起来,时不时地就想起了南方那座校园,想起了李睿和校门外的灵堂,内心腾起不可遏制的一股焦躁。难道事情解决得并不顺利?

母亲渐渐感觉出了不对劲,她小心翼翼问我:"伢儿,是不是学校的事没做了?"我装作一脸坦然,"哪呀,学校派我出来做一个课题……"母亲将信将疑地点头。为了证明自己的谎言,我不再出门闲逛,而是待在家里伏案写东西。哪里写得出来?脑子里一团乱麻,笔落在纸上也是一团乱麻样的线条。我将这些纸揉成团,揣在衣服口袋里,趁傍晚出去散步的时候悄悄扔进村头的小河里。

罗校长终于来电话了,接到电话的不是我,是我母亲。罗校长没等母亲答话,就不歇气地将要说的话说完了。那天,我散完步回到家,母亲急巴巴地等在屋门口,看见我就一瘸一拐地迎上来,"伢儿,你是不是在学校里闯下什么事,校长要你出来避一避的?"我一愣,不知该怎么回答。母亲说她接了电话,是一个姓罗的人打来的,说让我还避一段时间,事情很棘手,学校还在着手解决。母亲说,她听了电话一个字都说不出来,愣在屋里半天没挪动手脚。"是多大的事啊,伢儿?"

望着母亲,我无法再隐瞒了,将事情原委细说了一遍。"你真没骂那个学生伢?""真没骂。""那他怎么会从窗子跳出去?""是梦游,妈。这事完全是个意外……"母亲怔怔地坐在那里,她的表情让我知道她并不能安心,可我不知道该怎么解释和安慰她,我连自己也安慰不了。屋子里陷入了深稠的静寂。

我没想到母亲会去找董仙姑。她拿着我的生辰八字,走了一小时路排了半小时队才见到董仙姑。在掐指默算了一刻后,董仙姑说我今年命里有个劫,须得用法化掉这个劫。"怎么个化法?"母亲想必问得殷切。董仙姑拿起一支笔蘸了蘸红彤彤的不知什么水,在一张轻飘飘的黄纸上涂抹了几笔,递给母亲。母亲从怀里掏出五十元钱,一路迎风举着黄纸,用两手拥护着回到家,到家就贴到了我住的屋子门楣上。

我散步回来迎头撞见这轻飘飘的黄纸,哭笑不得。饭桌上,我装作随意地问。"去见了董仙姑？""见了见了，董仙姑说这是命里该有的，有了这个符，不出半个月就能化解掉……"母亲的灰白头发还带着沐风急走的痕迹，显得有些凌乱，我埋下头往嘴里填饭，想想，抬起头。"还是五十元吧，我等下拿给你。"母亲愣一下说："不用不用。""妈忘了，不是说这钱须得自己出，才叫诚心吗？"母亲不再说什么。

董仙姑原是母亲老家的村妇女主任，计划生育抓得紧的年月，家家怕她登门，却又不敢得罪她，村里一帮妇女由她随叫随到，也算是呼风唤雨的一个人物。年纪大了，被更年轻的妇女主任顶下来，闲在家里，身边再无人环绕，便开始小病不断，四处寻药方拜菩萨，身体就是不得清爽。一天，她在自家堂屋里忽然满地打滚，翻白眼，吐白沫，似神志不清，待稍回过神来，大叫一声"我是观世音菩萨转世"，从此便以"仙姑"自称了，放出言来，村里但凡女性，都得听她调遣，日日前来进香。若是不听，观世音菩萨发起威来就由得人自受了。慢慢的，村里一帮妇女又开始围着她打转。一旦有谁不听她的盼咐，她便破口大骂一通。这样的仙姑，在我看来，不过人间一小丑罢了。可我不能违拂母亲的好意，让那页黄纸继续在门楣上轻飘飘地晃荡，没几日，上面的红迹就淡去不见了。

学校依然没有消息来，我终于忍不住，给罗校长打了个电话。"赔偿协议签是签了啊……"听话音，我似能看见罗校长满脸疲惫的样子。"那我可以回来上班了吗？"我浑身一激灵。

"唉，这家人可真难对付，谈判过程是百转千回啊。到了，终于达成协议，赔偿十五万，可他们非逼着在协议上补充一条：将导致悲剧发生的语文老师开除出校。不加这一条就不签字……孟老师，你不要着急，我心里有数，现在事情刚刚解决，等过一阵子，对方淡忘了，你再回来上班。你不知道，他们到处找媒体，跑到教育局、市政府告状，弄得学校很被动……"我内心戚戚地挂断了电话。

那一天，我瘫软在床上，呆望着布满灰垢的屋顶。似乎，一切皆空。之前离乡背井七八年的努力，在这一刻都化作了泡影。还有父母那里，我怎么解释？口口声声不是我的错，可为什么学校要答应人家开除你？还有，何时可以回去上班也是个未知数。不是说这世间因果轮回吗，我未作恶为何遭此一劫？董仙姑说是命里所有，无法躲过的，真是这样吗？又比如李睿，难道他长到十三岁，生命的一切还未全然展开，就是为了在某一天夜里因坠楼身亡吗？他本是我众多学生中的一个，可因为语文课上看似平常的几句话，就让我们的命运纠葛在一起成劫。人生何以有这许多莫名其妙之事，其中的玄机谁人能解？

母亲眼里的担忧压得我心里隐隐生痛，我想装作若无其事的样子，可身体五官不听使唤。"去见见芈神仙吧？"母亲说得小心翼翼。"什么芈神仙，又和那董仙姑一样，装神弄鬼来骗钱的吧？"我语调有点冲，话一出口就后悔了。母亲垂着头半天没吭声。

"都说芈神仙很神的，一算一个准。"母亲小心翼翼的语气让我烦躁又心疼。"再准又能怎样，活人还能干预到老天的意志，左右别人的命运？荒谬！"我一副不耐烦的腔调，故意不看母亲。

"怎么这么和你妈说话！巴望你出去几年长劲了，结果还是这么个孬德行。"父亲一句话硬邦邦地戳过来，直戳进了我的心窝子。一股剧痛升起，我猛地蹿起身来。"孬德行怎么啦，也比你看了一辈子仓库强，要是你有一点点门路，我至于出去一个人闯荡吗。看看我那些同学，但凡父母有点能耐的，现在都混得人模狗样的，你以为我巴望这样啊……"

父亲将烟塞进嘴里，一阵猛抽。母亲不住地拿手抹眼泪。我心内一阵酸楚，转身走出了屋子。那天我一个人走了很远的路，到深夜才回家，进屋就躺下了。母亲端碗进来搁在桌上，"伢，吃点吧，趁热。"说完，一瘸一拐地出去了。

满满一碗饭菜热乎乎的，捧在我手里，被风吹得冰凉的手慢慢暖过来。我大口大口咽着米饭，眼泪吧嗒吧嗒落进碗里。

转天，我跟着母亲去了芈神仙那儿。我们坐车去市里，先找到玄妙观，问了几个人，才在附近的一条巷子里找到一个挂着"芈神仙"门牌的红漆木门。门窄窄小小，并不起眼，走进去才发现院子不小，种了各色花草，还有两盆铁树，和一缸水养睡莲。凹字形排列的几间房，安安静静的。

母亲一路上和我讲了很多芈神仙的轶事，都是村人传到她耳朵里的。在种种传言里，芈神仙简直就不是个凡人，真真是活神仙下凡。村主任的老婆说，她儿子高考落榜后，找芈神仙算了一卦，芈神仙说一波三折，终得正果，不过涉险过关。后来，她儿子果然在第三年才考上大学，离分数线只多了两分。还说市里好多大老板、企业家，甚至是政府的官员，有拿捏不准的时候，都会找芈神仙算一卦。芈神仙与别人不同，从不上门服务，有所求的都得上这个小院来找他，不管你多大的官，腰里揣着多少资产，且一定要本人到场，托人代算的恕不接待。母亲不停嘴地说那么多，自然是想打消我的顾虑。我哪里真信，若人的命是推算得清楚的，这世界怕是就没这么复杂了。

进得一扇敞开的门，才发现里面已经坐了满满一屋子人。空气闷热。椅子沿墙摆了一圈，看起来队伍的头在另一扇门那儿，我和母亲便在进门的空椅上坐下来。

屋里的人都不说话，有的闭目养神，有的盯着某处发呆，有的拿手不停绞扭衣襟，有的织毛衣，有的看报纸。年龄参差不一，看起来职业也拉杂不一。坐了一阵，我看出来，另一扇门口坐的一个独臂小伙子是工作人员，由他负责放人进去，时快时慢。而与我身边屋门正对着的一扇门，像是出口，每当那边吐出一个人，这边就进去一个人。有两人结伴来的，独臂小伙子就会问一句"谁算"，算的人自己进去，陪同者可以继续坐在这里等，也可以到院子里等。一切井然有序。

墙上挂着一幅字，"有即是无，无即是有"，落款芈神仙。我暗中撇撇嘴，这话如今随处可见，我是读不出有什么禅机。不过，芈神仙的毛笔字写得还算周正。

好不容易进得里屋，发现竟是和外屋一样情景，也是满满一屋人。如是者三，最后一道门挂了厚厚的门帘，从门楣直垂到脚。轮到我，掀帘进去，厚厚的手感，还没等反应过来，眼前蓦地一黑，心不由得往下一沉。

屋内只点了两根红蜡烛，烛光摇曳，暗影憧憧。我在帘后站立一刻，等眼睛适应了屋内的光线，小心翼翼摸索到桌边坐下，这才抬头细看两束烛光中间坐着的芈神仙。一看之下，我不禁愣住了。这不是我小学同学芈大头吗？

又恍惚不像，再仔细看，眉眼嘴巴鼻子都像，特别是他膨大得有些过分的额头，这不是芈大头是谁！与记忆中唯一不同的，是他的眼睛。原来芈大头的两只眼睛很正常。但芈神仙的两只眼睛里各有一块不规则的白翳，左边的几乎遮住了整个瞳孔。现在这双眼睛在昏黄的烛光下盯住我，可我不知道它们是不是在看。很显然芈大头，不，芈神仙没有认出我来。

"所问何事？"芈神仙慢悠悠地吐出三个字，还真有那么点仙风道骨的意思。我心下不禁莞尔，也不点破芈大头的身份，看他怎么装神弄鬼。"最近遇到点麻烦事，想问问什么时候可以过去。"

"报上生辰。"我一一如实报了，只见芈神仙在一个本子上记了几笔，然后抬起左手，几根手指曲曲合合，嘴唇翕动。我趁这工夫看了看屋内的布置，芈神仙身后的墙上是幅八卦图，桌上几本色泽苍黄的书。除了一桌两椅，墙角处还摆着一张床。看起来陈设很普通，只是摇摇曳曳的烛光和空气里浓浓的檀香味，营造了神秘兮兮的气氛。

"你要粗算，还是精算？"芈神仙收起手指，两眼空洞无物地望着我。"怎么个粗算、精算？""粗算的话，我已在心里了，开口即可告知。若要精算，即告诉你详细的因由根结，还有化解之法，须得三日后再来。""收费呢？""粗算一百，精算三百。"我沉吟一下。"那我要精算吧。""那请三日后再来。"芈神仙伸出右手做出"请"的手势，姿态相当从容。

我站起身，想想，重又坐下。"怎么？"芈神仙的两团白翳仿佛在盯着我。"可以不可以先听听粗算，我再决定要不要精算？"

"本来是不可以，来者即信，不信勿来。"芈神仙说得不急不躁，慢慢悠悠。"本来不可以，那今天可不可破个例，解我心头之急。"芈神仙点一点头，"你说得诚恳，那我就破一回例。我也知你心头之急，淤积已有月余。因此中轮回在你的业力之外，你难以左右，所以请静心等待三月，至于这三月中你可以有何作为，三日后我会说与你。"

芈神仙说我内心之急已有月余，倒是说准了，还有我难以左右，似也合乎我情，但这些都是虚言，三月等待会有何结果却又不明确。明知是吊我的胃口，想来他也不肯再多谈，我只好起身。

出得门来，重见到敞亮光线，我不禁长舒一口气。此屋坐着一个挂双拐的年轻男子，他让我在表格上登记，写上名姓、事由、类别，然后交钱，还开了张收据给我。

再出来就是院子了，母亲已等在这里，急急问我情况。我张张嘴，一时竟不知从何说起，想想，"还好。"母亲却赶紧拦住我的话头，"不说罢不说罢，都说这个说不得，说了就不灵验了。"

三天后，我独自来到芈神仙的院子。照例排队几个小时才进得芈神仙的屋内。我撩开门帘，还没摸索到椅子上坐下。"三天前来过吧。"芈神仙还是那般气定神闲的味道。我一愣："你看得见？"

"依稀。看见并不靠眼睛。"芈神仙的话说得我笑起来，这两句还有些禅意。三天来，我一直在琢磨芈神仙会给我怎样的答案。说实话，我心里并不相信这答案，可我很想看看他给我的答案。

"你不信。"芈神仙面带笑意望着我，烛光摇曳，两团白翳显得比上次和善不少。"不信什么？"我诧异反问。"你走进这扇门时心存疑问，很想看我给你算的是什么，但你的内心在说：我并不相信眼前这个人。"芈神仙悠悠的一番话说得我笑起来，但连我自己都能感觉到五官笑得艰涩。难道芈神仙真能读懂人的心思？"要让我相信，就看神仙算得准不准喽。"

芈神仙不再说话，递给我一张纸。我接过来，凑近烛光，只见上面写着：突兀起危机，蒙冤避险难。人生难得闲，有心自求进。熬得百日后，转机方到来。

"突兀"与"蒙冤"让我心内一震，故作镇定。"神仙，这话我不懂啊，不知之中有何玄机，请神仙解来。""当老师的，难道读不懂这粗浅文字？"我又是一震，上次填表除了姓名，我并未填写职业，芈神仙何以知道？

芈神仙在烛光里悠然而笑，不再说话。我又将纸上的字细看了一遍。"百日后真有转机到来？""信则有，不信则无。"

"你这是玩语言游戏啊，神仙。这么几个字，就值三百元钱吗？"我故意带了挑衅的口吻。芈神仙一笑，说："你若觉得不值，就去外面将钱退了吧。"

我无话可说了，又盯着那页纸静坐了一刻。芈神仙一直没有说话，也没有做什么手势，倒是门后的帘子掀动了两次，我知道后面的人等得不耐烦了，将纸叠起来放进口袋，站起身来。"那好吧神仙，我就看看百日后是否有转机。"

快走到门口，我心念一动，忽地转过身来，一句话冲口而出，

"你，是不是芈大头？"摇曳烛光中，芈神仙露出高深莫测的微笑。"有空常来坐吧。"

我果真成了芈神仙院子的常客。每次我会带上一本书，反正书在哪看也是看，何不坐在芈神仙的屋里或院子里看呢。每次去也不一定见他，看他客人多，我坐坐就走，闲读几页书罢了。若客人不多，我就进他屋里坐上一刻。

第三次见时，我掀开门帘后直截了当叫他："芈大头。"他微笑，不说话。我坐下来。"你眼睛怎么回事，小时不是这样的。"芈神仙的表情不惊不动，仿佛在陈述别人的事儿，"车祸后就这样了，两团白翳自己生长出来，想来也是天意吧。"

"车祸？难道出车祸后，你开了什么'天眼'，能看到凡人看不到的玄机？"我好奇。芈神仙的笑容深了一分，又是不答。

我曾问过母亲，她说芈大头师范毕业后在一所小学教书，后来她离开村子，就不知道芈大头的情况了。她显然不知道，芈神仙长得很像很像芈大头。

"我们可是小时候一起捏泥巴的朋友……"我嘟囔一句。芈神仙却避开话头，冲我手里的书点一点头。"什么书？""《美的历程》。"他再次点点头，"很好。"

"好什么？看在多年朋友的面子上，你就多给我指点指点迷津吧，也好早点渡我出苦海。""还记得第二次来，我和你说的一句话吗？""什么话？"我搜索记忆，当时对话已经记不太分明，也不知道他指的是哪一句。

"我说你不信。"我点点头，"是的，被你说中了。所以我当时的第一反应是，这芈神仙还真神，像看进人心里去了。"芈神仙再次露出微笑。"因为那时候我知道你心里在说，这人不就是芈大头？"

听此言，我咧开嘴笑起来。"哦，原来如此。可你算得很准，那个什么突兀，什么蒙冤。我觉得挺准的。"

白翳在微弯的眼眶里消隐得几乎不见了，芈神仙依然笑得气定神闲。"还是那句话，信则有，不信则无。""那我应该相信你吗？"我半开玩笑半认真地。

　　"人应该相信的是自己。"听了芈神仙这话，我再忍不住，拍桌大笑起来。"神仙啊神仙，我怎么感觉你像个励志大师呢。"

　　说实话，我喜欢芈神仙这里，他种满花草的小院，挂了他不太出色笔墨的那些等待室，还有他始终亮着两根红蜡烛的屋子。在那里，我总觉得惶惶不安的心一下子就沉静在了胸腔里。我也喜欢和芈神仙说话，他总是半遮半掩，欲盖弥彰的，有时又不乏风趣幽默，弄得我仿佛在迷雾飘荡的林间穿行，时而感觉触及了真相，时而又迷惑漫起，将先前的确定一概推翻。偶尔，我们也会聊聊书，我没想到他竟看了不少书，真不知他眼睛都那样了，怎么还能看那么多书，没准是车祸前看的吧。

　　一次我问他："为什么屋里只点两根蜡烛，故意制造神仙的氛围吗？"芈神仙面带惯常的高深莫测微笑，淡淡吐出两字："遮丑。"我怔忡一刻，随即拍桌大笑。这芈神仙还真有点意思。他给人写的那些"神仙帖"，我也看过几张，都是六句话，半文半白，话意似隐似显的。也是，若是写得丁是丁卯是卯的，那还叫"神仙帖"吗，那就是判决书了。

　　芈神仙也推荐书让我看，我回家上网一查，或网购了来，竟都是些品质不俗的书，真不知他是怎么知道这些书的。"有时候我看你真不像神仙，有时候嘛又觉得你有那么点像神仙，有时候又觉得你根本就是个神仙。"我和他开玩笑。不知怎么，一来二去，就和他随便起来，尽管他从未承认自己就是芈大头。逢到此时，他总是以微笑作答，让我心里直感叹，这不同于常人的大头原来真不是白长的。

　　普通老百姓是这里的座上客，暴发户式的、土匪样的、官僚风格的人物也是这里的座上客。似乎，芈神仙的名声确实在古城民间叫得颇为响亮。我打趣他："你的收费标准不教条吧，比如，那些贪了不义财的、当了昧心官的、做了黑心事的，你总得让他们多掏两个钱出来吧，他们可不比普通老百姓，钱赚得容易。"我笑着用手做了个劈砍的动作。"当此关键时刻，割上他们几刀，是很痛快的事。"

芈神仙一笑，"怎么判断他们财义不义，心黑不黑？""你不是神仙吗，怎么不知？"芈神仙笑得白翳都看不见了，他举起自己的手，说："自有惩罚他们的手，不用我这双手。""又来了又来了，狡猾啊神仙。"但我知道，芈神仙的收费标准实是弹性的，看着实在可怜的人，他只象征性地收点钱，而有的人他却是大刀阔斧，并不留情。

"你知道了很多人不愿意别人知道的秘密，不怕有一天惹麻烦上身？"我喜欢刺他。芈神仙声音里带了调侃味儿。"我是神仙啊。"末一个"啊"字说得很轻很轻，仿佛在提醒我，你怎么连这个都忘了。

"你觉得那些人信你吗？""信则有……"我赶紧拦住他的下半截话头。"那你觉得你值得那些人相信吗？""信在各人心里，值不值得也在各人心里。"

我不依不饶，"那你觉得自己可以帮助别人改变命运吗？""命由天定，事在人为。"我撇撇嘴，"这可不像神仙讲的话，这是好多代凡人总结出来的凡俗之语，说的人太多，就相当于废话。"

"难道神仙说的就不是废话？"芈神仙悠然反问，烛光摇曳。"其实，很多事同因不同果，只是身处其中的人看见或是看不见。""所以别人说神仙有'天眼'嘛。"我抚桌而叹。

芈神仙听此言摇摇头，"眼光决定识见，识见决定态度。就好比，对一事甲有甲的态度，乙有乙的态度，神仙有神仙的态度……"

我忍不住插言，"那为什么神仙就比凡人高明？"

"高不高明，谁可判断？人说'道理'，道可千变万化，而理是恒定之理，各人择一道而行，或曲或直或长或短或简或繁，由心由性而已……"

我等着芈神仙继续往下说,他却不再开口。两团白翳淡定地望着我。

就这样,我流连在与芈神仙交流的迷雾里,竟慢慢淡忘了李睿事件,一任时日无声流淌。忽然有一天,我接到了罗校长的电话。

看着屏幕上熟悉的号码,我心里没有激动,也没有惊喜,手指离开书页,像我的心情一样淡定地按下接听键。"小孟,回来上班吧,现在初三语文组急缺老师……"

阳光扑打在脸上,我眨眨眼睛,感觉一阵眩晕漫过脑际。

坐在眩晕深处,我细算时间,距李睿从窗口落下的那个逻辑荒谬的夜晚,似乎恰好过去了一百零一天。

木沉香

谭木匠在防空洞安下身后,我和院子里的人们就经常听到刨子擦过木面,或是锤子敲打木头的声音了。这声音通常响到晚上十点,在分针卡到十二时戛然而止。

防空洞在荒草疯长的后院,有一道铁门和院子分开。谭木匠住到那里后,不见他锄草开荒,一条细路就自然而然地在草丛间浮现出来。整个后院也仿佛因为那一些声音,和亮到半夜的灯光,多了活泼而又含敛的气息,荒色与野气层层褪去。

那年秋天,谭木匠成了我家的常客。家里有些闲木,买了多年未派上用场,跨入青春期的哥哥不知是否受了院子里刨木声的启发,突然提出想要一张书桌。那请谭木匠来家做吧。哥哥又寻来一本家具杂志,非要照上面的一个图样来做。

这张书桌可把谭木匠折腾得够呛,单是那个搁在柜子和桌板之间的圆桶,就花了他五天工夫。那时谭木匠一般按件计工,他不紧不慢,手上的活仿佛绣花,似乎有大把的时间可以消磨,其实请他去做活的订单排了好几宗,他硬是不见一点着急,像耳朵上插的那支铅笔,一派悠闲模样。

为了将圆桶打造成完美的圆形,他返了两道工,弄得原本蜗牛性子的爸爸也着了急。我还记得,他将头和大半个身子伸进木桶,屁股撅在桶外的情景。随着他一下一下用力，插在他工装裤兜里的起子、锤子一起摇摆着，起子上还挂了一朵刨花。

做活按件计工，但一日两餐是主人家给包的。那几天，家里餐餐备了酒，谭木匠每餐都要抿两口酒的，似乎这样他画的墨线才更直，落的锤才更稳。酒不金贵，普通的粮食酒。酒一下喉，谭木匠的脸就红起来，先由两颊开始，同时向上向下蔓延，酒没下去多少，他的眼白已经像上了妆，整个脸也仿佛关公了。

似乎酒给谭木匠戴起个戏脸壳，他的话也多起来，一改做活时的闷声不响，滔滔不绝，无问自答，不时爆发出一阵爽朗的笑声。他喜欢讲自己在老家那会儿，从穿开裆裤时讲起，一桩桩一件件，仿佛他脑子里是个大仓库，什么都没遗漏，出过的丑，闹过的乐子，小的声响大的惊动，稀罕的不稀罕的，都一样一样往外拿。

第一次听，我们竖起耳朵一脸欣然。可再新鲜的故事也怕重复，虽然谭木匠每次讲都带着第一遍的意兴，我们却听得兴味索然了。有时他刚开口，我们就知道下文。甚至有时他还没开口，一看那表情那架势，我们就知道他要说什么了。

谭木匠笑起来的时候，铺了一脸的褶子，显得格外憨厚。可他的两只眼睛在眼眶里左轮一下右轮一下，似笑非笑的，又让你觉得闹不清他在想什么。每到谈价，或是拿钱的时候，他就这样笑着，嘴里说的贴心体意的话，不由得你不把钱递出去，递出去了一回想，这价格真是不便宜，再联想到谭木匠左一轮右一轮的眼神，就有些无奈地笑出声来，头也不由地摇上两摇，呵呵，这个谭木匠。

不过，平心而论，谭木匠手艺是好的。他做起活来，一脸的静默专注。只见他眯起一只眼，拈起两根手指，将墨线轻轻一弹，一伸手提过锯子，卡到墨线处，伴随着一阵有节奏的声响，木屑轻轻飞舞起来，一股清越的木香随之四散开来。那木条不宽不窄、不长不短、不厚不薄，正好嵌合在家具的整体中。

尤其奇的是，谭木匠做的家具极少用钉，内里大多接头的地方直接用木榫嵌牢，还格外结实。哥哥那张书桌历经数次搬家，依然有模有样地立在那里，圆桶表面的钉口都封在漆里，看起来平滑得很，多年过去，只表层的夹板裂了两道小口。

谭木匠似乎是爸爸单位某位领导的亲戚，他也惯于在院子里认亲戚，没多久二楼的李爷爷成了他的李叔，我家楼下的张妈成了他的大姐，还有财务科的孟科长成了他的姨妈……凡他做过活的人家，似乎都成了他的亲戚。到哪家，他都喜欢说一句话，我谭木匠做活没水分的。而他，又似乎一直没闲过，今天在这家，明天在那家。

不惊不扰地，谭木匠在防空洞住下来，一住就是好些年。那时还没实行双休，院里的人们都知道，每到周六，谭木匠必得下一次馆子。那天他比平时收工早，洗净了手，后腰上别着他的起子、锤子们就晃出了门。回来时，脸照例红得喧腾，兴致好时还会哼两句戏。

我本是卧龙岗散淡的人，

凭阴阳如反掌保定乾坤。

先帝爷下南阳御驾三请，

算就了汉家的业鼎足三分，

官封到武乡侯执掌帅印，

东西战南北剿博古通今。

周文王访姜尚周室大振，

俺诸葛怎比得前辈的先生，

闲无事在敌楼我亮一亮琴音，

我面前缺少个知音的人……

听到这声音，大家就知道，谭木匠心情还不错。他心情不错好像没什么规律性，和他这个星期接了多少活没关系，和他赚了多少钱没关系，也和他身边有没个女人陪着没关系。女人出现的时间，同样没什么规律性。她冷不丁冒出来，又冷不丁地消失掉。

慢慢地，大家知道女人姓周，好像在一艘大游轮上工作，具体做什么不清楚，反正在长江上漂来漂去。有时一个月两个月不见她的影子，有时又一连好几天看她在院子里出入。她来的时候，谭木匠白天照常干活，晚上防空洞熄灯的时间就提早了。

那几天，大家见了谭木匠格外喜色。连最不爱说话的，也会逗上两句。谭木匠，今做活不太专心啊，心飞了吧。谭师傅，是这木头硬啊还是你今天没力气啊，怎锯了这半天还没断，昨晚太累了吧。

哥哥和院里的小五、松子翻铁门进去过后院，夜里八九点的样子。他说，里面黑灯瞎火的，到处长着扎人的草。不知谁踩上个铁疙瘩，身子一歪，一声惊叫，防空洞里立刻传出谭木匠的大叫声，哪家的野猫半夜还出来散步啊。吓得我哥他们赶紧学一声猫叫，手忙脚乱地翻出了后院。

我去过江边码头，和爸爸接四川来的伯伯。两条灯路顺着长长的台阶，直铺到江面的登船上，江水在黑暗中哗哗响着。我困了，坐在台阶上，望着大片的黑暗和这一带明亮，看久了，似乎灯光深深嵌进黑暗里，不停地向着左边移动，随时会被江水冲走似的。

船靠岸时，会拉响汽笛，撕心裂肺般的声响。听得岸上的人一颗心蓦地停顿一刻，才又继续跳动起来。码头上喧闹了，熙攘的人流在台阶上淌下去，涌上来，小摊贩不知从哪里冒出来，各种声音在耳边翻涌，漂浮。从船上下来的人说着我听不太懂的方言，身上带着一股潮湿咸涩的气息。可是很快，码头重新安静下来，只剩下登船，长长的台阶，两条笔直的灯路，哗哗的水声，和无边无际的暗夜。

对我来说，这样的场景里有种我无法洞悉的神秘。它流淌着，小小的我无法把握。因而，听说谭木匠身边的女人在轮船上工作，我耳边马上响起了汽笛声、夜晚码头的场景，神秘之感也相伴而生，再挥之不去。

在我可以回忆起的大部分场景里，谭木匠都是乐呵呵的，也不知为什么他那么开心，一脸的褶子似乎拿熨斗也熨不平。当然，他也有不开心的时候，这时他会骂骂咧咧，说着让人听不懂的方言，可我看得懂他的表情，也听得懂妈妈劝他的话，那就再找一个吧。我想谭木匠的烦恼，大概和那女人有关。

不知从什么时候起，女人再没出现了。谭木匠大醉过一次，在一个周末，他照例独自出去下馆子，第二天被人发现躺在路边的一张石椅下，人事不省，身边一滩颜色复杂的呕吐物。为此，谭木匠还住了几天医院，院子里不少人家去看他，觉得他可怜，孤独一人在异乡。

我从爸爸妈妈之间的缝隙望过去，置身一片白色中的谭木匠看起来有些陌生。他嘴唇上浮一层虚虚的硬壳，深紫颜色，脸上的笑意不深，褶子却是深深地嵌进去，刀劈斧砍一般，这时我才发现，谭木匠原来比我爸爸老相多了，尽管他们同年。

之后，谭木匠相过几次亲，都是院里的人们热心的，但没有一个人能享受成功感，谭木匠身边换了一个又一个女人，总是很快空寂下来。慢慢地，就再没有人热心了。注定没有成功感的事谁愿意做。

酒依然是餐桌上不可缺少的，但谭木匠趣事讲得少了，更多的是牢骚和不满，对这日益喧嚣的世景，对种种扭曲的世道，对不古的人心。小孩子坐一坐就跑掉了，女主人坐坐也忙碌去了，只剩下男主人嗯嗯地应付着。喜欢请他做活的人，不知不觉就少了。

家具店次第开在了古城的脏腑间，走几步路过去，看中了，会有人送到家，安装好，何必再自己愁木料愁场地愁式样愁招待。这在谭木匠眼里，是越发的世情人心不古了。

再后来，防空洞也拆掉了，后院卖给一家开发商修商住房。谭木匠像他来的时候一样，不惊不扰地从小院人们的视线中消失了。

世界一样在轮转，像一架性能良好的机器，转速越来越快。古城人去四川，去武汉，去上海，不再坐大轮船了，上水下水那船慢得人着急上火，单是过葛洲坝就要好几个钟头。汽车快了，火车更快，还要快的话，那就上天吧。

夜里遥遥的汽笛声再听不到，院子前面的马路拓宽了，南来北往的汽车声时不时就闯进梦里来。有人搬走了，有人搬来了，院子里住的不再是同一个单位的同事。有的对了门，也不知那边住的是谁。

我结婚时，正流行亮光漆面的家具。挑来挑去，我看中了一套黑底冰花纹的组合家具。那不规则的花纹是贴上去的，表面刷上漆。考虑到虚假广告太风行，下订单前，我特地去了趟位于郊外的工厂。一些家具店店面装饰得好像与国际接轨，实际生产地就是一小作坊。

这家店的老板是温州人，说一口夹生的普通话，文质彬彬的样子，据说随第一股下海潮涌来了古城，在这里娶妻生子安了家。他夸口说工厂如何正规气派，手艺人是从全国各地精挑细选来的。

当我拐上一条泥泞不堪，随风飘来阵阵猪粪味的小路时，开始怀疑温州老板的说辞。难道那些漆面光滑，仿佛吹弹可破的家具，就是在这里诞生，又经由这条小路运送出去的。终于，我在路边一架铁门旁的墙上，看到了翡翠街 10 号的门牌。

门虚掩着，里面一派荒凉，沿一条草丛中的细路往前，拐个弯，眼前出现了一排红砖房。还没走近，一条大狼狗从屋里猛窜出来，吓得我原地一蹦跶，自行车险些撒手。虎子，回来！一个男人从屋里走出来大声唤。我战战兢兢将车停到一边，回过身，愣住了。

这不是谭木匠是谁？轮廓依稀还在，但眼睛似乎小了一圈，鼻子却胖了一圈，早上十点的光景，他已是脸赛关公的样子了，鼻头更是红得仿佛冒血。

他好像没有认出我来，最初的欣喜之后，我也打消了自报家门的念头。是来订家具的吧。谭木匠紧紧跟在我身后。印象中身材高大的他，只比我高出小半个头来。走进红砖房，几间屋子里摆了几件不成型的家具，有的才搭起架子，有的还没上漆，惨淡的阳光从门口扫进去，铺在寡白的木色上，我的心越来越凉。

怎么不见其他人。我摸一摸木面，毛刺刺的。

他们送货去了。谭木匠在身后笑着，酒气似乎填满了空气。

当年谭木匠做活时，我喜欢坐在一边看，怎么也看不够。我喜欢看刨子滑过木面，旋出一朵朵刨花来，仿佛刨子里藏了一根神奇的手指。刨花落在洒满木屑的地面上，还在弹动，我用手拈起一朵来，绕在手指尖，捏紧，送到鼻尖下嗅一嗅，再松开拇指，刨花翻卷着膨开来。我拼命翕张鼻翼，让木香跑进身体里，灌满，灌满……

定下吧，我给你做。我姓谭，手艺在这一带出了名的，做活没水分的。谭木匠两眼殷切地望着我，当年左一轮右一轮的两颗眼珠，似乎被肿胖的眼皮卡住了。我无言地挪开了目光。

犹豫再三，我还是签了订单。因为谭木匠那句话，和他说这话时的表情。写订单时，我向老板强调，要那位年纪大的谭师傅做，老板似乎有些惊异，但是很快点了点头。

家具装好时，我说不清楚自己该失望，还是庆幸。这家具和店里看到的样品没什么区别，一样光滑的漆面，流畅滑动的拉门，钻石形的拉手，金属的合页。来安装的是三个年轻小伙子，他们将一块块木板搭积木似的，搭出了立柜、书桌、床，柜子背面的夹板用气钉枪啪啪啪地打上去，几秒钟而已，速度之快是当年的谭木匠不可比的。

我不能确定这组家具是否出自谭木匠之手，我实在看不出一点熟悉的痕迹，那种微微凹下去的小钉头，不用钉却纹丝合缝的木榫接缝，厚墩墩的手感，清晰的木香。摸着像镜子一样光滑的柜面，闻着空气里小伙子留下的汗味，我安慰自己，只能这样吧，这样就不错了。

这以后我甚至没想起过谭木匠，要忙的事太多了，做完这件来了那件，有时这件还没做完那件就来了。中间，推拉的柜门坏过一次，钻石形拉手断过两个，第一次出现问题时打电话到店里，修的人倒是来得快，后来就懒得打了，光秃秃的拉手嵌在柜门上，反正柜子的漆面很快就失了最初的那一种光鲜。

再想起谭木匠，不觉已是几年过去，我的孩子都可以满地跑了。那时开始流行复古风，有钱人家里摆着古旧的中式传统家具，淘不起的人家就买或者做那种仿古家具。据说，从南方定做一套这样的家具，鸡翅木的，得花几十上百万。

这股风潮也漫进了古城。一位朋友想给爸妈订做一套中式家具，我不经意地说起谭木匠那一手无钉榫合的手艺，她顿时抓住我的手臂，非要我找到谭师傅不可。

我翻出家具店的电话，打过去是空号。找去那家店，早换成联通缴费点，工作人员说店的前身是一家炸鸡店。无奈，我和朋友开车去了翡翠街10号。

这里大变样了，一条水泥路，两旁是一栋挨一栋的三层楼房，瓷砖贴面，仿佛一个模子里拓出来的。翡翠街10号也换成了这样的一栋楼房。在村里转了好一阵，我才问到温州老板的电话。

谭木匠现在发财啦，自己当老板啦……温州老板在电话里哇啦了半天，我才弄明白谭木匠两年前离开了他的厂，带着几个人也办起家具厂，专门做中式家具，离翡翠街不远。

谭木匠走到我跟前，我才认出来。他的头发向两边分开，油亮亮的，脸近乎一轮满月，眼皮依然红肿，鼻头也红肿着，可眼珠活起来，依稀有了早年左一轮右一轮的光景，可细一看，味道却是不同从前了，具体又说不分明。

他从一张大班桌后面站起，走过来伸出手握住了我的。这一次他依然没认出我来。说话间,他好几次笑起来,不知是否脸过于饱满的缘故,褶子都被撑开来,竟是比几年前见到时显得年轻许多。

一位年轻的女秘书扭摆着腰肢,走进来给我倒茶,脸上描画得浓重,仿佛下一刻就要登台。我一下子想起当年那个在长江上漂来漂去的女人,还有谭木匠在院子进出的孤独身影。眼前的谭木匠看起来志得意满,与当年已判若两人。我很想告诉谭木匠我是谁,小时看过他做木匠活,话到嘴边咽了下去。

我想象不出谭木匠听到这话的表情。他一本正经地和我谈起了生意,订哪几样家具,每样价格多少,最多可以打几折。他给的价格在市面上属于中等价位。我和朋友提出看看成品,女秘书扭摆着腰肢将我们引下楼。

一间装修好的中式风格套房,博古架、罗汉床、屏风、案几、官帽椅、柜子……我特地打开柜门,看了看接缝处,还真没摸到一颗钉头。柜门上是铜拉手,古色古香。屋里点了盘檀香,这香气让我恍惚忆起了小时闻过的木香。

您在财政局院子里住过吧。重新回到办公室坐下,我说出了含在嘴里的话。谭木匠愣一下,眼珠安静下来。我是李家的二女儿,小时候看过您的手艺。谭木匠嘴角扬上去,呵呵,那是老熟人了,李老哥家的是吧,那你就算是我的侄女了,你是再清楚不过我的手艺了,这是你的朋友是吧。谭木匠笑眯眯地转向我的朋友。那你也算是我侄女了,自家人不诓二话,这套家具我保证百分百让你爸妈满意。

那您一定要亲手给我们做。朋友付订金时,我在一旁冲着谭木匠强调。没问题没问题,李家侄女,你知道的啦,你谭叔做活没有水分的。谭木匠笑得爽朗,我和朋友相视一笑。

大半年后,我突然接到朋友的电话。那位谭木匠怕是没你说的那么厚道吧。怎么。我不明就里。你又去找他订家具了。

哪里啊，我爸妈家的家具像风烛残年的老头老太太，不是今天这里出点毛病，就是明天那里出点毛病。上大当了我们，他哪用的鸡翅木啊，普通木头上面贴的一层纸，都有地方起翘了。更稀奇的是，我今天帮妈妈挂衣服，一看那柜子里面啊，原来是层夹板，只不过比别家过了点细，也贴了层纸呢。气得我……

　　我哑然一刻。那，我们找他理论去。

　　我早去过了，那里已经搬空了，住在里面的人说，谭总本事喽，去大地方赚钱喽。朋友学着当地人的口音，惹得我扑哧一下笑出声来，笑到一半赶紧收住，这是该笑的事吗。

　　他怎么这样啊，以前他特爱说什么人心不古的。还真没想到他会这样。我嘟囔着，不知该说什么好。挂断电话，我发了好一阵呆，一大片惨淡的阳光瘫软在我脚边。

　　谭木匠的样子，住在小院时的光景，仿佛浸了水的照片，看不分明了。清晰的，是谭木匠坐在大班桌后面的样子，他志得意满地笑着。我仿佛听见他说，李家侄女，你知道的啦，你谭叔做活没有水分的。

　　那声音像一滴墨在水里洇化，淡去，归于无痕……

交出你的手

郑重带着西瓜在公园里打气枪,接到苏李的电话,让他马上赶到博物馆帮着接待几位重要客人。苏李根本不给他喘口气的机会,说完就挂断了。

郑重回头看看西瓜,小家伙吊着眉毛半眯了眼,正聚精会神射气球。等子弹射完,郑重一拍西瓜的脑袋,"爸爸带你去个地方。""不,我要玩碰碰车,你答应带我玩碰碰车的。"西瓜噘起嘴,掉头往游乐场方向冲。

郑重一把拽住他,"爸爸带你去个更有意思的地方,看一样你绝对没见过的东西。"他夸张了语气。"什么东西?"西瓜漫不经心的语调,停了步。

"呵呵,一样宝贝!"郑重故作神秘。

"又骗我。"西瓜噘嘴。

郑重举起左手,"我发誓,绝对不骗你!"

西瓜看看他,回头看看游乐场,再调头看看他,乖乖地上了车。一路上,西瓜不停地追问到底是什么宝贝,有蜘蛛侠神奇吗,有长江七号神奇吗,有宝葫芦神奇吗……郑重含糊其辞,一边开车一边小心应付:"神奇!神奇得很呢,他有两千多岁了……他不说话,就能把人给定住……他的样子啊,特别奇怪,我现在不能说,你看到就知道啦……他呀，还可以考验男子汉够不够勇敢……"

郑重满以为西瓜看到那个"宝贝"会抗议，会耍赖，可他表现得很镇定。西瓜站在栏杆边，眼睛一眨不眨地瞧了几分钟，直到讲解员解说完。客人还围在那里指指点点议论纷纷，郑重注意到西瓜已游离出人堆，慢腾腾地四处转悠，双手插在裤兜里，没什么异常。他暗松一口气。幸亏西瓜配合，郑重圆满完成了苏李交办的任务。临走，苏李往他口袋里塞了样东西，他知道是钱，正要开口，苏李莞尔一笑，"郑哥，谢啦，再联系。"

回去的路上，西瓜显得安静。郑重特地到肯德基给他买了份欢乐全家桶，让他带回去吃。西瓜抱在怀里，靠坐在副驾驶座上，若有所思的表情。郑重心虚，不敢提那个"宝贝"的话题。还好，西瓜也没提。

郑重以为平安无事了，不想，半夜接到西瓜奶奶的电话。"你白天带西瓜玩什么了？"西瓜奶奶的声音比平时高出八度来，"他从睡下就做噩梦，一会哭一会叫的，问他也不说，现在浑身直冒虚汗啦。"

郑重赶到时，西瓜在奶奶怀里，眼睛闭着，脸白得像熟鸭蛋青。一摸，满头汗。郑重心里一紧一疼，忙从奶奶怀里接过西瓜，西瓜在他怀里蜷成一团，微抖着。郑重抱紧他，问什么，西瓜都不开口，只拿手紧紧抓着他的衣服，再不肯松开。

郑重抱着西瓜没法开车，打的到医院。急诊室人不多，一瓶药挂上去，输到一半西瓜终于沉沉睡去，发出均匀的鼻息声，脸色也回了红。郑重拿眼睛细细摩挲他的脸，心里像有盘沙来回磨。他后悔白天的决定了，不该答应苏李，不该带西瓜去博物馆，不该让西瓜看那样东西，可世上哪有后悔药。

医生说西瓜可能是受了惊吓，引起的一系列心理与生理反应，没什么特效药，现在只能先让他镇定下来，睡一觉，再看情况怎样。

西瓜奶奶靠在床边，支着手臂打盹。郑重碰碰她，让她在旁边病床上躺会，西瓜奶奶摇头，索性不睡了。"你真糊涂，带孩子看什么古尸。那东西，不说是孩子，我看了都怕……"郑重不接话，出来在走廊上点燃一支烟。

窗外天井幽暗。玻璃上映出虚的像影。不知西瓜妈妈在海南过得怎样，一个感受不到四季变化的地方。她说在那个地方，她的幸福感才可以高温不退。他已经很久没和她通过话了，她的电话都直接打到西瓜奶奶那里。

有点风，芭蕉叶抖动着，比夜幕更沉的轮廓。郑重突然想起看过的一句话：这世上的痛苦不多也不少。他深吸一口烟，人总想回避痛苦，但痛苦迎面而来时，是无法回避的。

"啊！——"一声尖叫直锥进耳朵。

郑重心脏骤停一刻，马上反应过来，是西瓜！他冲进注射室，只见西瓜半靠在奶奶怀里，身子一耸一耸的，鼻子里发出抽噎声。

输完液，天色黑沉。郑重看西瓜奶奶脸色苍白，怕她累发了高血压、冠心病，"西瓜我来带几天吧。""你带得了吗？工作那么忙。""没事，我请两天假。"西瓜奶奶摸摸西瓜的头，小家伙眼睛睁开来，软软地说"奶奶再见"，西瓜奶奶的眼睛红了。郑重赶忙抱着西瓜上了车，他怕婆婆妈妈的场面。

把西瓜安顿在床上躺下，郑重也和衣躺了会。再睁开眼，天光已大亮了。西瓜还睡得沉，他轻手轻脚出门，到超市买了一堆吃的。快到家时，想起给孟笛打个电话，叫她今天别来，西瓜在。他简单说了带西瓜去博物馆的事，孟笛嗔道："糊涂啊你，带孩子去看西汉古尸，看把孩子弄的，让你少被苏李使唤……"

"还不是想多赚点钱，好早点办事嘛。"郑重好脾气地笑。

"别耍贫嘴了，哪里缺这点钱。好好照顾西瓜吧。"孟笛这话说得郑重心里舒服。虽然还没见过西瓜，但他能感觉出孟笛对这孩子是真关心。二道婚，这可是很关键的因素。

看看时间快八点了，他又给分管的副局长打了个电话，实话实说儿子病了，副局长知道他家的情况，没说什么。离婚一年多，西瓜基本上跟着奶奶过，周末他若是没应酬，就带西瓜玩玩，有时也带着西瓜赶牌局饭局。次数多了，西瓜倒不乐意，觉得无聊又不自在，宁可和奶奶窝在家里。

人说，隔代带出的孩子毛病多些，郑重现在看西瓜就是这么回事，娇气不说，有时连说话的语气动作神态都像了西瓜奶奶，做起事来慢腾腾的。这个趋势堪忧，郑重尽量腾出周末来和西瓜待一待。这回为了两全，带西瓜上了趟博物馆，本想让他见识一下两千多岁的"宝贝"，锻炼胆量，不想弄出个麻烦来。

还没进家门，郑重就听见一股奇怪的声音。开门一看，西瓜头顶着毯子坐在床上，声音很闷地传出来。"怎么啦，怎么啦，难道小伙子找不到爸爸就哭鼻子了？"郑重和西瓜在一起都叫他"小伙子"，这是他从一篇谈教育的文章里学来的。

声音停了，毯子还在一上一下地抖动。郑重伸手想揭毯子，掀不动，西瓜从里面拽紧了。他索性住手，从袋子里清东西，面包、火腿肉、奶茶、麦片、巧克力、薯片、鱼柳、熏肠、荔枝、火龙果……拿一样，他就大声报出名字。渐渐的，毯子不抖了。郑重故意背过身去，待东西拿完，猛地调过身来，"呵，小伙子终于出山洞了。"

西瓜勉强笑一笑，脸上还挂着湿痕。郑重装作没注意，拍一下西瓜的屁股，"快，洗脸去。"西瓜在卫生间里磨蹭了二十多分钟，郑重几次想催，张张嘴又闭上了。待西瓜在餐桌边坐下，他端上煮好的麦片，烤好的面包夹火腿，"你是不是去外太空洗脸了？"

西瓜略有些腼腆地笑了，脸色带了点红晕。

"那么远的距离，二十多分钟就回来了，不容易啊！"郑重故意抬手看了看表，西瓜的笑绽得更开了。他没出声，拿起面包夹火腿细细地咬了一口。

"比比吧。"郑重也拿起一块来,大口咬下去。

"什么?"西瓜抬起头,漫不经心的表情。

"看谁吃得快。"郑重又是夸张的一大口,腮帮子鼓起来。西瓜犹豫一下,点点头。

西瓜取胜。郑重故意被呛着了,找水,倒水,不停地灌水。西瓜呵呵笑出声来,大口大口吃完了面包夹火腿,又咕咚咕咚喝完了麦片。"小伙子不错,奖励二十分钟玩电脑的时间。"

"噢嘢!"西瓜大叫一声。"不过只限于泡泡堂。""没问题。"西瓜答得爽快。

郑重本打算留西瓜在家里,想想,还是带上他,一起去菜场买菜。"奶奶带你去过菜场吗?""去过。"路上,郑重想牵西瓜的手,被西瓜甩开了,他将手插进裤兜里,看起来很酷的样子。

菜场里闹嚷嚷的,地上到处是泥水菜叶塑料袋,西瓜踮起脚尖走得小心翼翼,平时郑重也走得小心,今天为了做出榜样,他装作满不在乎地大步往里走。还没靠近生鲜区,西瓜就捂住嘴开始"哇哇哇"地干呕起来。

"干吗呢小伙子?"郑重故意问。西瓜拿手指指鼻子,没及说话又呕起来,郑重看他实在难受,让他等在蔬菜区,自己进去买了只鸡,买了条鱼。

等摊主剖鱼的工夫,郑重调头看西瓜。西瓜站在一个熟菜摊子前,一盏仿佛眯着眼的灯在他头顶轻轻地晃。西瓜双手插在裤兜里,夹紧身子,垂着眼睛不知在看什么。隔着闹嚷嚷的人和物望过去,西瓜孤单单的一撇影子,瘦瘦小小。

郑重心里一热,一软。郑重与前妻离婚,两人是尽量平静地告诉西瓜,希望西瓜将这件事看得淡些再淡些。西瓜确实显得淡然,预想中的种种激烈反应都没有发生,两人暗暗松一口气。这一年多,西瓜什么也没问过,关于他们。可在那颗小小的心里装了些什么,有没有对他们的怨怪和伤心，郑重从来不敢去想，也不敢去问。

现在，他只想快点走过去，将西瓜抱住。郑重真的走了过去。他站到西瓜面前，却无法伸出手来，西瓜抬头看他，"买好了？"一贯漫不经心的表情。

郑重不说话，手在犹豫，整个身子都在犹豫。他恍惚看见自己慢慢蹲下身，伸出手去，将西瓜环抱住，脸贴在他的小脸上来回摩挲，给他暖一暖，暖一暖……"爸爸，老板叫你拿鱼！"西瓜伸过一根手指戳他。

郑重缓过神，见西瓜抬头望着他。转过头，摊主举着塑料袋"喂喂"地叫着，塑料袋在空中扭动着，刚刚被剖开肚腹的鱼还在里面扑腾。

"多少斤？"西瓜盯住塑料袋。

"一斤三两吧。"

"复秤了吗？"

"复秤？"

"奶奶每天在口袋里装个弹簧秤呢，买什么菜都要称一称，她说好多小贩为了赚钱，在秤上做文章呢。"

"噢——"郑重不知该说什么。

西瓜歪了头，一脸严肃，"有一次，卖西瓜的老板少了半斤多秤呢，他还说奶奶的秤有问题，后来奶奶拉他到超市去复秤……"

"结果呢？"

"当然是那个老板少了秤嘛。奶奶说，随身带个小秤才不吃亏，要不这个少一点那个少一点，累积起来就多啦。"

"是吧。不过，也没那么严重，大多数菜贩是守规矩的，他们天天在这里卖菜，也是要讲诚信才行。"郑重小心翼翼地措辞。

"奶奶说，现在人人都想多赚点钱，想着法子赚钱，一不小心就会上当……"

郑重脸不觉沉下来，老人怎么和孩子说这些。他想想，蹲下身来，拿手指一圈闹嚷嚷的菜场，"这些叔叔阿姨伯伯奶奶靠卖菜赚钱过生活，爸爸每天买他们的菜，从来不复秤呢，爸爸相信他们。短斤少两的只是很少很少的人，知道吗小伙子？"

西瓜似懂非懂地点点头，很快又摇摇头："奶奶说复秤是让那些人警醒呢，让他们知道不能够骗人，不能够在秤上耍花样。奶奶还说，坏人为了赚钱，故意添加害人的东西，现在吃东西要特别小心，粉丝不能随便吃，酱油不能随便吃，牛肉不能随便吃，奶粉不能随便吃，鸡蛋不能随便吃……"西瓜说得振振有词，一双眼睛睁得大大的。

"奶奶说的没有错。"

西瓜认真地点头，"电视里也播了，那个什么氰胺，就让好多小孩子得了病……"郑重语塞，站起身来，一阵酸麻漫过双腿。他不由扶住西瓜的肩。

"怎么了爸爸？""没事。"郑重咬咬牙往前迈步，人一歪斜，西瓜赶紧扶住他。"蹲久了腿麻吧，我知道的。奶奶说，这时候要抖一抖腿，不急着往前走。"

郑重笑得尴尬，"呵呵，是的，腿麻了。"他抖抖左腿，再抖抖右腿。西瓜伸过手来，拿拳头捶他的腿。

"好了，你说的方法很有效啊。我们回去了，小伙子。"郑重笑得开心。西瓜也咧嘴笑了，一颗虎牙刚掉，还没长出新牙来，虚黑的一块。郑重顺势牵住西瓜的手，那手挣一挣，安静地待在他手里了，软乎乎的一团。郑重不由捏了捏。

没走几步，有人扯住了郑重的裤脚。回过头，是个老人，坐在一个带轮子的木板上，一只手塞在破旧的棉衣里，另一只手满是尘灰，伸到郑重面前，像是残疾了。"大哥，行行好，给点钱吧。"

郑重迟疑一下，从口袋里摸出一枚硬币来，放在老人手里。西瓜拽拽他的手，压低声音说："别给，奶奶说了，这些人是骗钱的。"

"他手有残疾，没有能力挣钱养活自己，才出来乞讨的。"

"奶奶说，他们残疾是假的，装出来的。"

"就算他没有残疾，这么大年纪，天天在街上守着也不容易。这一块钱对爸爸来说不算什么，给他，他可以用来买两个馒头，今天可能就不饿肚子了。"郑重耐心解释。

"千万不要！"西瓜拿手拢到嘴边，加重了语气，"奶奶说了，这是变相地助长他们好吃懒做，那些乞讨的人是利用别人的同情心来取巧。奶奶说，好多残疾人也是可以靠自己能力挣钱的。"

"爸爸也不赞成那些年轻人靠乞讨生活，不过，这个爷爷年纪大了，没有能力挣钱了，爸爸看到他这个样子心里难受，想给他一块钱，给了心安。懂吗小伙子？"

西瓜眨眨眼睛，看看老人，点点头。

郑重从口袋里摸出一枚硬币，"来，你也给那个爷爷一块钱，他今天可以买四个馒头，可以吃饱一点。"西瓜盯着硬币，半天没说话，也没伸手。

"去吧，老爷爷需要别人的帮助，现在你是一个可以帮助他的人。"

西瓜抬头看看他，拿过硬币，走到老人面前，将硬币轻轻放在老人手上。"谢谢，谢谢，这么俊的伢，好人有好报，好人有好报啊。"老人冲西瓜连连点头。西瓜飞快地跑回来，牵住郑重的手。走出很远，还不时地回头望一望。

"告诉我，你现在快乐吗？"

"好像——"西瓜认真地想一想，"是的。"

"知道你为什么觉得快乐吗？"

西瓜摇头。

"因为你帮助了一个需要帮助的人，得到了他的感谢。"郑重发现今天自己特别想说话，他说得慢，一个字一个字往外吐："记住，今天你帮助了一位老爷爷，他正好需要你的帮助。给别人帮助的时候，心里不要有怀疑。有时候，信任别人是件很了不起的事情，知道吗小伙子？"

西瓜点点头，似懂非懂的表情。

"就好比爸爸相信那些卖菜的人，觉得他们朴实，善良。时间长了，他们也会把最新鲜的菜留给爸爸，有时候菜不好，他们还会劝爸爸不要买，这就是爸爸用信任换取了他们的信任，懂吗小伙子？"郑重捏捏西瓜的手，觉得自己有些可笑，忽然和孩子说这些，他能懂吗？

他也弄不懂自己为什么想和西瓜说这些。他看看西瓜，西瓜感应到，抬起头来，冲他点点头。

转移注意力，消除孩子的心结，这是昨晚急诊医生给郑重开出的药方，另外还有一小包镇定药，但医生说这药尽量少给孩子吃，"这不是吃药可以解决的毛病，你要多和孩子沟通。"郑重知道，虚汗、发抖、睡眠不稳都是因为西瓜心里有个结，他也知道那个结的诱因是什么，可怎么解开这个结，他心里无底啊。

西瓜一直情绪还好，吃过中饭郑重让他睡会午觉。西瓜说要上厕所，在里面磨蹭了快半个小时还不出来。郑重敲门，西瓜才慢腾腾地打开门，出来又说要喝水，抱着杯子半天才喝下去一口。

"你是不是不想睡觉？"郑重看出点什么。西瓜把杯子捧在嘴边，好半天才点点头。

"医生说了你要多休息，看你眼睛下面是黑的呢，不多睡会儿就成国宝了。"郑重故作轻松的语调。

西瓜没笑，"我不困。你睡吧，我看电视。"西瓜嘴里又含了一口水，"平时奶奶午睡，我就看电视。"

"今天不行，要休息好，晚上还得去打针。"郑重板起脸。

"你也睡吗？"

"嗯。"

"睡我旁边？"

"睡你旁边。"

郑重躺下没几分钟就睡沉了。"啊——"一声尖叫很快戳破了他的梦境。他翻身坐起，看见西瓜顶着毯子坐在床上，毯子一耸一耸的。他叫西瓜，想掀开毯子，几个角都掀不开。郑重只好连毯子带西瓜一起抱在怀里，"爸爸在，爸爸在。"

好半天，毯子里才平静下来。郑重小心揭开毯子一角，西瓜的脸露出来，满脸湿痕。郑重不禁一阵心疼。"做噩梦了？"

西瓜不开口。

"梦见什么了？跟爸爸说说，爸爸帮你赶跑它。"

西瓜垂着眼睛，还是不开口。

"还记得爸爸和你说过的信任吧？这世上人人都需要别人的帮助，包括奶奶，包括爸爸，也包括你，因为每个人都很弱小，力量有限，只有人们的力量合在一起的时候才强大，这就需要人们相互信任，你信任我，我信任你，大家才能一起去克服很多的困难。知道吗小伙子？"

西瓜还是不开口。

"你看过蜘蛛侠、阿童木、奥特曼，他们都是英雄，可是他们再勇敢，再强大，也一样需要别人的帮助呢。向别人寻求帮助不是丢人的事情。"

西瓜没有反应，依然垂着眼睛。

郑重叹口气，下床来打开电视机，调到一个台，放的《喜羊羊和灰太狼》。

他坐到电脑前，打开百度的网页，一时不知该查什么好，想了半天，才敲进去"孩子受惊吓后怎么办"，一下出来好多询问和答复的条目，不过大多是关于婴儿的，好不容易找到一条还算对路。郑重将文章细细读了两遍，专家说"家长要向孩子合理地解释所发生的变故，不要回避伤害事件的话题，不对当时的恐怖气氛过分渲染。同时允许并鼓励孩子谈及所发生的事情以及对事件的感受，不让创伤性体验留在孩子的记忆深处形成长期无法摆脱的阴影……"

灰太狼在电视里大叫"我会回来的"，郑重听到了西瓜的笑声。一看，毯子已经揭开来，西瓜坐在床上笑得前仰后合，与先前已判若两人。

晚上西瓜迟迟不肯睡，郑重只好给他吃了片镇定药，然后陪着他看电视。看着看着西瓜的眼睛闭上了，郑重以为他睡着了，刚一抬身，西瓜就拽住了他的衣服。

"爸爸不走，拿杯水过来。"郑重回来，将西瓜搂在怀里。渐渐的，西瓜呼吸均匀了。郑重不敢动身子，就这样半靠着，想来想去睡不着。

夜里，西瓜又惊醒两次，他抱着哄着才慢慢睡去。一连两夜都是这样，西瓜白天没事人一样，也说也笑，可睡着就容易惊醒，浑身冒汗，发抖，问他梦见什么也不肯说。郑重基本上是整夜无眠。

第三天吃完晚饭，郑重手机响了，是孟笛。他走到阳台上去接，孟笛问西瓜的情况，他简单说了下，孟笛也担心，说是不是再找医生看一看，郑重说我有数，还观察两天吧。

刚进屋，电话又响了，是一位朋友，说三缺一就等他了。郑重故意压低声音说我正陪领导呢，对方呵呵呵笑，说哪类领导啊？郑重一本正经地答，单位领导，有重要事情。

挂了电话，郑重才注意到西瓜盯着他，心里一虚，不知他什么意思。

"爸爸骗人！"

"骗什么，爸爸哪里骗人了？"郑重心里一松。

"明明在家里，说什么陪领导。"西瓜说得慢条斯理，郑重不禁笑起来。

"还笑呢，骗人不知羞。"

"哪里骗人，你不就是我的领导嘛，嗯，最大的领导。"郑重硬着头皮，脸上嘻嘻哈哈的。西瓜一脸你哪骗得过我的表情，转过头去，不再说话。

郑重看着电视，却压根没看进去。西瓜刚才的几句话还在他心里翻转，他有些想承认自己是骗了人，可这时候再来承认，又似乎……正纠结着，忽然脑子里"叮咚"一下。他想到一个解开西瓜心结的方法，虽然不知管不管用，且试试吧。

这夜，郑重睡得踏实。睡前，脑子里千回百转，又将细枝末节琢磨了个透彻。

次日一早，吃过早点，郑重坐到西瓜对面，"今天，爸爸想和你玩个游戏。"

"什么游戏？""这个游戏叫'交出你的手'。"郑重将后面几个字音咬得重重的。

"怎么玩？"西瓜还是那样子。郑重本以为西瓜会雀跃，没想到他那么淡然。他喝一口水，再喝一口水，"由一方问问题，对方一定要诚实回答，必须说真话哦。回答的人先伸出一只手来，如果问的人相信了，就伸出自己的手来，和对方握在一起。然后，问的人和答的人调换；如果问的人不相信，答的人就只好把手孤单单地收回去，问的人再继续提问。"

"好吧。"西瓜答得爽快，"我先问你。"

"好！"郑重也答得爽快。

西瓜歪着头想一想，"你做过什么坏事吗？"

郑重笑了，"这个要看你对坏事的标准是什么，如果是小时候用石头砸人家的窗子，逃课去河里抓鱼都算的话，爸爸说一天怕也说不完。"他伸出一只手来。

西瓜没反应，郑重抖抖手，"对这回答满意吗？满意就伸出你的手。"

"不满意——"西瓜拖长音调，"你有逃避的嫌疑。"

"哦，你还知道嫌疑这个词。那好，你再问。"

"你最近做的最坏的一件事是什么？"西瓜想笑，憋着。

郑重再次伸出手，"非要说啊。这个坏事嘛，每个人的标准不一样，这样，爸爸说说自己认为的一件坏事吧。"

西瓜用力点点头。

郑重心里略一斟酌，严肃了表情，"爸爸那天不该骗你，说带你去看什么宝贝，结果……"

西瓜一愣，调开目光，半仰起脑袋来，"嗯，我想想……你说的是那个古尸吗？"

郑重很高兴，几天来西瓜这是第一次说到古尸。"对，是这个，爸爸骗了你，今天向你认个错。"西瓜还那样仰着头，转过眼珠来看一看他，没出声。

"怎么，对这回答还满意吗？接受爸爸的道歉，就伸出你的手来。"郑重将手抖一抖。

西瓜端正了头，看看伸到眼前的手，慢慢伸出了自己的手。

郑重心里简直雀跃，"噢嘢，现在该爸爸提问了。小伙子，你最喜欢玩的游戏是什么？"

"你知道啦，泡泡堂。"西瓜露出没了虎牙的小豁口。

"我哪清楚，也许你还喜欢玩什么秘密的游戏，不告诉我呢。"郑重故意夸张了表情。

"泡——泡——堂！"

"好，我满意。"郑重伸出手来盖在西瓜的手上，西瓜咯咯笑着抽回手去。

"该我了！嗯，你最爱谁？"

郑重一愣，西瓜知道什么是爱吗。他看看西瓜，很认真的样子。略一迟疑，"你！"

西瓜又偏过头，斜着眼睛看他，迟迟不说话。郑重有些摸不透，"怎么，不满意？"

"爸爸不说实话。"西瓜的神态透出一丝狡黠。

郑重肃正了表情，"我发誓，是你！"

"爸爸在那张卡上写了：最爱你的重。"西瓜笑得天真，仿佛抓住了郑重的把柄。

郑重脸蓦地一热。他想起来，抽屉里有张给孟笛生日准备的卡片，落款是"最爱你的重"，难道西瓜翻到了？他噎嚅一刻，好像有颗果核卡在嗓子眼里，吐不出也吞不下，"呵呵，那个是爸爸卡片上写的话呢，爸爸也爱别人，不过爸爸发誓，最爱的人是你。"

最后一句，郑重说得真诚。西瓜眨眨眼睛，犹豫一下，伸出手来。一股热流忽然直冲郑重的眼眶，他赶紧垂下眼帘，轻轻合起手指，握住了那只小手。

半天，郑重说不出话来，就那样握着。西瓜的手挣一挣，抽了出去，"爸爸，该你问了。"

"哦，好，我想想。"郑重深吸一口气，"咦，你愿意陪爸爸再去看看那个古尸吗？"

西瓜一愣，眸子仿佛在一瞬间退远了，变深了。

"愿意就说愿意，不愿意就说不愿意呢，没关系。"郑重看着西瓜的眼睛。

"爸爸一直没有告诉你，那天爸爸没敢看那古尸呢。说实话，爸爸很怕看那古尸，去了很多次博物馆，都不敢看。不过，爸爸听人说那是我们国家发现的保存非常好的一具古尸，是很珍贵的文物呢，可惜爸爸一直不敢看，心里又想看。你可以陪爸爸去看看吗？有你陪爸爸就不怕了。"

"那个，不好看。"西瓜咬住了下嘴唇。

"是吗。爸爸心里很矛盾，不看吧觉得遗憾，看吧又……那天爸爸看到你看了半天，你不知道当时爸爸心里有多佩服你，觉得你勇敢呢。你可以给爸爸说说他的样子吗？和我们现在的人是不是差不多？"

西瓜垂下眼睛，半天才松开下嘴唇，"难看得很。"

"是吧？也和我们一样有鼻子、眼睛、嘴巴和耳朵吗？"

西瓜点点头，"有，就是、就是眼睛像两个洞，嘴巴这样张开来，也像个洞。"西瓜大张开嘴巴，做出一副木然僵硬的表情。

郑重故作轻松地呵呵笑起来，"哦，这个样子啊，是很难看。他穿衣服没有？"

"呵呵，没穿。"西瓜说着，忽然捂住嘴，一副忍俊不禁的样子。

"啊？"郑重夸张了表情，"那些工作人员也是，怎么不给他穿件衣服呢，这样多丢人啊！"

"他泡在水里面。"西瓜声音大起来，"那个玻璃盒子里都是水，有点黄，看起来，哇，很恶心。"西瓜做了个呕吐的动作，显出天真气。

"呵呵，是吧，那是保护液吧。有这么难看啊，那我不看了吧，遗憾就遗憾吧。好的，我对你的回答很满意，伸出你的手来。"郑重抖抖自己的手。

西瓜一笑，伸出手来，带了些腼腆。郑重伸过手，重重握住他的。

"爸爸，要不我陪你去看看吧。"西瓜说得小心翼翼。

郑重心里一动，面上却不动声色，"是吗？你还敢去看啊，好，那爸爸也勇敢一点，去看一下，免得老是遗憾呢。"

一路上，西瓜握着郑重的手，给他说笑话，出脑筋急转弯的题目。郑重笑得格外开心。

不是周末，珍宝馆里几乎没什么参观的人。快走进西汉古尸的展室，西瓜突然停下来，"爸爸，你不要怕，那个就是很难看，其实没什么。"

郑重心里一暖，"好，爸爸也要像西瓜一样，勇敢一点。你带我去吧。"他伸出手来。

父子俩手牵着手，走到展柜边，一起伏在玻璃罩子上。

西汉古尸浸泡在药水里，豁开嘴来，长长大大的一架轮廓。"爸爸，还好吧？"西瓜晃一晃郑重的手，压低嗓门。

郑重拿手抚一抚胸口，"呵呵，这里跳得厉害呢，不过，有你在，爸爸就不怕了。"

"不怕，没什么好怕的呢。"

"是啊，他也不能动了是不是，你看他，那么无奈地躺在这里，连衣服都没法穿上，光着身子被人看。爸爸觉得他有些可怜呢。小伙子你觉得呢？"

"嗯，是可怜。"

"你看他很健壮高大的样子，其实身高才一米六七，还没有爸爸高呢。"

"是吗。"

"他生前得了血吸虫病，还有胃病什么的。"

"我知道血吸虫病，就是肚子会变得很大很大的那种吧？"

"是啊。他名叫遂，生前是个小小的地方官。"

"哦。"

"他生前也当过爸爸、儿子、丈夫，和我们每个人一样过完了自己的一生，也吃也睡也玩也乐，也哭也笑也发愁也欢喜。"

"哦。"

"只不过，他比我们早活两千多年，生活在一个叫汉的朝代，你以后上历史课就知道了。"

"哦。"

"爸爸现在看到他，虽然觉得这样子确实难看，不过并不可怕是不是？"

"嗯。"

"如果我们也早两千年出生，就和他生活在一起了，他很有可能是个脾气很温和的人，嗯，像你的外公一样。"

"是吧。"

"不知道晚上爸爸会不会梦到他。"郑重偏过头看着西瓜。玻璃反光将一道亮光映在西瓜脸上，衬得一双眼睛亮晶晶的。

西瓜握紧他的手，"没什么，不怕的，在梦里他也不会伤害你呢，你看他都这样了。"西瓜指指古尸："动都不能动了。爸爸，有我呢，我会保护你。"

郑重手上也用了力，"呵呵，好，如果我做噩梦了，你赶紧抱住我，帮我从梦里跑出来。"

"好。"西瓜声音脆亮。稚气的童音在寂静的展室回荡。父子俩相视，笑了。

走出博物馆，阳光不浓不淡。街道两旁的梧桐树，落下疏密有致的影子。

父子俩沿着街道往前走。西瓜突然问郑重："爸爸，你心里过得苦吧？"

郑重一愣，看西瓜，低头往前走着，没有扭过头来看他。"不苦，爸爸一点都不苦。"

"奶奶说你心里过得苦。是因为我吗？"

"爸爸心里不苦，因为有你，所以觉得很幸福呢。"

"那是因为妈妈吗？"

"没有，爸爸没有觉得苦，爸爸觉得现在过得很好。奶奶这么说，是因为她年纪大了，操心的事情多，所以你要懂事，让奶奶省心。"

西瓜轻轻叹口气，"有时候，我真想快点长大，这样你和奶奶就不用为我操心了。"

郑重语塞,他抬头看看被风吹动的梧桐树叶,绿黄相间的一团团、一簇簇。小时候以为世界非黑即白,后来发现黑白之间还有很多种颜色,单是灰就有深深浅浅的很多种。郑重不由放低声音,"你觉得幸福吗?"话出口有些后悔,孩子懂什么幸不幸福呢。

"我很幸福。"西瓜说得肯定。"我知道,奶奶爱我,爸爸爱我,妈妈爱我……"西瓜抬起头看看郑重,住了口。

郑重看到西瓜的表情,心微微发疼。他冲西瓜点点头:"是的,妈妈爱你,爸爸爱你,奶奶爱你,还有很多很多人爱你。被人爱着就是幸福。知道吗小伙子?"

西瓜点头。

"你有没有怪过爸爸妈妈,没有为了你在一起?"郑重不知西瓜听不听得懂话里的意思。

"那是你们的事。电视里说了,相处不好,就趁早分开。"西瓜答得平静。

"哦,电视里这样说吗?什么节目里说的?"

"我也不记得了。"西瓜沉默一刻,"你就和孟阿姨在一起吧。"

郑重吓一跳,"什么孟阿姨,你怎么知道?"

西瓜不看他,小影子在地面上平静地向前滑行。两只手臂,翅膀一样在两侧摆动着。"妈妈和我说的,她还要我对孟阿姨好。你打电话时,我也听到了。还有你和奶奶说的……"

郑重抬起头,阳光似乎有些晃眼。他用力闭一下眼睛,低下头来,字斟句酌,"你,可以,喜欢她吗?"

"不知道,人要相处了才知道。这也是电视里说的。"西瓜沉稳地摇摇头。

郑重简直有些惊异了。他看看西瓜,仿佛眨眼工夫这小子就在眼前长大了,不再是他心目中的那个西瓜。"是吧,爸爸觉得你会喜欢她的,她也会喜欢你的。"

郑重很想说"你很可爱",几个字在嘴里含一含,又咽了下去。他伸出手,牵住了西瓜。

护城河边的旋转木马

1

秦阿木这几天不知道拿青子怎么办才好。

爷爷说青子病了。十一岁的秦阿木按照自己有限的经验理解,生病应该是没力气,头发烫,眼发花,脸潮红,嚼什么东西都没滋没味。他每次感冒就这样。

可青子,脸色苍白,额头冰凉。而且,她的眼睛还奇异地发亮,有点像正午的大太阳,不能盯着看。看上一刻,倒晃得秦阿木的眼睛发起花来。

上周末,他们在护城河边玩捉迷藏。他没能找到青子,一赌气偷偷跑回了家。星期一,他旁边的座位空着,青子没来上学。放学后,他跑去她家,青子就有了一对像正午太阳一样的眼睛。

青子似乎不愿意搭理他。以前,一碰了面,她就像一只管不住自己嘴巴的小麻雀,叽叽喳喳说个不停。现在,秦阿木没话找话说,问上十句,她才勉强回答一句,还答非所问。

青子说"我要洗澡"。听得秦阿木直眨眼睛。秦阿木不知道青子是不是在开玩笑。她是很调皮的一个女孩,喜欢像男孩子一样蹿上蹿下,做些冒险的事情。

那天捉迷藏，秦阿木找了半天没找到，怀疑青子跑去了藏兵洞。那地方一到晚上，黑咕隆咚的，青子带他去过，他的心嘭嘭嘭像要从喉管里蹦出来。后来，他再不肯晚上去了。青子笑他胆子小。他不申辩，反正他捉迷藏还是有一手的，至少可以胜过青子。青子输不起，就往藏兵洞躲。几次之后，秦阿木干脆放弃，先溜回家，害得青子猫在那儿傻等。两人吵过好好过吵，后来拉钩约定，只许在河边灌木丛里躲。可秦阿木知道，青子喜欢说话不算数。他站在河边喊："青子，你给我出来！你不要耍赖皮，我知道你躲哪了。"他的声音很快被夜色，和比夜色更深沉的城墙、河水吸收了。秦阿木狠狠一跺脚，回了家。

秦阿木偷眼看青子。青子苍白的脸上，两只眼睛亮晶晶的，不像开玩笑。秦阿木看了一会儿，没找出破绽，反而被灼伤了眼睛。他收回目光，眨巴两下，不作声了。

老师也说青子病了，让他给青子带作业，告诉青子妈妈当天上课的内容。青子妈妈翻开书，分别画上了记号。

秦阿木问青子妈妈，青子什么时候可以上学？青子妈妈说，反正要放暑假了，等她病好了下个学期再去上学。秦阿木数一数，还有一个月搭五天放假。这就意味着他有三十多天要一个人穿过小巷、跑过闹哄哄的菜场了。他很想问问青子到底得的什么病？可他看看青子妈妈的眼睛，什么也问不出来了。

看起来，青子妈妈更像得了病。她的脸上新长出了不少皱纹，上眼皮又红又鼓，像金鱼泡。眼睛下面是青的，像抹了一层颜料。说话的时候，她的眼里含了一泡水。

秦阿木觉得奇怪，印象里，青子妈妈是很精神、很快活的一个人。每天早上他和青子背着书包从小巷过，都能看见青子妈妈。她站在一个铝皮车前，一边拿长长的筷子翻滚油锅里的油条、汤团、糯米糍粑，一边笑吟吟地和人打招呼："要什么呢大伯？""大妈，油条马上出锅。"看见他俩,她会将旁边温着的两根油条、两块糍粑用两个塑料袋装了,递给他们一人一个。别看青子比他高小半个头,肚量却小,总会分他半根油条。

青子妈妈已经有好几天没出摊了。青子也不上学了。秦阿木背着书包去学校,觉得书包很沉,巷子很长,一点意思也没有。

病菌一定进了青子的脑袋,秦阿木越来越觉得。所以她的眼睛才会奇异地发亮,她才会只知道说一句话——"我要洗澡"。青子要么抿紧嘴唇不开口,要么就莫名其妙地冒出这么一句。很多次了,秦阿木还是会冷不丁吓一跳。

他终于相信青子是病了,不是感冒,是爷爷说的脑子进水了。爷爷喜欢说他,你是不是脑子进水了?秦阿木瞪大眼睛,什么是脑子进水?爷爷说,就是讲你的脑子不好使了,不聪明了。他明白了,追着爷爷打,不许说我傻,不许说我傻。

附近住着个傻子,长得高高壮壮的,可动作表情像三岁的孩子,还流涎呢。说是三岁得病后,就成了这样。总有孩子欺负他,追着他喊"傻子、傻子"。秦阿木和青子看见了,就会打抱不平,冲那些孩子嚷:"你们才是傻子呢!"然后温和着表情,冲着傻子说:"别理他们,李傻。"

附近的人都叫他李傻。他听了笑眯眯的,很喜欢很天真的样子。他喜欢秦阿木和青子,隔老远看见他们就会颠颠地跑过来,喏嚅地叫着"青子、青子"。很奇怪的,他从来不叫秦阿木,只叫青子。

青子一副得意扬扬的表情,冲秦阿木说,"谁叫我比你大呢。"早出生三天,那也叫大?秦阿木不服气。可他多想一想,就想通了,谁让李傻脑子进水了呢。现在,秦阿木想到了李傻的眼睛,也是奇异得发亮,像正午的太阳。只是他的眼睛只有半指宽,青子的眼睛有一指半宽呢。

可是,青子到底得的什么病,为什么眨眼的工夫她的脑子就进水了呢？秦阿木想不明白。

2

青子妈妈改做夜市了。

她新置了一个炉子，两个锅子，一摞蒸笼，两桌八椅，一些一次性碗筷，卖起了面条、米粉、馄饨、蒸饺。白天她在家做肉码，和面，兼代照顾青子。她说，青子现在身边不能离开人。

青子妈妈每天傍晚五点的样子开始摆摊，就在马路边上。那里已经有三个夜市摊了，她的排在最北头。

秦阿木放了学直接跑去青子家，青子妈妈说你在这里陪陪青子，我十二点收摊，困了你就先在这儿睡下。青子妈妈指指那张大床，爷爷那里我来去说。

桌上已经热好了饭菜，用碗罩着。菜比秦阿木家的丰盛多了，馋得他直咽口水。他忍了又忍，还是禁不住用手拈起一根霉豆干喂进了嘴里。

"青子，你们家的菜真好吃。"秦阿木觉得满嘴生香，回过头冲青子说。青子没有表情，缓缓扭过头来，"我要洗澡。"

秦阿木愣了一下，很快回过神。"你咋回事啊，一天到晚要洗澡。昨天你妈不是答应给你洗的吗？"说着，秦阿木凑上前去，夸张地耸动鼻翼嗅了几下。他闻到一股奇异的幽香。

青子猛地发出尖利的叫喊："走开，你给我走开。"没等秦阿木反应过来，他头上已经挨了重重的一下。他忍住疼，抬头看青子，青子的五官扭曲成一团，一副很骇人的样子。

秦阿木赶紧将头退远，转身往外跑，心里憋了一股气。"疯了疯了，这哪还像青子呵。"秦阿木边跑边摇头。

跑到家门口，气消得差不多了。爷爷正在整理他今天收回来的破烂。他将纸盒归到一边，拿脚一个个踩扁，踩实。

"爷爷，青子妈说……"秦阿木刚开口，爷爷就说去吧去吧，我知道了。背过身，爷爷将踩得扁扁的纸盒在墙角码整齐，叹出一口长气，造孽哦，突然得这么个怪病。秦阿木没听清楚，他也顾不上听清楚了，他一心想着青子的事。就算青子脑子进水了，他也不能不管她，不是吗？何况，她家还有那么好吃的饭菜。秦阿木转身出了门。

护城河东岸的水泥地上像在安装什么东西。四周用五颜六色的栏杆围了起来，几个戴红色安全帽的人在里面敲敲打打，还有人在砌水泥台子。

秦阿木站在街对面看了一会儿，没看出个名堂。

原来，那里是一带红砖平房，高矮不齐，新旧不一。附近村民修的，自己不住，拿来出租。青子家和他们家各占了其中一间。前年，他们搬到了街对面，是一些刚刚修起来的三层楼房，墙壁还潮乎乎的，但模样齐整。然后，对面的红砖房拆了，拆得很彻底。那段时间，这条路上尘灰弥漫，古城墙仿佛站在雾里云端。

秦阿木问爷爷这是干吗，爷爷说政府要把城墙露出来，让来来往往的人都能看到它，而不是一排破破烂烂的旧房子。过不多久，那里铺上水泥，变成一片平展展、光秃秃的广场。

秦阿木很失望，城墙有什么稀奇，他已经看了五年，早看厌了。水泥地又有什么稀奇，夏天的时候像面反射太阳的大镜子，弄得大家都说气温平白无故地高了好几度。他们现在住的房子像蒸笼，四周光秃秃的，一片树荫都没有。哪有原来的房子好，房前房后都有树，有草，有花，光是里面的虫子、蚂蚁就让他和青子玩不够。

而且，搬家为什么不搬远一点。这护城河边有什么好，空气里总有股臭味。河中间开着几朵绿色水花，倒是很好看，可爷爷告诉他这是周边工厂伸出来的排污口，叫他不要去河里游泳，更不要离排污口太近。

爷爷说，在河里游泳会长又红又痒的疙瘩。离排污口太近，就会被卷进去再也出不来，变成一个怪物。秦阿木问："怪物什么样？"爷爷睁大眼睛，拿手在头上比画，"头上长出五个角，身上长满鳞片，反正是人见人怕。"

现在，木呆呆的水泥地上终于有了动静。虽然不知道是什么，但冲着那些五彩的颜色，秦阿木的心情顿时阳光起来，青子骇人的样子也忘到了九霄云外。他迈开两腿，一口气跑到青子家。他要告诉青子这个好消息。

青子站在屋外的水管前。透亮的水"啪啪啪啪"地溅在脸盆里，仿佛激活了盆底两条红汪汪的大金鱼。青子静静地垂头看着，她的脸上有一条淡金色的光影，水波一样在晃动。秦阿木看得呆了。

水漫过了盆沿，秦阿木一惊，"满了，青子，满了。"青子俯下腰，端起盆子走进屋。水细细悠悠洒了一路。屋中央摆着一个大木桶。秦阿木顿时明白了，青子又要洗澡。

青子将水"哗啦哗啦"倒进桶里，一道好看的瀑布。一缕头发散垂下来，遮住了青子的大半边脸，只露出她白白的鼻尖。端着盆子的手细瘦瘦的，暴出好几条青筋。秦阿木心里一酸，觉得青子这样子真可怜。

他抢过青子手里的脸盆，装作开心的样子，"我来，我来。"他站到水管边，看着水花溅落在脸盆里，两条金鱼红汪汪地游动起来。青子走到门边，站在他身后，无声无息。秦阿木盯着金鱼的眼睛又酸又胀，似乎有什么东西拼命地想往外涌。

他端起满满的一盆水，埋着头冲进屋里。水倒进去，已经齐到桶壁的一半深了。秦阿木将所有的开水瓶拎过来，一瓶瓶倒进桶里，用手试一下水温。"刚刚好。"他瓮声瓮气地说："你洗吧。"埋头冲出来。

秦阿木在门外瘫坐下来。一个硕大的红玻璃球，正挑在古城楼的飞檐上。他呆呆地看了一刻，闭上眼睛。眼帘上跳动着暖红的光影。

屋内传来"哗啦啦"的泼水声。

秦阿木觉得心里有个地方鼓胀胀地发疼。似乎一粒种子正在那里迅速地抽芽，生长，长出枝丫。顶着他的血、他的肉，蛮横地生长着。眨眼工夫，他小小的心便装不下了。

3

水泥地上矗起了几个东西。秦阿木明白了，是在建游乐场。

那些东西他在公园里见过，叫得出名字。旋转木马，太空船，惊涛骇浪，阿拉伯飞毯，碰碰车，猴子拉车，气垫乐园……看是看过，认也认得，可秦阿木只玩过旋转木马。

还是去年春节，他爸和他妈从深圳回来，带他去了趟公园。他们让他选一样，他眼睛一眨不眨地看了一圈，最后伸出一根手指，表情羞涩地指向了旋转木马。从那里传来的叫声笑声和音乐声最为响亮。

他骑到马上，旋转起来，越来越快，越来越快，心就要飞出来了。他一手紧紧握住柱子，一手紧紧捂住胸口，只觉得眼前一片缤纷闪亮，像是进入了一个梦境。

从马上下来，他趔趔趄趄走向爸爸妈妈，脑子迷糊一片，双脚站立不稳，感觉地面还在转个不停。妈妈问他好玩吗？好玩！他张开嘴，听见一个声音说。那声音一点不像是从他口中发出的。梦境还没结束。

秦阿木一直忘不了那个闪亮美妙的梦。他缠着爷爷带他去，爷爷说门口不就是公园嘛，你和青子在城墙那旮旯玩会儿去吧。

这里的确也叫公园，九龙公园，不收门票的。可哪能和那个公园比啊，只有光秃秃的一堵墙，泛着臭味的一条河。秦阿木告诉爷爷那个公园有多好玩，有河有桥有几个人也抱不过来的大树，还有旋转木马和好多好玩的游乐项目。他说得唾沫星子直喷，却一点不能打动爷爷。

秦阿木知道爷爷是惜钱，他把爸妈寄回来的钱都宝贝似的藏着，说要买房子。秦阿木不明白，说我们住的不是房子吗？爷爷说，这是人家的房子，我们要买自己的房子。买了房子你就可以上户口，变成城里人了。

秦阿木不知道做城里人有什么好，他一直觉得老家比城里有意思。在稻草堆里打滚，草丛里抓蛐蛐，下河沟捉蝌蚪，水渠里钓虾子，上树粘知了……他可以来回扳着手指，数出一大堆好玩的东西。但秦阿木知道爸爸妈妈不喜欢老家。他们在他半岁的时候，就跑到城里来了。爷爷抱着他第一次进城来找他们，已经满一岁的他死死抱住爷爷的脖子不肯撒手，望着两张陌生的笑脸，哭得气都回不过来。一定是他的哭触动了爸爸妈妈的神经，他们执意让爷爷和他搬进了城。

进城后，秦阿木的第一个玩伴就是青子。青子家也是从乡下搬来的，和他们家做了邻居。原先，青子和他一样有爸有妈，可青子的爸爸在一次砌围墙时，被突然倒塌的围墙砸下两米多高的脚手架，压在一堆乱砖下面，送到医院抢救三天断了气。

秦阿木的爸爸陪着青子妈妈去找修围墙的单位讨说法。人家说，难道是我们把墙砌歪了，让它倒下来砸伤人的吗？肇事的墙是受害人自个儿砌的，怪不到我们头上？要找去找你们施工队的老板去。人家一口咬定责任不在单位方，话说得硬邦邦，不过还是出于人道主义，支付了抢救费，又看在小小年纪的青子份上，给了三千块钱捐助。施工队却说账上一直亏着，拿不出钱来，让他们自己先垫着，账上有钱了再说。秦阿木的爸爸不信这空头支票，和老板吵起来，气头上，没人性没良心的话冲口而出，待冷静下来，局面已经没办法挽回了。秦阿木的爸爸离开工程队，去了深圳。半年后，秦阿木的妈妈也去了深圳。他们在那里摆起了早点摊和夜市摊。

爷爷每个月都会收到汇款单。邮递员说爷爷有福气，爷爷习惯性地咧一下嘴，按上一个红手印。爷爷不会写字。秦阿木不知道爸爸妈妈每次寄来多少钱，也很少想他们，他有青子做伴就可以了。可现在，青子病了，不能和他一起上学放学，也不能去护城河边捉迷藏了。

时间像是被某个可恶的人抻长了，拍扁了。

青子妈妈不让秦阿木带青子出门，青子也好像不想出门。她呆呆地坐在屋子里，一坐就是几个钟头。秦阿木将课文念给她听，她的目光定在某处，一眨不眨。忽然地，冒出一句"我要洗澡"，说完就站起身来，一言不发地拿脸盆接水。

青子妈妈将木桶藏了起来，青子在墙角没找到，就在屋子里团团打转。一张脸变得越来越苍白，眼睛越来越灼亮，嘴里一个劲地重复"我要洗澡，我要洗澡"。

秦阿木没有办法，只好跑去找青子妈妈。青子妈妈赶回来，看见青子还在屋子里困兽一样转个不停，嘴里叫着"青子啊"瘫坐在门槛上。秦阿木看见两条溪流从青子妈妈的眼睛里奔涌而下，漫过青黑的眼圈，漫过干白的嘴唇，滴落在她的白围裙上，变成一个淡色的湿印。

青子妈妈无声地哭了很久，猛地抬起手一把抹干眼泪，用手撑一把地面站起身来。她从屋外拿来了木桶，递给青子，"洗吧洗吧"。青子停下身子，收住目光，不说话，拿过木桶端端正正摆在屋子中间，又拿起脸盆去接水。

青子妈妈木然站立一刻，转身出了门。白围裙的一侧吊带耷拉下来，斜挂在她的肩头。

亮了一圈轮廓灯的城墙，无声地绵延在夜色中。相比之下，青子妈妈的背影是那么矮小单薄。

4

游乐项目全部开放了。那些色彩鲜艳的游乐设施站在阳光下，闪闪发亮。可玩的人并不多，许多设施空置在那儿。

中午，秦阿木背着书包闷闷不乐地往家走。放假了，他却一点也兴奋不起来。他不知道青子的病什么时候才能好，会不会好。他已经看见青子妈妈哭过几次了，她的眼睛一直像金鱼泡一样又红又肿。秦阿木想，这意味着青子的病很严重吧。

学校又要组织七天乐夏令营，活动费三十五块钱，有游泳、趣味体育比赛、烹饪比赛、歌咏比赛、棋类比赛……秦阿木不想参加。没有青子，再花哨的内容都不能吸引他。可是，他也不想去青子家了。他害怕看到青子现在的样子，害怕琢磨青子的病情。

青子到底是怎么啦？怎样才能让她好起来？一个多月来，秦阿木一直在琢磨这个问题。这让他的语文比上学期下降了十分，数学下降了十二分，是老师没有点名批评的那批拖后腿的学生之一。

秦阿木不打算告诉爷爷，反正爷爷不会写字，他胡乱画两笔都比让爷爷签字强。家长会他也不打算让爷爷去，就说爷爷病了，反正老师知道他的爸爸妈妈都不在家。爸妈那边更好办了，他们通常半个月打次电话到前面的小卖部，电话里什么谎不能撒，又不用担心被戳穿。像他这样从乡下进城的孩子，老师多半不会家访。就是家访，自己留的家庭住址也会让老师找不到家门。到家前，秦阿木已经将眼下的麻烦事一一解决了。

吃饭的时候，他告诉爷爷学校组织七天乐，活动费三十五块钱。每年寒暑假学校都搞这样的活动，爷爷没说什么，从怀里掏出一摞钱，都是一块、两块、五块的。爷爷拿指尖沾一点口水，数出三十五块来给他，想了想，又抽出五块钱递给他。

秦阿木接了，知道最后的五块钱是额外的零花钱。他马上算好，可以拿这五块钱去学校小卖部买一个两块钱的汉堡、一包干脆面和一根棒棒冰。他已经眼馋很久了。

次日，去学校的路上，秦阿木改变了主意。让他改变主意的，是游乐场上的景象。

秦阿木没想到，早上的游乐场会这么热闹。所有的游乐项目都开动起来，到处是喜笑颜开的孩子。有些看起来很小的孩子，被大人抱在怀里，乐得咧开小嘴，嘴角流出了长长的亮涎。

站在栏杆外面，秦阿木不禁看呆了。叮叮当，叮叮当，铃儿响叮当……旋转木马开动起来，木马前赴后继地飞奔着。坐在上面的孩子欢快地挥动小手，叫声笑声音乐声蜂拥着挤进秦阿木的耳朵。他禁不住笑了起来。一位戴草帽的阿姨看见了，冲他叫道："小朋友，进来坐吧，五块钱一次，很好玩的。"秦阿木摇摇头，满脸羞涩地走开了。

几天后，秦阿木弄明白了，为什么一早一晚，这里才像是真的游乐场。因为不能遮挡住古城墙，这片游乐场只设了几把遮阳伞。四周又没有一棵树，白天的大部分时段，游乐设施都曝晒阳光下，表面滚烫，根本没法坐人。只有早晚，太阳还没出来或是已经沉落下去时，游乐场才迎来了孩子们的欢声笑语。

无论是早晚喧闹的游乐场，还是中午空无一人的游乐场，都让秦阿木向往不已。五块钱还装在他的口袋里，几天来他没有买汉堡也没有买干脆面，甚至连水也没买一瓶，这样，五块钱还完好无损地躺在他的口袋里。

秦阿木一直犹豫不决，不知道该不该将这五块钱交给那个戴草帽的阿姨。她每次看见他，都会和他打招呼，"小朋友，来坐一次吧。很好玩的。"秦阿木也知道旋转木马很好玩,他玩过。可他还是犹豫不决,仿佛知道这五块钱可以派上更大的用场。

吃过晚饭后,秦阿木忍不住和青子说起了游乐场。"青子,你知道护城河边上,就是先前咱们住的那块地方,现在成了游乐场,里面有好多好玩的东西。"秦阿木夸张地挥动手臂,"太空船,惊涛骇浪,阿拉伯飞毯,碰碰车,猴子拉车,还有旋转木马!你玩过吗?告诉你,我玩过,很好玩的。那个惊涛骇浪啊,就像一艘船穿行在波涛上,摇啊摇的,能将你的心都摇碎了。还有碰碰车,带枪的,一按钮,就哧哧哧地闪出红光,发出'轰隆轰隆'的射击声……"

秦阿木越讲越兴奋,在青子面前手舞足蹈。他在讲述中,加入了自己的所见所闻,也加进了自己的想象。讲着讲着,秦阿木仿佛真的坐到了那些东西上面,正疯狂地按动按钮,正疯狂地发出尖叫。

冷不防地,青子面无表情地打断他"我要洗澡"。秦阿木浑身一颤,坠回现实。身子没稳住,摔倒在地上。他从地上缓慢地爬起来,悻悻地去拿脸盆。暗暗叹口气,这哪还是原来的青子啊!

给青子来来回回运水的时候,一个念头窜进了秦阿木的脑子。带青子去坐旋转木马!

是的,带青子去坐旋转木马,没准她痛快地笑一笑乐一乐,病就好了。多好玩的旋转木马啊,青子即使病了,也会喜欢的。有谁会不喜欢旋转木马呢?

"我带你去坐旋转木马!"秦阿木回头对青子说。青子一直默默地跟在他身后,此时她的眼睛盯着木桶里的水,水光在她的眸子里晃动。秦阿木没有失望,他满脸兴奋地:"我一定要带你去坐旋转木马!"

青子洗澡的时候,秦阿木将一切都策划好了。他决定不告诉青子妈妈,偷偷带着青子出门。他们会从右边绕到护城河边的游乐场那儿,虽然多走一些路,却可以避开青子妈妈的夜市摊。

秦阿木牵着青子的手站在旋转木马跟前时，是第二天傍晚。夕阳已沉到城墙后面，只在西天映出一片柔媚的胭脂红，衬得旋转木马的色彩暗淡了几分，却添了朦胧的梦一般的气息。秦阿木觉得这时的旋转木马，简直美得让人窒息。

草帽阿姨已经取下了头上的草帽，她笑着招呼秦阿木："小朋友，下决心来坐了。这是姐姐吗？真漂亮。"

秦阿木的心情很好，他从口袋里掏出五块钱，递给草帽阿姨。草帽阿姨看一下，"一个人五块钱。"秦阿木满面含笑，脆脆地答："我知道，我姐姐坐。"

"那你呢？你不坐？天天都在这里看呢。"阿姨说。秦阿木笑着摇摇头，用手推着青子走上旋转木马的木台，扶着她跨上一匹枣红色的马，又牵着她的手让她抓住栏杆。他正要下来，草帽阿姨叫道："一起坐吧。"

秦阿木没有听清，"什么？""你们一起坐吧。这时候人不多，你们就一起坐吧，只收五块钱。""可以吗？"秦阿木的眉眼倏地舒展开来。他乐呵呵地挑了一匹大白马，跨坐上去。青子在他的身后。

秦阿木坐稳了，回过头，看见青子亮晶晶的眼睛里仿佛添了一丝笑意。没等他看清楚，木马转动起来。风掠起秦阿木的头发，他禁不住呵呵地笑起来。

城墙转动起来，向着北方移动，越来越快。城墙下的树木草地也转动起来。护城河转动起来。河里的绿水花也转动起来。一切一切，都转动起来，在瞬间变得轻盈、灵动。

秦阿木想象骑在马上的自己，手中握着一根奇异的魔术棒。他将魔术棒轻轻一挥动，眼前的世界就在他的指挥下转动起来，转动起来。他回过头去，看见青子的长发在空中飞舞。青子的脸在胭脂红的夕阳之上起伏，仙女一样。

5

青子似乎很快乐。她的脸泅出了一层红晕，眼睛里的光亮也柔和了，秦阿木看在眼里。他很快乐，他终于坐上了旋转木马，而且是和青子一起坐的。他一直觉得，既然是好朋友，快乐的事就要一起分享。

秦阿木的心鼓胀胀的，像被什么东西填满了。他和青子一起往回走，青子安静地走着，他也不说话。虽然走在身边的青子还不像以前的青子，却让他的心很宁静，很满足。一个多月来，第一次这么宁静、满足。

他们穿过马路，顺着路边往回走。突然地，斜刺里冲出一个壮硕的人影。那人大声地、含混不清地叫着"青子，青子，呵呵，青子"。

秦阿木吓了一跳，仔细一看，是李傻。李傻咧开大嘴，高兴得手舞足蹈，嘴里不停地嘟囔着"青子，青子……"秦阿木正待制止李傻，怕他吓着了青子。耳边突然爆出一声尖利的叫声。

那叫声是如此尖锐、高亢，直冲云霄。回过头，秦阿木看见青子双手抱头，两眼紧闭，不管不顾地发出尖叫声，仿佛要将那声音一直送上天空。秦阿木慌了，忙转过身安慰青子，"别怕，别怕，是李傻，他是高兴呢，见到你高兴呢。他不知道你病了，他不是故意吓你的……"

李傻也凑上前来，傻呵呵地笑着伸出手，"青子，呵呵，青子……"青子的叫声停顿一下，更加尖利地响起，升到半空碎裂开来。秦阿木的头一阵眩晕，仿佛看见漫天的碎片倾覆而下。等他清醒过来，发现青子扑在李傻身上，正发疯似的捶打撕扯着李傻。李傻白胖的脸上多了许多伤口，一条血痕从额头蜿蜒而下，流过他的眉毛、面颊，纵穿过他的嘴唇。那张嘴依然傻呵呵地咧开来："青子，呵呵，青子……"

秦阿木终于知道了真相。住在这条街上的人和许多没有住在这条街上的人，都知道了真相。警察来过了。青子妈妈那天找到藏兵洞附近，看到李傻在城墙根下乐颠颠地跑着，与以往不同的是，他光着屁股，两条肥腿白得直晃人眼。青子妈妈心里顿生出不祥之感。等她找到青子，只一眼就明白了。青子木然蜷缩在一个角落里，裤子烂了，上面沾着点点片片的血迹。问她什么，青子都不回答，只一双眼睛奇异地发亮。

青子妈妈将青子带回家，洗干净她的身子。她打算将真相隐藏起来，盼着时光能让青子的伤口愈合，身上的、心上的。她一直这么祈祷着。然而，现在人人都知道李傻对青子造了孽。一个多么好的丫头毁在了一个傻子手里。青子妈妈的脸再没办法笑呵呵地端出来了。她的夜市摊停了，她也很少出门了。母女俩枯坐在家里，门紧紧锁着。

李傻被他妈妈关在家里，发出了一阵阵惨叫声。然后，秦阿木看见他妈妈，一个头发花白的女人走进了青子家。没有多久，她便走了出来。和她一起出来的，还有一把扫帚，一只脸盆。脸盆在地面上蹦跳了几下，发出"哐当哐当"的脆响，盆底的两条红金鱼蹦跶了一刻，安静了。阳光下，无声地躺着。

秦阿木看见李傻妈妈的眼睛又红又肿，和青子妈妈一样。她用手捂着嘴，跑出了秦阿木的视线。

秦阿木不知道，旋转木马是不是青子最后的欢乐记忆。在短暂的清醒之后，青子就彻底疯了。她的脑子，被护城河一般的脏水灌满了。

青子再也不要求洗澡了，她呵呵地独自傻笑着，有时拿头撞墙，有时将梳子放在口里咀嚼，有时用手抓烂自己的皮肤，说那里面很脏很脏。她再也不要求洗澡了，浑身散发出比护城河水更加浓重的气味。

爷爷不让秦阿木去青子家,他说青子现在很危险,你去了也帮不上忙,倒给青子妈妈添乱。过几天,青子妈妈就会送青子去医院治疗。"青子会好吗?"秦阿木急切地问。他盯住爷爷的嘴,那张嘴抿两下,缓缓吐出一个字:"会。"

停了一会儿,秦阿木问爷爷:"是李傻做了坏事害得青子这样吗?"爷爷不说话。"为什么李傻做了坏事,警察不来抓他?"秦阿木追着问。"你还小,你不懂。李傻是有病的人。"秦阿木再问什么,爷爷都不回答了。

这个夏天格外燥热,一个多月没有下雨。有好几天气温超过了四十度,一到中午到处都是亮晃晃的。电视里说,是全球气候变暖带来的异常天气。

中午,秦阿木搬张小板凳坐在家门口,不时地向着青子家的方向张望。大街上空荡荡的,游乐场空荡荡的,那些七彩斑斓的游乐设施在阳光下曝晒着,奄奄一息的模样。秦阿木觉得它们就快被阳光融化了。

李傻从对面街上晃晃悠悠地走过,打着赤膊。肥白的身子在阳光下直晃人眼。他走几步,跑几步,乐呵呵的,仿佛感觉不到阳光的酷烈。

秦阿木突然站起身来,恶狠狠地冲着李傻大声叫道:"傻子!你个臭傻子!坏蛋傻子!笨蛋傻子!怪物傻子!……"秦阿木直叫得脖子、额头上的青筋暴凸出来,才满面涨红地坐下。

李傻听见了,扭过头,冲着秦阿木坐的地方呵呵呵地傻笑,嘴里嘟囔着"傻子,呵呵,傻子"。

秦阿木向爷爷要五块钱,很坚定的样子。爷爷说:"干吗?""坐旋转木马!"秦阿木理直气壮地说。爷爷盯着他看了几秒钟,将手伸进口袋里,拿出五块钱。

秦阿木揣着五块钱，每天傍晚在护城河边晃悠。他没有去坐旋转木马，而是站在栏杆外面看。草帽阿姨和他打招呼，"小朋友，你姐姐呢？还坐不坐，两个人五块钱。"秦阿木摇头。

也许，是这个夏天已经坐过一次的缘故，旋转的木马在秦阿木眼里已经不再飞扬。"铃儿响叮当"的歌声，听起来也不再欢快。秦阿木常常在街上晃悠到很晚，有时候坐在护城河边，望着河中心不停喷涌绽放的绿水花发呆。

李傻失踪了。他的妈妈茫然地在街头四处寻找，一声声凄厉地叫着"李傻、李傻"。没有人告诉她，李傻去了哪里。

几天后，护城河里浮起一具白白胖胖的尸身。一个在护城河边晨练的居民发现的，马上报了警。民警将已经腐烂发臭的尸身打捞上来，但还是有人一眼认出是李傻。随后，民警在附近进行了一番走访调查，很多人讲述了他们最后一次见到李傻的情景。

草帽阿姨告诉民警，有一天傍晚，那个傻子拿着五块钱来坐过旋转木马。民警推算一下，正是李傻失踪的前一天。最终，民警得出结论，李傻是失足掉入护城河中，挣扎过程中到了排污口附近，被管道卡住了，溺水而亡。

这个气候异常的夏天，秦阿木长出了一身红痱子，痒得他不停地抓挠。

爷爷买来蓝药水，边擦边嘀咕，这鬼天气真是不正常，从不长痱子的孩子闹出这么一身。转眼工夫，秦阿木的身上便长满了无数的蓝斑。他整天缩在屋子里，不肯出门。有时候，秦阿木冲着镜子里的人傻笑："呵呵，怪物。"

就这样，秦阿木带着他满身耀眼的蓝斑结束了这个无比漫长的夏天。

大　戏

1

栾其凤想唱一出大戏，临时组一套班子，挑几个最出彩的折子。她，当然是个折子戏的主角。

五年前，这念头就从栾其凤的心尖上冒出了芽苞，她由着它往上蹿，始终没出口。大戏的操持者，自然该是她的女儿赵亦娈。没出口的原因，一是不知道赵亦娈会怎么反应，二是在这座城市里，凑齐了一套班子的人马，也难谋齐她需要的全部戏服。

春节的时候，赵亦娈回来陪了她三天就飞回昆明。临走，让她一起过去，她摇头。赵亦娈心里怎么想的她知道。她还是不喜欢赵亦娈，虽然是她身体里分离出来的一块肉，这世上最亲的亲人，人却是这么不讲理，不喜欢就是不喜欢。

她看不惯赵亦娈用筷子夹菜的样子。手背朝上，筷子覆在手下，夹住菜，顺时针拧上一百八十度才送进嘴。也不是好好地送，而是先伸出舌头，接住，再收进嘴里。一个女孩子，舌头伸那么长，嘴张那么大！以前，不用她开口，只需要一个眼神，赵亦娈的表情就怯了，小心翼翼地偷眼看她，筷子再伸出去有些晃。筷子和芹菜像一长一短两件兵器，在盘子里决斗，赵亦娈的脸慢慢变红，红得像滚水里的虾。赵朴一伸过筷子,将芹菜从筷尖上解救出来,送进赵亦娈的碗里。赵亦娈呆在那儿,眼泪在眼眶里直转,"啪嗒"一下,桌上多了一滴湿印子。栾其凤"啪"一下丢了筷子,拖鞋"啪哒啪哒"响着进了卧室。

隔了门,她听见赵朴一在低声安慰赵亦娈,就从鼻腔里"哼"出一声,有什么好安慰的,连筷子都拿不好,还掉眼泪,男儿的泪值钱,女儿的泪就不值钱?她不知道自己怎么就生出这么个女儿来,似乎处处和她的意愿唱反调。

现在,再没有赵朴一坐在她们中间了。赵亦娈以特有的手势夹着菜,表情轻松,动作流畅,再不偷眼瞄她的脸色了。栾其凤吃完,搁了筷子看赵亦娈吃,赵亦娈的动作频率明显加快。慢点慢点,别噎着。话刚出口,赵亦娈就噎住了。

栾其凤伸手给赵亦娈顺背。顺着顺着,那句话不经大脑过滤冒了出来。她说,我想唱出大戏。赵亦娈梗着脖子,正一边使劲咽口水一边拿手捶胸,听了这话,手停在胸口,定格几秒再捶下去,使劲咽一口唾沫。通了通了,赵亦娈拨开栾其凤的手,舀一勺汤灌下去。伴着汤下喉的声音,赵亦娈抬起眼睛看着她,大戏,什么大戏?你不是一直唱着吗?

赵亦娈的一双眼睛清亮,单眼皮,细长鱼形。对视一刻,栾其凤忽然有时光倒流之感,恍惚面对的是赵朴一的眼睛。她收回目光,垂下眼帘。和那个不一样,我想,我想正正经经地,最后,最后唱一场。

你平时唱的不正经?赵亦娈的声音似含了讥诮。这语调让栾其凤心里一紧,她迅速抬头,见赵亦娈夹了一筷笋丝,放在舌尖上,慢慢卷进嘴里。除了嘴唇在蠕动,赵亦娈的其他五官都平静地待在原来的位置。栾其凤的心松开来,不再说话。

那是栾其凤第一次将大戏的想法说给赵亦娈。赵亦娈没什么反应。第二天就急匆匆地走了。后来在电话里，栾其凤又说了一次。赵亦娈很快将话题岔开。大戏的事，从冬天一直拖进了夏天。

春天和秋天是唱戏的最好季节，台上唱得舒服，台下看得也舒服。在栾其凤看来，这事是火燎眉毛。无奈，她的热脸碰到的是冷石头。现在市剧团里说话主事的都是小一辈，科班出身，虽然对自己也称老师，却没打过多少交道，大多和赵亦娈熟。栾其凤左思右想开不了口，直在心里后悔当年多带几个学生就好了，或者让她当副团长的时候答应就好了。一辈子都不曾随和的人，现在想随和也难。

栾其凤只好慢慢积攒唱大戏的资本，戏服她已经寻着了一件，又描画剪样订做了一件，心里的剧目清单改了又改。

七月头，朱启昆从深圳回到J城。栾其凤和他在社区的消夏晚会上碰面。朱启昆是当年剧团琴师中的第二把交椅，现在在深圳办班，兼带孙子。虽说放久的胡琴难免有些走调，可调调没准比那些新琴更称手，音色更美。

两人碰了面，自然没有不合作一把的道理，唱了《思凡下山》中顶俏皮的一段，又唱《窦娥冤》里"六月飞雪"一段。台下观众掌声不断，有一把年纪的老戏迷连声叫好，高喊着再来一段。两人又返台来了一段《贵妃醉酒》。栾其凤连唱带做，弄出一身淋漓的热汗。

朱启昆回来半个月，准备待到孙子开学时回深圳。那晚，栾其凤回到家半天寻不着睡意，仿佛有激越的鼓点一直在耳边响个不停。

栾其凤的嗓子出了问题。这问题说不上新鲜，她生下赵亦娈的一年多时间，一直病病歪歪，咳嗽，低烧，浑身乏力，一服一服中药往下灌，慢慢，这些症状消失了，可嗓子眼里像塞了团棉花。长了声带小结。唱戏的人，嗓子是本钱，栾其凤那个慌呵，天天以泪洗面。赵朴一将赵亦娈寄养在一个孤老太婆家里，陪她去武汉求医。医生说问题不大，小手术而已，栾其凤还是慌得不行。手术后至多住五天院，栾其凤却住满了三个星期。等他们从武汉回来，小亦娈可怜巴巴地偎在老太太怀里,左脸蛋敷了一方白纱布,黑黄的药膏渗出来,像发了霉的日本膏药旗。

看见他们,小亦娈木着眼睛呆视半晌,反身一把抱紧老人家,喃喃哭叫"妈妈妈妈"。哭声像一把小锉子磨着栾其凤的心。无论她怎么逗小亦娈,拿出在武汉买的糖果、玩具、新衣服,小亦娈始终用小手箍紧老人家的脖子,不肯离开她怀里。后来等小亦娈睡着了,他们才将她抱回家。一路上,看着小亦娈脸上的膏药旗,栾其凤一个劲地掉眼泪。亦娈在太婆给她冲藕粉时,跌到了炉沿上。至今,左脸颊上还留着一个浅浅的月牙印。

赵朴一天天带亦娈去医院打针换药,栾其凤在家静养。等亦娈脸上结痂,脱壳,栾其凤的嗓子也恢复得差不多了。她的心情,却像窗外雾蒙蒙的天空。在旁人听来,她的嗓子和以前没什么不同,她却听出了不同。原来她的嗓子清澈高亢,现在杂了一丝沙音不说,有些高亢处也唱得力不从心了。她小心翼翼地试,苦巴巴地练,硬是将嗓子重新吊开,怀亦娈时长出的赘肉也都用束腰带勒没了。等她重返舞台,第一场演穆桂英,刚在台上亮相,就赢了个满堂彩。谢幕时,老戏迷全站起身来,巴掌拍得山响。那一刻,真的是百感交集。

栾其凤的嗓子还是老问题,声带小结。不是一个,而是一加一,两个。栾其凤拿着诊断单,盯着上面歪歪倒倒的字,越看越觉得这是老天爷的安排。看来,这场大戏不仅要唱,还要赶在眼前这个秋天唱。唱完这出大戏,嗓子是沙是哑,于她都无所谓了。

2

赵亦娈接到电话时,正带一个美国旅游团在玉龙景区。

团员都是些老头老太太,和栾其凤的年龄不相上下,可看起来个个精神十足。连个子最小的老太太也背着半人高的旅行包，步子迈得又快又稳。赵亦娈联想到一次爬山，栾其凤还没到半山就双手扶腰，气喘吁吁了，望着云雾深处的山顶再也不肯往上爬。后来，是赵朴一半拖半抱将她弄上山的。赵朴一走后，栾其凤再没爬过山。也是，现在有谁还会拖着她上山？

栾其凤在电话那头端着架子，最近忙吗？这边热得很，云南还好吧。也没什么事，就是打个电话，让你注意身体，别太累着。赵亦娈"嗯"一声，不再答话，等着。

远处是玉龙雪山，冰雪覆盖的山顶与绵白的云雾融合在一处。近处，长长的一条木栈道沿草地边沿向前延伸，栈道旁一家挨一家，都是出租少数民族服装的。游客忙着挑选衣服，以雪山为背景摆出各种姿势。团里的一位老太太穿了件七彩斑斓的藏袍，厚墩墩的毛皮帽子将她的脸遮去了大半，在镜头前舞动雪白的长袖，有点像水袖。

老太太动作生硬，但笑得灿烂，舞得兴高采烈。赵亦娈不由笑了。电话那头，栾其凤开始絮叨起煲汤的程序。每次回家，她都让赵亦娈一个人时多煲汤喝，说云南湿气重，紫外线强，女人的好皮肤是喝汤喝出来的。煲汤的程序不知被她重复了多少遍，当着面，赵亦娈从不打断她，脸上轻描淡写的，一味听着。此刻，赵亦娈有了几分不耐烦，很快地问一句，有事吗？

电话那头蓦地寂了声。赵亦娈似乎听到栾其凤在做深呼吸，心里默数一、二、三。栾其凤的声音踏着三的尾音响起来，那个，医生说声带上长了两个小东西，要手术。不能保守治疗？赵亦娈将悠晃的腿收回来。那个，好像不行。需要我回来吗？那个，不是什么大手术。赵亦娈从栾其凤的声音里听出了言不由衷，撇撇嘴。我还是回来吧。等这个团走了，我就请假，赵亦娈很快说。那个，我还、还没定手术时间，我想唱完了再做。

唱什么？赵亦娈一时没反应过来。就是、那个大戏。栾其凤的语调透着失望，也透着委屈。赵亦娈想起来，这事栾其凤和她说过，好像是春节。

说实话，她没往心里去。大戏，多大的戏才叫大？对于今天的栾其凤，偶尔和票友自娱自乐一下，偶尔被拉去参加居委会或市里某部门组织的活动，唱上两段汉剧助助兴，点缀一下舞台，也就到顶了。现在还有谁热衷于听戏，唱了有谁听？栾其凤又在痴人说梦了。她这辈子迷戏迷得神魂颠倒，到老了还不清醒。算一算，离她真正站在舞台上正经八百地唱一出戏，快有十年了吧。连曾经那么红火的汉剧团，都像刮过的风早已无迹可觅，她居然突发奇想要唱什么大戏。

赵亦娈拿鞋尖轻轻摩挲地上的松针，栾其凤还在絮絮地说着。你能回来帮我是最好了，大戏的头绪很多，你知道，现在戏服不好找了，舞台不好找了……赵亦娈眯起眼睛望向远处的山峰。此时，云雾破开一块，露出了雪峰下一痕铁青色的山体。穿藏服拍照的老太太走过来，嘴里说着Hello，冲她指指手腕上的表。赵亦娈马上醒过神，集合时间快到了。我有急事，再打电话。赵亦娈匆匆挂了。

待旅客坐定，清点完人数，赵亦娈简单介绍了接下来的行程。他们要赶回丽江古城，晚饭后去看宣科的纳西古乐表演。纳西古乐也是古老的艺术，在丽江古城被貌不惊人的宣科弄出了国际知名度，日日演出，观众不断。相比之下，家乡的汉剧却在一味归于沉寂。除了秃顶掉牙的老人，现在还有谁耐烦去听汉剧？赵亦娈想，栾其凤还是不清醒啊。

六七八月是云南旅游的旺季，导游都是连轴转。有时实在抽不出人来，赵亦娈便临时带团。很多人不理解她为什么做导游这一行，又为什么跑到这么远的地方。J城是座历史文化名城，临近宜昌三峡武当山，即便想当导游，在家门口当，接团带团、地陪路陪都不缺乏空间。面对这样的提问，赵亦娈总是笑笑说没办法，喜欢云南这片美丽神奇丰富的土地。在心里,赵亦娈的答案十分简单,两个字——逃离。逃离的后面,还可以加上一个括号,括号里填上一个人的名字。

栾其凤三十来岁生下赵亦娈,孕育的过程像场历险,产后也是状况百出,将近两年的时间她没能登台。一些旧事,赵亦娈是长大后零零碎碎听人说的。到了一定年龄,这些琐碎而混杂的片段组接起来,赵亦娈突然间有些明白。

赵亦娈没喝过栾其凤一口奶水。产后,栾其凤整天表情阴郁悲戚,每逢赵亦娈哇哇大哭的时候,栾其凤就拿枕头捂住两耳,将头埋在枕面里,直憋得自己像一条濒死的鱼才猛地抬起头来,张大嘴巴呼吸。她的样子,吓得跑进卧室门的保姆李妈呆在原地,半天不敢挪步出声。

栾其凤怀孕时,许多人看了说前尖后平,一定是个带把的。栾其凤和赵朴一提前取好名字,赵亦峦。两人姓的音,加上山峦的绵延墩厚。孩子满月后,赵朴一去上户口,问栾其凤名字怎么定,她闭着眼睛不说话。后来,赵朴一自己做主,取名娈。貌美意。

每天下班后,赵朴一抱着赵亦娈在客厅里打转,轻手轻脚的,让栾其凤休息。哭了,赶紧冲奶粉。亦娈虽然没吃过一天母乳,却长得胖乎乎的招人爱,只是皮肤黑,既不像栾其凤也不像赵朴一。他们两个是精面馒头,亦娈却是荞面馒头。俗话说,一白遮百丑。赵亦娈的眉眼虽然没有栾其凤那般秀媚,却也周正,只是肤色让她打了四分折扣。从小,亦娈就不喜欢和母亲一起出门,出了门难免听到一惊一乍的感叹,哟,这是你丫头?蛮可爱的,就是皮肤不像你呵,没你漂亮。次数多了,栾其凤也不爱带亦娈出门了。

亦娈从小和父亲亲,可以在赵朴一的身上黏糊来黏糊去,对栾其凤却是怯怯的。赵亦娈一直觉得是自己不够漂亮,不够聪明,母亲才不喜欢她。及至18岁那年,听小姨心血来潮讲了许多旧事,才明白母亲的不喜欢是从很早开始的,心里生出几丝恨来,细茛茛的几缕,不强烈却也拂不断。既然不喜欢,为什么还要生下我?难道我生出来,就是为了让你打心眼里嫌弃的吗?赵亦娈越想越无助。

赵亦娈办好一切手续,准备离开J城去云南的时候,赵朴一已过世快两年了。六月的忌日,她独自去了八宝山墓地,在赵朴一的墓碑前坐了一天。晚上回到家,栾其凤一个人坐在饭桌前,屋里弥漫着熟悉的卤汁醋面味儿。赵朴一的遗像前放了他喜欢的烟、一碗饭和一碟木耳香葱烩鱼糕鱼丸,音响里放着咿咿呀呀的《定军山》。去年的这一天,也是这样,只不过栾其凤的面前坐着赵亦娈,两人默声吃饭。

栾其凤抬眼看看她,没有言声。这一眼,赵亦娈已经平复的心蓦地生出陡峭来。她在栾其凤的对面坐下,面已经吃完,碗里只剩了汤水和几块鱼糕。栾其凤夹起一块鱼糕送进嘴里,眉头不自觉地皱了一下,慢慢咀嚼。栾其凤不爱吃鱼糕,每次赵朴一做了,他和赵亦娈吃得兴高采烈,两双筷子在碗里争来抢去,栾其凤却是面色淡淡地旁观,从不伸筷子。

赵亦娈看着栾其凤慢慢把鱼糕咽下去,再夹起另一块送进嘴里。仿佛有一座座小小的山峦在她心里升起,跌落;升起,跌落。赵亦娈侧过头,父亲在相框里温煦地微笑。她转回目光,栾其凤的眉眼依然保持着年轻时的秀媚,只是一些细碎的纹路掺和进来,颠覆了当年的细腻光滑润泽。赵亦娈暗暗叹出一口气,这又何必,难道他还看得见?

赵朴一在的时候,栾其凤平均一个月会与他吵上三次架。俗话说,一个巴掌拍不响。栾其凤的响巴掌碰上赵朴一的闷巴掌,却依然拍得响。他们吵架不激烈,更准确说,是相当的冷。绝大多数时间,由栾其凤的抱怨绾头。赵亦娈觉得她的抱怨就像她手上钩围巾的针一样,一下接一下、一环接一环地钩呵钩,慢慢铺成一大片。

钩出的围巾上布满了小洞，仿佛生气的手指戳出来的。栾其凤不在的时候，赵亦娈用指头轻易穿了过去。

每到这时，亦娈就觉得父亲赵朴一挺委屈，可她不敢反驳栾其凤。看见栾其凤板着脸舞动钩针的样子，她就想小便，慌慌忙忙往厕所跑。蹲在那儿，什么也屙不出来。一拉上裤子，渴望又来了。后来发展到只要栾其凤一进家门，一和她说话，一对她笑，她就想上厕所。长大的赵亦娈回望远去的岁月，感觉自己像一只躲在厕所阴暗光线中的小耗子，眼睛怯弱惊惶地打着转。

便溺的条件反射是突然间消失的，那是她听完小姨的一番话后。再看见栾其凤，她突然什么异常反应都没有了。她正常了。

3

小姨对赵亦娈说，你妈本不想要孩子的。那年，赵亦娈刚过完18岁生日。她觉得小姨那番话，是送给她的一份成年礼。

小姨说，我们的姨妈，就是你的姨奶奶，生孩子时死在了产床上。麻药打进去没多久，她突然直愣愣地一挺身子坐起来，接着"扑通"倒下去，人就这么走了。我和你妈听说这事时还不到十岁，怕得不行，约好说这辈子都不生孩子。这当然是孩子话，可你妈是当真的，她和你爸结婚时就说好了，不要孩子。你爸以为她是想迟几年生，他知道你妈对戏痴得没话说，也是太喜欢她了，满口答应下来。你妈也天真，怎么可能不要孩子，你爸是家里的长子，三兄弟里结婚最晚，二弟三弟生的都是丫头，全家人就盼着你妈肚子快点鼓起来。一年没动静，两年没动静，五年没动静，你的赵家爷爷沉不住气了，要你爸带你妈看医生，跑武汉上北京，钱都由他出。你爸起先还想瞒着，后来见实在瞒不下去，说了。那真是一场风暴呵。老爷子坐了两天两夜的车，从恩施大山里气冲冲地跑来，一进屋就让你爸你妈跪下，你爸怎么求情怎么解释都不行。你妈那个性情，一个字犟，两个字死犟，跪着也不松口。反正那段日子你爸可是愁死了，好不容易将老爷子哄好打发走，回头再给你妈做工作，条条路都走遍了，还是不通。你妈觉得你爸欺骗了她，既然做不到何必答应，既然答应了就要做到。你爸没办法了，想出一个馊主意。他将你妈的避孕药偷偷换成了维生素片，让你妈不知不觉怀上了你。你妈知道实情的时候，简直要疯了，绝食两天，你爸急得在她面前跪下来。你妈还是不依，要把你打掉。是我陪她去的，我们坐在医院走廊上，进出的都是大肚子孕妇，还有抱着婴儿来做检查的，你妈的脸那个白啊。我上厕所回来，走廊里不见了人，以为你妈进了手术室，等了半个小时不见人出来，我慌啦，拉住护士一问，她说根本没这么个病人。我那个急呵，跑出来，在医院门前的马路牙子上看见了你妈。那天，她用围巾将头和大半边脸包得严严实实，棉袄外面还罩了件军大衣，怕做完手术后回去受风寒。她坐在那儿蜷着两腿，埋着头，那样子哪像个当红的汉剧团名旦啦。不瞒你说，我看了心那个疼，有点理解她了。我走过去，蹲下身，她在哭，围巾遮到了眼睛下方，看不到泪水，可我感觉她在哭，身子在军大衣里簌簌地发抖。那天，你妈的眼睛哭得像两颗烂山楂。说这些，是想你理解你妈妈，她为你放弃了很多，克服了很多，也许她算不上一个好妈妈，但你的生命是她给的……

　　赵亦变不能理解，联想到过去，愈发心疼赵朴一。为了她，赵朴一的大半辈子活得像个罪人，处处让着栾其凤，由着栾其凤。小姨说，赵朴一年轻时是标准的英俊小生，不抽烟不喝酒，双手白皙修长干净，似乎天生是操持手中那把胡琴的。许多女孩暗恋他，他偏喜欢上了你妈。

　　赵亦变却记得赵朴一抽烟，而且抽得很凶。栾其凤讨厌烟气，闻到一丝烟气就不停地挥手驱赶，仿佛那是索命的小鬼。赵朴一要抽烟了，就上阳台。无论冬天还是夏天，常常在阳台上一待就是几个小时。看着他的背影，赵亦耍总觉得抽烟是赵朴一哭泣的方式，那些烟雾是汽化的眼泪，源源不断地从他的身体里淌泄出来。

赵朴一查出淋巴癌的时候，赵亦耍竟然一点儿也不惊讶，她只是默默地注视着栾其凤，似乎那些癌细胞是她放进去的。赵朴一在病床上一天天消瘦，栾其凤开始下厨，赵亦耍才知道原来她会做饭。每次接过饭，赵朴一都满脸歉疚地说一句，你辛苦了，栾其凤的表情淡淡的。那段时间，架是不吵了，另一只巴掌没了力气，彻底软了，还吵什么呢。他们的生活被消毒水味儿淹没了。

赵亦耍每天无知无觉地上班，下班，去医院，回家。没有了赵朴一，她会怎么样，这问题她从没想过。似乎这样的日子会无止境地过下去。栾其凤比她想象的还要冷酷。她原本以为栾其凤会像天要塌下来一样，满眼惊惶，痛哭一场，可即使是下病危通知书那天，栾其凤依然雷打不动地坚持她的每日两课，早上吊嗓子，去公园，晚上练身段，在家里。

办完赵朴一丧事的当天晚上，栾其凤就在客厅里迫不及待地恢复了中断三天的晚功课。她穿上水袖，一个人寂然无声地在客厅里绕来转去。雪白的水袖上下飞舞。赵朴一端坐在电视机上方的墙壁上，面容显出一贯的隐忍平和。赵亦耍倚在卧室的门框上看着，眼前忽远忽近、来来去去的，似乎一个幽灵。

有那么一瞬间，赵亦耍的灵魂仿佛离开身体，升至半空，俯视着人间这一幕。就是在那一刻，她下定了决心——逃离。从念头冒出来到真正实现，又经历了两年时间。最终，赵亦耍辞去了市艺术剧团的工作，背上包只身去了昆明。又一年，成了一家旅行社的专职导游，慢慢升至管理层。

离开前，赵亦耍是艺术剧团的编剧，小字辈。她常觉得在剧团里，自己完全可以忽略不计。赵亦耍学的汉语言文学，幼时唱过几年戏，唱不出来就放弃了。大学毕业时，她拿着应聘资料跑了上百家单位，不是人满了，或者她不满意人家，就是人家不满意她。剧团这份工作，是赵朴一拿面子换来的。赵亦娈并不满意，她不愿意进艺术剧团，觉得那是栾其凤之类的人待的地方，不属于她。栾其凤冷着脸说，你以为有的挑吗？那时，栾其凤在剧团里已经不是台柱子了，正经上台演一出整戏的机会完全没有，至多在节目单上占一行。架子依然端得足，人缘远没有拉胡琴的赵朴一好，偶尔说句话，又冷又硬，像冰锥子能戳死人。她那句话就戳得赵亦娈半天回不过气来，第二天乖乖报到上班。

　　赵亦娈三岁开始学戏，因为栾其凤的一句话。那时，赵亦娈对舞台上流光溢彩的栾其凤喜欢得不得了。每次李妈带她看戏回来，她就穿上栾其凤的长袖衫，一个人站在镜子前甩着长袖子，咿咿呀呀个不停。一次栾其凤回家了，她也没发现。栾其凤蹲下身拉住她问，亦娈喜欢唱戏吗？她惊慌地摇头，继而点头。

　　晚饭桌上，栾其凤的心情特别好，对赵朴一说，亦娈喜欢唱戏。栾其凤的脸沐浴在灯光下，布满柔和的光泽，眼睛里落进了两颗星。一种说不清楚却盛大结实的欢乐扑进了小亦娈的心里。

　　可是很快，欢乐就被恐惧取代了。栾其凤只耐心教了她三个月，就断言她不是块唱戏的料。教的过程被越来越多的不耐烦、责备、训斥割据。后来换了赵朴一教她，亦娈硬着头皮学，站在镜子前挥动衬衣袖子的快乐和自在没有了，心里只有绝望裹缚的一缕渴望，身体和声音在不可逆转地石化。再后来，亦娈怕了学戏，甚至怕了唱戏两个字。她讨厌戏，直到今天。

4

　　栾其凤忙起来。每天在公园吊完嗓子，回家换过衣服就出门。

她跟朱启昆去见汉剧团的几位老人。搭班子，找服装，配道具，看场地，大戏的头绪多着呢。

赵亦娈说回，人影子都没有。栾其凤等不得了，即使一切备齐，还得排练一段时间。二十多年了，她从没指望女儿帮衬自己什么，这么一想，愈发铁了心。哪怕没人从旁帮衬，这出大戏也要唱。

汉剧团解散时，家当分作了几处，一部分转到了现在的艺术剧团，一部分散落到了学校、工厂之类的单位艺术团和民间团体，另一部分则下落不明。人员也一样，蒲公英似的散到了社会的各个角落。

栾其凤的关系一直挂在艺术剧团，现在属退休人员。原本应该继续在传帮带上发挥余热的，她一口回绝了。她曾经带过的一名学生，现在是剧团副团长，在她生下赵亦娈没法登台的一年多时间里，一度顶替了她的位置。等她重新上班，属于她的登台机会就减少了二分之一，昔日毕恭毕敬的学生眨眼有了当家花旦的派头，嘴里依然叫着老师，眼风却是悠悠地飘过来。栾其凤何等敏感的人呵，主动疏远，时间一长，竟成了最熟悉的陌生人。因了这一层，栾其凤很少参加剧团组织的离退休人员活动。她也很少和过去汉剧团的老人联系，原本以为大家的生活都还过得去，跟着朱启昆跑了几家，吃惊不小，和她不能唱戏的忧戚不同，许多汉剧团的老人还在为基本的生存发愁。

唱老生的俞振飞每天踏着三轮车，负责接送六七个孩子上下学。车子是在普通的三轮车上加个方壳，绿底油漆上嵌两个白字——专车。每天中午，老俞将一车叽叽喳喳的孩子拖到家，老伴已经摆好了一溜碗筷，等孩子们吃完，再一车送到学校。晚饭后，一个一个送到家。

孩子们吃饭，老俞坐在旁边陪栾其凤和朱启昆。三人聊了聊剧团的旧事，台上的铿锵、台下的火爆已经遥远。孩子们不时跑过来打断他们，老俞站起身往一只只小碗里添饭，加菜，身子已发福不少。

老俞的老伴原是市一棉的,厂里分几批买断,她是第一批,一揽子拿到四千块钱。老两口现在每月加一块儿,拿三百来块社保金。大儿子、二儿子每月补贴一点,孩子都甩在这儿。周边有邻居办起了学生公寓,老两口一琢磨,两个孩子是带,四个孩子也是带,也跟着办起来。

吃完饭,孩子们一个个跑进车厢坐好。老俞关了铁门,又探头冲旁边开的小窗吆喝一声,孩儿们坐稳了,咱这就出征!这一句喊依稀带着舞台念白的味道。栾其凤心里莫名一颤。老俞将身子挪上车座,冲栾其凤和朱启昆笑笑,别小看这六七个孩子,一个月可以收千把块呢,不少了。又满面歉疚地说,就是怠慢了你们。

老俞的头发还没白利索,也没焗黑。黑里掺了太多的灰和白,风一吹,看在栾其凤眼里,添了孤零零梆子声的一股凄凉。

孙杰涨红一张脸,坐在自行车厂门卫室里。栾其凤起先以为他是高血压,或是肺上有什么毛病,等到孙杰开口,闻到一股汹涌的酒气。栾其凤不明白这才早上十点,咋就喝得醉醺醺的。孙杰的五官还是那么活跃,尤其是眉毛,仿佛会说话似的一忽儿上一忽儿下。栾其凤过去与孙杰打交道不多,但一起配过《思凡》。孙杰是在汉剧团解散前离开的,为一句台词。

样板戏风行后,一些老剧目不准登台了,团里将几出样板戏改编成汉剧,像《沙家浜》《红灯记》什么的,孙杰通常在剧里演匪兵甲、匪兵乙。一次演红军战士乙的演员病了,孙杰临时顶场,出场没多久就中枪倒地,将倒未倒之时喊上一句台词就结了。孙杰却在这句台词上犯了错。台词本是"打倒国民党,共产党万岁",孙杰大概脑子里成天装的是共产党,一出口竟把前边的喊成了"共产党",台下的人全懵了,不知哪个黄浑虫(江汉平原一带方言,即糊涂虫)发出"扑哧"一声笑,马上有个壮汉带头喊起了口号。台下坐的,正好有革命委员会的头头,演出没结束,孙杰就被公安局来的人铐走了。

后来，孙杰被带回团里批斗过两回。栾其凤那时也在悬崖边上，心里七上八下无处落定，已经有揭发她的大字报出现在剧团院子里，只是被团领导暂时压着。望着台上瘦瘦缩缩的孙杰，栾其凤脑子里满是他们配《思凡》的场景，一段段唱词不受控制地往外冒，惊得她一身冷汗接一身冷汗。

再后来，她第二次离开舞台，被下放到五七干校，在那里待了一年多。从那以后，她就不知道孙杰的下落了。朱启昆告诉她，孙杰后来去了一家做橡胶的街道工厂。当年，他去看过孙杰。见到他的第一眼，孙杰眼里堆起一片惊惶。在那个小工厂里，没人知道孙杰曾经是唱汉剧的，他也不希望别人知道。

孙杰的眼角堆了一星眼屎，被血红的脸色一衬，格外醒目。栾其凤还没坐下就想走，她胃里的鸡蛋花一个劲地往上涌。她看看朱启昆，他没什么反应。栾其凤心里不由一阵酸楚，如果是赵朴一，一定让她在外面等了。她幽怨地望着鞋尖。

孙杰听朱启昆说明来意，将头摇得拨浪鼓一般。不行不行，我给我们家那口子发过誓的，再不唱了再不唱了。孙杰拿手抹一下眼角，那点星白不见了，手指在眼前举了举，抹在了衣服下摆。

一出厂门，栾其凤就和朱启昆吵起来。她是个心里搁不得委屈的人，冷着脸说，即使他能唱，我也不会让他登这个台。朱启昆停下来，闷闷地问一句，为什么？他那样子还能唱戏吗？还唱得好戏吗？连个人样都快没了。栾其凤觉得自己理直气壮。让他唱一回，他兴许就能再唱了，朱启昆好脾气地说。

我要唱的是大戏，大戏！这样的人……

第二天一早，栾其凤给朱启昆去了电话，语气生硬，老朱，我们昨没约好时间。朱启昆笑了，我还怕你一赌气，连大戏都不唱了呢。语气透着大人对待娇气孩子的那种宽和。栾其凤心里一软，也笑了。朱启昆等了一刻说，老地方见吧，今天去弘君礼那儿。

　　弘君礼原是团里最擅长拉快弓的，如今开了一家琴行，卖乐器也教学生。弘君礼算得他们这一拨老艺人中的大款了。栾其凤对弘君礼的印象不咋好，觉得他快弓的架势花哨有余，沉郁不足，是个花架子。那时弘君礼天天在团里留个小分头，这里聊两句那里插两言，时不时拿手捋一下前面的头发，小手指翘起来，比小生还小生。弘君礼一直想压住赵朴一，挂上剧团拉胡琴的头牌，却连朱启昆都压不过。

　　栾其凤不想找弘君礼的，说是大戏也大不到哪去，有朱启昆这把胡琴就够了。朱启昆说，弘君礼人活路子宽，大戏头绪多，没准有事需要拜托他。朱启昆还说，万一需要我配戏，就得再找一把胡琴。

　　栾其凤一听就明白，朱启昆说的是《思凡》里的和尚色空。孙杰登不了台，又找不到其他人的话，他准备自己上了。心里顿时一热。过去，朱启昆在团里绰号万能胶，小时学过戏，功底在那儿，文戏武戏都救得了场。为自己这出大戏，他真是费心了。

　　弘君礼比过去胖了不只一圈，拿手捋头发的姿势还那样，白胖的小指翘着，有些滑稽。他打着哈哈说，栾姐朱哥要唱大戏，我这做弟的自然没话说。这里乐器都全，到时朱哥尽管来挑。朱启昆看看栾其凤，委婉地说明可能还需要他这把琴去捧场。弘君礼依然笑着，但笑纹里添了一抹为难之色。这个，我是真忙。只能到时再看了。

　　栾其凤心里像针扎了一下。这是能到时再看的事吗？不能就是不能，不想就是不想，一个台上处过多少回了，有必要拿出商人那一套嘛。朱启昆还想争取，栾其凤已站起身来，弘老板，那不打扰了，你忙生意吧。

　　这次两人出来没争，都没话。临分手，朱启昆说，我再打听打听，看看饶师傅、周师傅还能不能联系上。栾其凤垂着眼帘说一句，费心了。

朱启昆笑笑，拐进了凤凰巷。每次将栾其凤送到家附近，他都穿巷子回去。他说喜欢穿巷子，曲曲弯弯的，有戏曲板腔的韵味。此时人少巷空，栾其凤望着朱启昆的背影，孤单单的，背微驼，两手甩动幅度大，步子不紧不慢。一个收破烂的拉着板车迎面而来，朱启昆贴一边站下，侧身等着。他扭过头的一瞬间，栾其凤匆匆转身走了。

5

赵亦娈在九月的第二天回到J城。在武汉一下火车，她觉得自己像裹上面粉的鸡腿被丢进了滚油里。接着坐了三小时车，腹部的伤口隐隐作痛。到家没有人，赵亦娈洗个澡，将空调打开，感觉这才缓过了劲。

她站在赵朴一的遗像前，镜框擦拭得很干净。屋里也很干净。栾其凤是有洁癖的人，什么事都喜欢干净清爽，眼里容不得沙子。因为这，赵亦娈没少挨过她说。桌子怎么摊得乱七八糟，课本多脏呵怎么放在床上，这是穿了几天的袜子，你早上洗过脸吗，能不能把你的脚多洗几遍，记得用香皂……赵亦娈有脚臭的毛病，不知遗传谁的。初中时，学校每天早上组织跑步，晚上回到家，那脚一出鞋子就闻不得。进门闻到饭菜香，赵亦娈总是直奔厨房，先捞上几口菜解馋。一次栾其凤在家，赵亦娈还没跑进厨房，身后响起尖利的一声，怎么回事你，先洗脚，你这脚臭得能把人熏死！

赵亦娈傻了，眼泪倏地呛出眼眶。赵朴一把她推进卫生间，又拿来热水倒进盆里试好水温，伸手要帮她脱袜子，她才醒过来，将赵朴一推出了门。赵亦娈在里面待了半个小时，直到赵朴一第三次敲门。出来，栾其凤已经吃完饭进了大卧室。她坐的位子上摆着个空碗，一双筷子端端正正地摆在碗边上。

赵亦娈看着看着，猛一挥手将桌子掀翻，一桌饭菜全到了地上，包括那副碗筷……赵朴一将一碗热气腾腾的饭递到她面前，碰碰她，赵亦娈才蓦地回过神来。刚才只是幻觉罢了。

初到艺术剧团时，赵亦娈沉默寡言，喜欢待在角落里。团里有不少与她年纪差不多的女孩子，看着她们昂头挺胸、婀娜地、自信满满地、嘻嘻哈哈地走来走去的样子，她恨不能用床被子将自己蒙起来。一年后，人们才听到了她的说话声、笑声，意识到她的存在。那时栾其凤办理退休手续有半年时间了。赵亦娈和周围的女孩子渐渐熟起来，学着她们化妆，一起逛街淘实惠又漂亮的衣服，以前她的衣服都是栾其凤做主买的，以黑蓝棕色为主，说这些颜色经得脏。看着镜子里慢慢变样的自己，赵亦娈才知道其实自己长得不仅不丑，还算得漂亮，眉眼周正和谐，鱼形眼睛别有韵味。

团里的一个男舞蹈演员开始追求她，赵亦娈矜持了一段日子，同意了。她悄悄将这事和赵朴一说了。转天，男孩来找她，说原来你妈就是大名鼎鼎的栾其凤呵。以前你妈在团里上班的时候，怎么没见你们说过话。赵亦娈不知如何回答，心里像有无数根针在扎。男孩突然话锋一转，分手吧。赵亦娈以为他开玩笑，可男孩的表情一点不像。她努力笑着问，什么？男孩咬着嘴唇不说话。后来，赵亦娈从相好的姐妹那里知道，栾其凤去找了男孩的父母，说自己和丈夫将一辈子都奉献给舞台了，不希望自己的女儿再找个在舞台上跳来跳去的人。舞台和现实的反差太大了，不是正常人该有的人生……赵亦娈能够想见栾其凤说这话时的表情。她想冲到栾其凤面前大叫大嚷一通，问她凭什么干预自己的生活，就凭她生了她吗？

那段日子，赵亦娈天天和姐妹们泡吧，深夜才回。赵朴一等在客厅里，大卧室的门关得紧紧的。不知为什么，在外面觉得有无数话在心里打转，蜂拥着要往外冒的赵亦娈，一回到家就觉得心空了，脑子空了，一个字也说不出来。她叫一声爸，跑进洗手间，对着镜子里的自己无声地淌眼泪。

赵亦娈有很长时间不和栾其凤对话,眼神都避免接触。直到赵朴一病倒,两人才渐渐有了言语上的交流。她再没搭理过那个男孩,直到离开剧团。她觉得男孩仅仅因为栾其凤的一席话就那样对待她,是一种背叛,很严重的背叛,她没法原谅。

栾其凤回到家时,赵亦娈已经做好了饭菜。从云南带回的蕨菜,用水焯后,淋上香油、酱油、醋和蒜末凉拌。一份清炒笋丝。一个西红柿蛋汤。听见门响,她走出厨房,看见栾其凤一手撑住门框正在脱鞋,手里拿个烧饼。

赵亦娈愣了。栾其凤是吃西红柿都要剥皮的人,赵朴一回回做西红柿蛋汤,都要先用开水将西红柿浸一浸,剥了皮后再切片。今天做汤时,赵亦娈也剥了皮。从小到大,赵亦娈没见栾其凤吃过烧饼、烤红薯之类街头小摊卖的吃食,每次赵亦娈吃这些东西,哪怕离家老远,也像做贼似的心虚。

栾其凤注意到赵亦娈的表情,再低头看看烧饼,白皙的脸上浮起了两抹红云。哦,怎么不提前说一声。赵亦娈似有若无地"噢"一声,返身进厨房端菜。栾其凤从洗手间出来,烧饼已经拿在了赵亦娈手里。她淡淡地看一眼,这是大赛巷烧饼王的。刚才从那里过闻着香,就买了一个。赵亦娈撅下一半递给栾其凤,她没接。你吃吧,在云南很想念这个吧?赵亦娈将手收回去,心里"嘁"一声。

饭间,栾其凤断续将筹备大戏的事说了。拉琴的,唱老生的有了,其他的还没落实。衣服有了三套,窦娥的、杨贵妃的、赵氏的,还差刘玉莲的一套。头饰,除了旧的,将家里的几样银器熔了,让人按图样在打。场地的事还没定好……赵亦娈一味听着,冷不丁插言,大戏多大?栾其凤一怔,嗫嚅着答不上来。

唱完这个,真不唱了?赵亦娈接着问。栾其凤又是一怔,少顷点点头。头点得犹疑,眉心也拧起来。赵亦娈心里一紧,这是栾其凤要发作的前兆。她等着，栾其凤却不再说话。

栾其凤没问赵亦雯为什么拖这么久才回来。赵亦雯也没指望她问。其实，赵亦雯一个月前就买了火车票，行李都收拾好了，突然阑尾炎发作住院开刀。出院没多久，伤口恢复得还不错。她不打算跟栾其凤说了，大致想得出反应，不如不说。

赵亦雯将落实的、待落实的事项，分别列出来贴在冰箱上。待落实的，由她来跑的几项前面画了圈。栾其凤练晚课时，她就躺下了，一觉到天明。这段日子太累，身子也虚。次日起床，栾其凤已经出了门。赵亦雯上街吃了碗鸡丝码的大连面，在云南偶尔想吃这个，恨不能立刻飞回来，做梦也捧了大碗面在吃。一碗面细细致致地吃完，她直奔艺术剧团。

团长和两个副团长带队"送文化到乡村"去了，只有副团长刘敏在家守城。赵亦雯心里有些打鼓。她听说刘敏曾是栾其凤的学生，可从她记事起就不见两人来往，偶尔听栾其凤对赵朴一说起刘敏，用的是不满的口吻。因了这一层，后来赵亦雯到艺术剧团，和已经是副团长的刘敏也没打过什么交道。

现在事情挨到眼睫毛上了，等不得。她找到刘敏的办公室说明来意，没想到，刘敏热情又爽快，好事啊，栾老师是汉剧界老前辈，她肯唱一出大戏，那是戏迷的福气啊。市里最近提出"文化兴市"的发展战略，文化局一直催我们拿几台好节目出来呢。我们有心让栾老师出来唱，还怕开口呢。这真是赶巧了，打着灯笼也难找的好事，就是经费……

经费问题一直是艺术剧团的瓶颈。排一出新剧，上一台节目，要人力费物力，到最后都落在一个"钱"字上。政府拨款一年比一年少，"断奶"的话题已经提了又提，可光靠市场运作，剧团的百来号人根本养不活，现在哪个还热衷于在剧院里一坐个把小时，有这工夫不如去电影院看进口大片，或去游乐城酒吧疯狂地 HIGH 一下。剧团也排过现代歌舞剧，搞过几场文艺演出，票一半送给上上下下的领导，一半投入市场，可卖不动。正式演出时一看，台下稀稀拉拉的，幕还没拉开演员就泄了一半气。

赵亦娈听姐妹说，七八年来剧团只出不进，年轻人根本不愿进来，里面的总想着逃出去。有些人跳槽后去做商业演出，唱两首歌跳两个舞，兜里就揣进三五百块现金，赶上团里半个月工资了。也有人嫌那样丢脸，又没别的出路，就半死不活地在窝在团里。

经费的事我们自己解决，就是想剧团能在服装、道具、灯光和人员上给予支持。赵亦娈很快地说。她不是打肿脸充胖子。临离开云南，她取了三万五千的存款，栾其凤想唱回大戏，就让她好好地唱一回。赵亦娈要让栾其凤看看她这个女儿，总也不如她意的女儿有这个能力，为她办成这么件大事。

你等等，我这就给团长说。刘敏一笑嘴角挑起两个酒窝。她的舞台扮相一定很耐看。赵亦娈听姐妹说，当年，她和栾其凤是原来汉剧团的两个台柱子，栾其凤扮相俊美，嗓音明亮，表演含蓄，唱腔颇具功力。刘敏则扮相甜美，嗓音秀媚，唱功细腻，善于刻画人物。老年戏迷追捧栾其凤，年轻人则喜欢刘敏。

刘敏拨电话的时候，赵亦娈背过身去打量墙上的照片。在一张谢幕照里，她看见了栾其凤，好像是贵妃醉酒的扮相。领导正和演员们握手，栾其凤站在第二排最边上，和旁边的演员离了三步远。其他人满脸带笑望着领导，唯有她，目光不知落在何处，神情幽怨落寞。赵亦娈心里浮起一丝酸涩，这种场合，你摆这么一副表情做啥？

一回头，刘敏站在身后。你妈戏唱得没话说，人也是好人，就是性子……这些年也委屈她了，把戏当命的人赶上这么个时候。

听说，你原来是我妈的学生？赵亦娈斜睨住刘敏。我现在也是你妈的学生，一日为师终身为父嘛。我和你妈……怎么说呢……刘敏沉吟一下，说起来还和你有点关系，你妈生你后在家休息了一年多，这期间由我顶她的空。一生下你，你妈就急着上台，越急越不成，你可能听说了，你妈怕身体变形没喂你一口奶，两个奶子胀得像石头，疼得一宿一宿睡不着，奶水硬生生给憋了回去。肚子上的伤口抽线没多久，她就用绷带开始束腰，那个狠劲儿。她刚和领导说想上台，嗓子又出了问题。你妈真是迷戏啊，我还没见过第二个像她那么痴的。我吧，说改行心里也失落，也痛苦，可还是改了。我现在是杂家，京剧唱，沔阳花鼓唱，公安说鼓子也来得两句，民歌也行。要说汉剧，和你妈是没法比了。

赵亦峦冲口而出，那也比我妈强。刘敏扭头看看她，眼神清澈，我一直挺佩服你妈的。世间难得一个痴字，唱戏的人非痴不可。不纯粹的人唱不出好戏啊。她冲赵亦峦宽和地一笑，你还不了解你妈。

团长的答复是全力支持，可以用剧团的排练室，配戏的演员也可以用团里的年轻人，正好让他们跟着栾老师磨炼磨炼。团里的乐器都是现成的，还有几套旧戏服，可以任意挑。场地也可以帮忙联系。不过，大戏要挂上艺术剧团的名字，算作剧团今年的一场大戏。

赵亦峦很兴奋，没想到几个难题一揽子解决了。可出乎她的意料，栾其凤一听，断然否定了，这出大戏是我的大戏，我栾其凤的大戏，为什么要挂艺术剧团的名字？

赵亦峦反复解释，那只是个"帽子"而已，戴着"帽子"好唱戏嘛。现在都巴不得有组织给盛着呢，你倒好，送上门的好事还不领情。你的名字也在上面挂着呢，虽然在剧团名字下面，可没准比那几个字大几倍呢。有剧团撑着，你啥事都不用愁了，就坐等着登台，风风光光地唱一回，有什么不好？

不论她怎么说，栾其凤还是一个不答应。赵亦峦直说得太阳穴怦怦地跳，腹部也疼。栾其凤冷着脸，半天不说话，突然站起身进了大卧室。赵亦峦以为她睡去了，冷不防又走出来，将厚厚一摞钱拍在桌上。钱，我已经准备好了，二万，绰绰有余了。剧团的事不要再提了。

赵亦娈被一口气噎住，半天说不出话来。好不容易气降下去，人一下炸开了，她冷笑道，好好好，我倒要看看你怎么唱这出大戏。咱们到时看吧，看你这精彩的大戏能吸引来几个观众！她将几个咬得重重的。

赵亦娈想将钱一把撕碎了甩在栾其凤的脸上，摔门而去。她以为自己是因为钱吗？自己可是为她好，为她好！还有更多恶毒的话，被她仅存的理智封堵在喉咙口。只要栾其凤一发作，那些话就会像箭矢一样立马飞出去。可是栾其凤的脸依然平静，只是眼角处有几缕皱纹在抖动。栾其凤拿过桌上的钱，进了卧室。赵亦娈一下瘫坐在椅子上，心脏怦怦怦跳得格外刺耳。

6

赵亦娈走进艺术剧团办公室时，脸色灰白，半天不知如何开口。刘敏给她倒了杯热茶。怎么，栾老师不肯？赵亦娈满眼歉意地望着她。刘敏一笑，其实，我早料到了。不要紧，不愿意挂剧团的牌子也行，我们还是愿意从人力、物力上给予支持，栾老师是我们团的退休人员嘛。我来和团长说。

人，也不用了。我妈说，她这戏说是大戏，其实没多大场面，不需要太多人，一套班子的人她快找齐了。就是道具、灯光什么的，请到时支持一下。赵亦娈的脸热了。栾其凤昨晚的原话是，那些小演员一个个只会扭腰扭屁股，假模假式地笑，哪会唱戏！让她们上台，这场大戏不砸的话我不姓栾。戏是那么容易唱的吗？台上一分钟，台下十年功。为了登台，我一年三百六十五天哪天不练？亏你还一口答应下来。

临走，刘敏突然拉住她的手，帮我和栾老师说说，可以的话，我想和她配出戏。不是剧团的名义，是我自己，这么多年了，我这个学生还真想和老师配配戏呢。赵亦娈不知怎么回答，拒绝不是，点头也不是，只含混地"嗯"一声匆匆离开。

栾其凤那边紧锣密鼓地忙着。司鼓的人找到了，姓黄，是老年业余京剧团的，嗓子不好，可迷戏，天天跟着一群京剧票友转，一来二去鼓打得有模有样了。一听这事，热情得不得了，还找来几个群众演员，说只要能挂个闲角就很高兴了。此外，敲锣的抚琴的吹笛的，零零碎碎都齐了。栾其凤起先还犹豫，处了几天，发现这拨人确实迷戏，加紧磨一下配戏没问题。

朱启昆又打听到西城区有个小兰花艺术团，专门培养小娃娃学戏，唱京剧、汉剧、花鼓戏的都有。栾其凤一听就要打破，觉得和娃娃配戏说不过去。经不住朱启昆在耳边说磨，答应去看看。去了一看，团长认识。原洪湖戏剧团的，姓钟，曾来J城找栾其凤取过经。朱启昆说明来意，钟团长连连说好，这些孩子就是缺少上台的机会呢，你们尽管挑。

随即叫来几个学生清唱几段，唱腔做派竟都不俗，栾其凤一眼看中一个十五六岁模样的男学生，以前学过武术，腿脚功夫不错，挺适合《柜中缘》中的岳雷。又挑了几个十来岁、个头齐整的女孩，可以演《贵妃醉酒》里的宫娥彩女。

小兰花艺术团这一支持，演员差不多齐了。回来的路上，栾其凤难得地有些兴奋。真没想到还有这么多孩子喜欢戏剧，看来后继无人的感叹太过武断了。朱启昆笑得得意。

赵亦娈不在家时，栾其凤觉得做饭麻烦，下碗面加个鸡蛋、西红柿，有肉的时候加点肉末。赵亦娈在家，一日三餐就简单不得了。栾其凤每天去公园吊完嗓，顺路去超市买点菜，中午、下午掐着时间回来做饭。有时到家，赵亦娈已经在厨房忙开了。看着赵亦娈系上围裙忙碌的样子，栾其凤心头掠过一丝欣慰。没想到去云南几年，这个被他爸手跟手脚跟脚惯笨了的丫头，也弄得一手好菜了。

栾其凤晚饭吃得少，怕长胖，最近更是刻意在节食，为了最佳舞台效果。她吃完不下桌，看着赵亦娈吃。赵亦娈还是那么个夹菜的手势，可不知怎么，看着没那么别扭了。赵亦娈的神情里添了让她喜欢的从容。小时候，这孩子的眼神总是惶惶的，眼珠子在眼眶里东一转西一转，转得人心里火星子直冒。像什么，惊慌失措的耗子。从小，有什么事她只和她爸说，两人把我撇开来，偷着乐。那时候，似乎事事都让人生气，戏唱得不顺，人处得不顺，家里过得也不顺，连空气都好像不对劲，让人憋闷，发慌。现在好了，女儿大了，可以独立了。

你，在那边交没交男朋友？栾其凤想做出随口问问的样子，垂下眼帘。赵亦娈诧异地抬起头，看见栾其凤似笑非笑，眉眼间竟透着羞涩，这是极少在栾其凤脸上出现的表情。赵亦娈有男朋友，相处两年了，是一位云大在读博士生。一个导游找了一个博士，是说得出口的事，赵亦娈却犹疑着，最终只是摇了摇头。

栾其凤的表情添了一丝忧郁。该谈朋友了，二十七了吧？赵亦娈点头，忽然想笑，忍着。栾其凤的表情让她太想笑了，这是怎么了，突然做出一副妈妈关心女儿的样子。忙大戏的事，让栾其凤变脆弱了吗？那这出大戏也太有价值了。

夜九点，朱启昆找上门来。赵亦娈打开门，一个老头，面相熟却叫不出名来。朱启昆也愣一下，马上反应过来，哦，是亦娈吗？什么时候回的？栾其凤穿着水袖在客厅练功，探出头来，启昆啊，进来进来。亦娈，这是原来汉剧团的朱叔叔，和你爸同过事。

赵亦娈忙将朱启昆让进来，再看栾其凤的表情，竟是难得一见的热情。难道妈妈最近的变化和这个男人有关？赵亦娈在心里暗吐一下舌头，倒来一杯茶，进了自己的卧室。

朱启昆带来消息。弘君礼突然打电话问起大戏的事，说想赞助，包场地、租道具服装的费用都由他来掏。栾其凤脱了水袖，在他对面坐下来，将衣服整整齐齐叠起来，悠悠一笑，这钱不会白掏吧，说没说什么条件？

我没敢答应他，又怕电话里跟你说不清楚，直接上这来了。弘君礼说，想冠名。在票上、演出单上，打上君礼琴行的名字就行了。现在流行这个，市里各单位、各行会办灯展、摄影展都这样。他说，还有报社、电台、电视台的宣传，也由他包了。他一准把这场大戏弄得有声有色，轰轰动动。

不行。钱我可以自己掏，不需要赞助。大戏的名字我也想好了——栾其凤汉剧专场，没得改。

你想过没，就算那些演员不需要演出费，道具由艺术剧团免费提供，租场地可不是一笔小开支。依你的性格，我看在场地上也不会将就。

那个，我也考虑好了，想定在川主宫水上舞台。那里是有几百年历史的古戏台，亭台楼榭，配汉剧正好。

那里可不便宜。市里接待外宾的演出都在那儿。

再贵，我也租。我唱了四十年的戏，大戏只有这么一场了，最后一场。就是拿出我所有的积蓄，我都愿意。

你不能只想着自己，还要为亦变着想。朱启昆还想说服。栾其凤垂下头，眉头拧起来。赵朴一的我都会留给她。我的，就不一定了。我这辈子得到的，幸福和不幸福，都是戏剧给我的，我愿意全部还给她。

朱启昆沉吟一下，那就照你的意思吧。到时候可以卖票，票价不需要太高，能收回一点成本就行。栾其凤依然垂着头，没有答话。

排练正式开始了，名单定下来，《柜中缘》《思凡》《窦娥冤》《贵妃醉酒》。《思凡》里的赵氏属青衣，其他的都是旦角。除去主持人串词和小节目串场的时间，差不多两个小时，栾其凤觉得自己完全可以应付下来。

每天吃过晚饭，演员就到艺术剧团的排练厅。赵亦奁负责后勤，找了个卖馄饨米线饺子的摊子，让摊主每晚十点来剧团给大家做消夜。没事的时候，赵亦奁挂着相机，不停地拍照。栾其凤给小演员说戏，示范身段，细抠一招一式、一腔一板。栾其凤笑的样子，皱着眉头的样子，冷着脸的样子，入戏的样子，还有各种不同的造型，都被镜头定格下来。

刘敏悄悄来过两次，拉了赵亦奁问，那事说了吗？赵亦奁应着，就说就说。话到嘴边，却总是抛不出去。一次大家吃消夜，栾其凤坐在旁边，心情很好的样子，赵亦奁泡了菊花茶端过去，妈，有件事。什么？栾其凤侧过头来。刘敏，刘团长，是你的学生吧？她跟我说很久了，想再和您配一段戏。她说，还是二十年前给您配过……赵亦奁字跟字把话说完，再看栾其凤，头已经扭过去了，看不见表情。再说吧，栾其凤说。

赵亦奁以为栾其凤把这事忘了，也不便再提。再一天，栾其凤突然说加一段《断桥》吧，你朱叔叔演许仙。赵亦奁诧异怎么突然加这一段，朱叔叔演许仙，那除了白娘子还有小青，谁演？话一出口，明白了。栾其凤没答话，走过一边去忙。赵亦奁赶紧给刘敏打电话。转天晚上，刘敏来了。

刘敏一路和人打招呼，径自走到栾其凤跟前，站定了，深吸一口气，低声叫，老师。栾其凤正给一个孩子纠动作，头没回，淡淡地说，来了。赵亦奁紧揪着的心松开来。

头两天，师生俩的目光都避免对撞。在刘敏，是小心翼翼。在栾其凤，像没增加这么个人。两天后开始排《断桥》，这一段说的是白素贞自金山寺战败后，行至西湖断桥，腹疼难行。恰遇许仙……白娘子与小青出场没多久，就有一个面对面的眼神交流。赵亦奁一直悬心等着。栾其凤和刘敏很快进入角色，演得都十分投入。眼神交流的一刹那，白娘子的肝肠寸断，小青的悲愤疼惜，淋漓尽致。赵亦耍不由在心里赞一声好。

这之后，刘敏递的毛巾，栾其凤接了。倒的茶，栾其凤接了。送的润嗓片，接了也吃了。有时候栾其凤歇着，让刘敏接手教学生。一段练下来，栾其凤递过一杯热茶，刘敏赶紧笑着接了。

大戏最终定在十月三号。进入九月中旬，赵亦耍想着节目单和门票该印了，去问栾其凤。栾其凤说，节目单多印些，请柬五十份就够了。门票呢？赵亦耍问。印什么门票，难道还真收钱？这出大戏是唱给那些戏迷的，来的自然是喜欢戏的，喜欢戏的都是我的知音，收什么钱？

赵亦耍知道多说也没用。节目单做好，朱启昆才知道门票的事，叹口气，哎，她真是死心眼啊。赵亦耍苦笑一下。这段时间为大戏的事，她和朱启昆也熟了，知道他爱人五年前走的，为人温厚实在，暗里生出一份心思。自己真和博士结婚的话，多半定居云南，栾其凤一个人在J城，那么一副脾性，心总归是放不下。

朱启昆说，干脆找报社先宣传一下吧。昔日的汉剧名角沉寂多年后的演出，值得宣传。不收门票的事，也值得宣传。你妈说不为名不为利，就想唱出大戏，大戏靠什么，人气！

朱启昆找到儿子在报社工作的朋友，对方一听很感兴趣，马上说来采访，胸前挂着炮筒似的相机。记者到门口了，赵亦耍才和栾其凤说，想着生米做成了熟饭，栾其凤想推也推不了。朱启昆在一旁帮腔。"人气"一说打动了栾其凤。

报道出来，效果很好，整整一版文字配了一张大照片，捕捉的是栾其凤的一个特写镜头，十分传神。记者从栾其凤小时被爷爷背着四处赶戏场写起，如何梦里梦外想着唱戏，如何拜在一位汉剧老艺人名下，如何被师傅打掌心苦练基本功，如何开嗓子拉韧带，如何风风雨雨两别舞台，如何在远离舞台的日子里痴心不改……赵亦耍一字不拉看了两遍，有些细节她还是第一次知道。如果是个局外人，肯定会被记者笔下的这个人物打动。可这个人是栾其凤。赵亦娈甚至想，如果换了报上的这个人做妈妈，也许自己会比现在幸福。

想是这么想，看到栾其凤脸上敷的一层喜色，赵亦娈还是感到说不出的高兴。不知不觉，大戏仿佛成了她的一件大事。

7

媒体一直跟踪报道大戏的进度。渐渐地，有戏迷来艺术剧团探班，送来夜宵、清喉片、胖大海，还有单位前来捐钱。

栾其凤本想拒绝，赵亦娈劝她，拒绝只会引起更多的关注，还让人误解是作秀。作秀？栾其凤不解。就是故作姿态，赵亦娈解释。不收钱怎么就是作秀？栾其凤更加不解。赵亦娈解释半天，朱启昆又劝说半天，栾其凤才作罢，但脸色沉了两天。

大戏的光芒是强劲的，栾其凤的脸很快又恢复了光彩。可能太辛苦，赵亦娈的伤口开始发红，疼痛也加剧了。她去医院，医生说你这种情况一定要卧床休息，最好输几天液，里面伤口发炎的话搞不好会弄成盆腔炎。赵亦娈想想，让医生开了三天针药。每天下午她借口见朋友，跑去医院。栾其凤忙得脚下生风，"嗯"一声算是知道了。

坐在输液室靠窗的角落，看着药水缓慢滴落，赵亦娈心头漫起苦涩。旁边有爷爷奶奶爸爸妈妈围捧着的孩子，有坐在一旁安安静静讲话的情侣，还有老两口搀扶着进来的，女儿陪着妈妈来的，妻子陪丈夫丈夫陪妻子的……只有她，孤单一个人。自从赵朴一走后，她就成了一个人。再一想，栾其凤也是一个人。这些年，自己远在云南，又何曾好好陪过她。来医院看病、拿药、打针，她都是一个人吧，是不是像自己一样，心里满是委屈和感伤？

捐款的单位和个人越来越多，甚至有人打出了"保护非物质文化遗产"的旗号。弘君礼捐款的事见了报。记者说他是迄今捐款最多的个体私营老板,曾是一位梨园琴手,和栾其凤一样虽然离开戏剧舞台多年,心中却有着抹不去的汉剧情结。接下来,关于栾其凤大戏的跟踪报道,都打了一个君礼琴行的小方块。栾其凤盯着报纸看了一会,悠悠地说,这个,是广告?朱启昆在旁劝道,瑕不掩瑜,瑕不掩瑜了。

文化局新上任没多久的余局长来了,电视台的一台摄像机跟着来的。余局长握住栾其凤的手道歉,说前段时间出差没及时来看大家。他当场表示,川主宫的场地费免了,围绕大戏的一切事宜,文化部门将大开"绿灯"。

余局长对着摄像机侃侃而谈。这场大戏,是戏剧的大戏,更是文化的大戏,精神文明和和谐社会的大戏。我们文化部门一直致力于挖掘地方文化资源,保护非物质文化遗产,大力弘扬传统文化,为我市的经济发展创造良好的社会文化氛围……走的时候,他向赵亦娈要了十张请柬,说去请一下市委书记和市长。

新闻重播时,是中午。赵亦娈和栾其凤一起看的,镜头前的栾其凤笑得有些生硬。等到余局长开始发表长篇演说,栾其凤就打着哈欠进卧室午睡去了。赵亦娈独自坐在那里,不知是否因为冬日阳光的缘故,她的脑子昏沉沉的,听着听着竟坐在沙发上迷糊了。睁开眼睛,取代余局长的是一个伸出大拇指、连声夸赞某品牌猪饲料的胖男人。

栾其凤递给赵亦娈一份名单,不多不少五十个。末一个名字很熟,李云鹏。再一想,怎么和云大博士的名字一个样。正稀罕着,栾其凤走过来,指着李云鹏的名字,他前天来过电话,你不在,我让他过来了。赵亦娈嘴巴张开来。大戏演完了,你在家好好休息些日子,不待赵亦娈回答,栾其凤转身走了。

赵亦娈给李云鹏打电话,火车票已经订好了。赵亦娈有些恼,怎么不打手机和我说一声？丈母娘不让。对方笑嘻嘻的。赵亦娈对着电话没办法，那我手术的事，你没说吧？没存心说，但还是说了。什么意思？我开口就问你身体怎么样，回去半个月都没个电话，我能不担心嘛。你妈问身体怎么了，我一时反应不过来，就说了手术的事。事后想想，你没说，肯定是怕你妈担心。你……赵亦娈一句"你"还没落音，眼泪莫名其妙地掉了下来，她一把抹掉眼泪，挂了电话。

坐在那儿，赵亦娈的眼泪开始不断线地往外冒。奇奇怪怪的，只觉得心里有个地方酸得不行。从前天开始，她就觉得奇怪，她刚伸手搬什么东西，栾其凤马上叫一声，小勇，你去把那个桌子挪一下。小宋，你和娈姐换把手。弄得赵亦娈心里直犯嘀咕。

赵亦娈新做了十份请柬，按名单一一填了。这些人多是本市戏剧界的老人，赵亦娈和朱启昆一起去送请柬，才知道很多人生活得并不如意，有的离开舞台二十年了，有的开了家小卖部勉强糊口，还有的推着小车卖糖人……赵亦娈感到意外。朱启昆说，唱戏的人在舞台上待久了，性情都不活泛，凡事死心眼儿，离了舞台又没一技之长，过得大多不如意。

名单上有三个老人已经去世，还有两个病着，已经下不了床。赵亦娈答应他们，等大戏唱完，会送光碟过来。加印请柬的事，她没和栾其凤说。几位老人不能来的事也没说，只告诉栾其凤都请到了。

倒数第三天，一众人去川主宫走场，灯光、背景已经布置到位。大家都上妆，着戏服，一个一个唱段慎重地过。根据舞台布景，又临时调整了几个小地方。整整忙了一天，栾其凤嘱咐大家回去好好休息两天，养精蓄锐，唱大戏那天一定要精精神神。

李云鹏到的时候，正是休息的日子。栾其凤要去超市买菜，给李云鹏做点有J城特色风味的菜肴，被赵亦娈拦下了，说去外面吃就行。李云鹏也说大戏为大，等唱过了再说。栾其凤早禁了辛辣油腻食品，养着嗓子，便不再坚持，对李云鹏笑笑，那好，唱完了，我给你好好做一顿。

两人出了门，李云鹏对赵亦峦说，你妈挺好的，很慈祥嘛，哪有你说的那么可怕。赵亦峦在心里"喊"一声，也不辩解。

大戏定在三日晚八点准时开演。栾其凤头一天早早睡下了，交代赵亦峦中午再叫醒她。

第二天一早，太阳就出来了，晨光薄而清亮。赵亦峦和李云鹏去花店取了花篮，送到川主宫。门前已经摆了不少花篮，朱启昆和文化局的工作人员在照应。两人回到家，大卧室的门依然关着。李云鹏拿了书坐在阳台上晒太阳。赵亦峦坐不住，在屋里走来走去，脚步放得又轻又慢。

十二点整，大卧室的门开了。栾其凤走出来，已经收拾清爽。赵亦峦赶紧去厨房下面。头天说好，鸡蛋清汤面，不放盐，也不放其他作料。这是栾其凤的习惯。

赵亦峦小的时候，每到栾其凤吃这种面了，心里就兴奋起来，知道有戏看了，吵着李妈带她去人民剧场。那时，汉剧都在那里演，可以装五千人的场子，回回爆满。台上锣鼓铿锵，七彩炫目，台下叫好连连，掌声雷动，一堆火在小亦峦的身体里膨胀，胀得她小小的心快要像气球一样爆裂开来。现在，那堆火似乎又进入了她的身体，烤得她面颊发烫。

栾其凤吃过面，将几件戏装清点一番，素白的脸平静得甚至有些冷漠。李云鹏扭头瞅瞅赵亦峦，拿手肘轻捣一下，附耳低语，我怎么觉着不像是你妈的大戏，倒像是你的。你比你妈激动多了。

8

后台已经来了不少演员。人虽然多，却安静，没有人大声喧哗叫喊，都脚步轻快地小跑，或压低声音打着手势对话。司鼓的老黄兼理剧务。拿着一份单子，挨着个儿交代事项。他拿不准的就问朱启昆。

栾其凤的化妆间用白布帘单独围起来。赵亦娈走进去，将戏服一件一件按顺序挂好。小兰花艺术团专门安排了两个小团员帮栾其凤换装。

回过头，坐在化妆镜前的栾其凤已经用热毛巾净过脸，头发用额带箍起来，脸端凝在灯光下。如果年轻二十年，这真是一张漂亮得让人目眩的脸。栾其凤定定地望着镜子里的自己，赵亦娈定定地望着她。灯光、镜子和五彩斑斓的戏服，像被施了魔法，罩上一层绚美的光晕。

也许过了百年，也许过了千年，镜里的影像动起来。栾其凤的脸敷上了粉底，雪一样耀眼，眉毛不见了，皱纹不见了，无风惊动的雪原一样，只有山峰和沟壑在自然起伏，在平静呼吸。再一眨眼，镜子前的栾其凤手中多了一支笔，笔尖饱蘸油彩，从眼睛内角落下，缓慢地向鬓处而去。一条优美的弧线被勾勒出来，清晰、飞扬。

赵亦娈忽然眼眶胀疼。她从化妆间退出来，走到前台。红丝绒幕布垂闭着，只亮了一盏顶灯，舞台正中破出明亮的一团。隔着幕布，听得见外面杂乱的脚步声和对话声。小时候，坐在舞台下的她对幕布后面的世界充满了好奇。为什么大幕一拉开，就会有好听的声音响起来，就会有好看的人儿出现。她常常认不出舞台上的妈妈，李妈拍着她的屁股说，丫头，快看，那个，最漂亮的那个就是你妈妈。小亦娈觉得，舞台像一个魔盒，幕布是遮住魔盒的布，当它揭开来，妈妈就变成了童话中仙女一样好看的人儿。

现在，栾其凤正在她身后的屋子里慢慢变成仙女。尽管长大的她已经清楚了仙女诞生的过程，可是这一刻，站在空无一人的舞台上，她依然有进入了童话梦境般的虚幻感。今天，栾其凤将在她的眼皮底下变成仙女。

李云鹏和朱启昆站在前门处抽烟。看见赵亦妾，李云鹏走过来。聊什么呢，有观众没？赵亦妾探头朝大堂望，座位都空着，心不由一沉。才五点半，起码过七点了才会有人来，谁来这么早，干坐着？李云鹏看出赵亦妾脸色不好，打岔道，我在帮你考察未来的……吞吞吐吐地没说完。赵亦妾明白指的什么，一翻白眼，语气呛呛的，无聊吧你，谁要你帮了。就是有啥，也是我妈自己的事，你操个什么心。

　　李云鹏好脾气地笑笑，我这不是想帮你嘛。你不表个态，你妈能没负担地那个、那个啥吗？你可是你妈唯一的亲人、最宝贝的女儿。赵亦妾心里一疼，将相机递给他，你去后台照相吧，我在前门迎客。赵亦妾已经想好，大戏唱完，将排练和演出全过程刻成碟，再给栾其凤弄一本纪念相册。赵朴一在的话，一定会这么做，她就当是替他做的吧。

　　暮色渐深，院里的灯次第亮起来，衬得飞阁翘檐有几分朦胧几分浪漫几分诗意。赵亦妾仰起头，做个深呼吸。空气清冽，夹着桂花的清香。她走向朱启昆。朱叔叔，大戏的事辛苦您了，今晚唱完就好了。

　　朱启昆呵呵笑着，不辛苦不辛苦，很久没这么畅快了。没想到大戏能唱成呵，亏了你妈坚持。对我们这些老戏人来说，这是一次盛大的节日呵。十年了，有的告别舞台快二十年了。说起来，我们还要感谢你妈呢。朱启昆的脸隐在暗处，给赵亦妾慈祥舒服的感觉。一个想法像一只萤火虫撞进她的脑子里。

　　朱叔叔，我想拿出积蓄租个场地，让我妈办个蓓蕾戏剧启蒙班。我妈这人您知道，除了会唱戏，别的事十分只想得三分，我想请朱叔叔帮忙打点班里的其他事，我妈专心教学。朱启昆沉吟一下，想法是好，不知你妈同不同意。她固执起来，十匹马也拽不动的。妈那边我来做工作，别的我不敢打包票，和戏沾边的事，她是赔本买卖也肯做的。关键是朱叔叔深圳那边走不走得开。朱启昆笑了，我和儿子商量一下。掏钱给他们请个保姆，总比我这老头子强吧。不过，听你妈说，唱完了大戏，她就要做手术，声带小结，说是位置不太好，手术有风险。

是吗？赵亦娈收了笑。回来后只顾着大戏，她还没问过栾其凤的病情，栾其凤也没说。

说话间，一对老人进了大门。两人四处打量一下，向他俩走过来。老头精瘦，牙掉了不少，说话直漏风，栾其凤的戏是这儿唱吧？赵亦娈忙上前一步，是的是的，您来看戏？老太太胖胖的满月脸，抢先答，是呵是呵，我家老头子看到报纸了，还剪了个窟窿，把那张纸片夹在书里，隔一天拿出来看一下，生怕错过了时间。

赵亦娈将两位老人送到座位上。回到门口，朱启昆已经将文化局的工作人员召集到一起分了工。众人分头忙起来。朱启昆赶去后台化妆。

七点过后，观众像不断线的流水，一波接一波从门外淌进来。大多是闻讯赶来的，之前报纸、电台、电视台都做了预告。老年人有，中年人有，年轻人也有。还有爷爷奶奶、爸爸妈妈带着孩子来的。

从门口到大堂的路上，有人问起栾其凤的身体怎么样，说还是二十多年前听她唱过。那真叫绝呵，扮相、身段，还有那水袖舞得，真叫绝呵。还有人让赵亦娈转告栾其凤，说他们想念她。说这话的是一群头发花白的老头老太太，个个乐得跟孩子似的。赵亦娈细一问，原来是东城社区的一群业余票友。一位老太太说，我就是看了栾老师的《贵妃醉酒》迷上戏，老伴开始反对，说戏这东西比鸦片还祸害人。呵呵，现在可好，他和我一样上了瘾。

也有手拉着手来的情侣。赵亦娈问他们从哪来，男孩说是附近职校的学生，爱好京剧。栾其凤要演出的事刚在报上登出来，就有票友一个一个打电话通知，兴奋得恨不能拿了话筒在大街上广播。他俩早就听说栾其凤戏唱得好，没亲眼见过，这回当然不能错过了。

大堂里喧腾起来，人影攒动。各种声音交织成密实的网。而这一切的背景，是那方垂着红丝绒幕布的光亮闪闪的舞台。

老俞、孙杰、弘君礼和原汉剧团的人陆续来了，都不肯进去，等在外面。孙杰穿一身簇新的黑对襟布褂走进来，头发梳得溜爽。一见他，大家都热情地上前抱拳打招呼。孙杰笑着，脸上堆满刀刻般的皱纹。

七点半，文化局的一个工作人员找到赵亦娈，说余局长和市委韩书记、宣传部黄部长马上到。赵亦娈一听，有些慌。想着进去告诉栾其凤，又怕影响她的情绪。正来回转，赶巧朱启昆出来，已换了灰布长衫，上了妆，赵亦娈忙走上去将事情说了。朱启昆伸手拍拍她的肩，来就来吧，来与不来，戏总是那么个唱法。别惊动其凤了，她正在那儿静着呢。他这一拍，赵亦娈心安了。

两人一起出来，站了没两分钟，两辆小车一前一后驶进了停车场。赵亦娈在电视上见过韩书记和黄部长，两人走过来和众人握手，朱启昆介绍说，这是栾其凤的女儿。韩书记握住她的手摇了两摇，你妈不简单啊，是戏剧界的骄傲和学习的榜样。赵亦娈笑着点头。

走进大堂，韩书记扭头和黄部长说，人气很足呵。又对余局长说，这样的活动要多办，你看，群众很喜欢呵。大堂里的位子已经坐满，过道里临时加了不少简易塑料凳，一行人从人缝里穿过去，赵亦娈在后面默默跟着。人气足的话，她听在耳里不禁生出几分自豪来。没想到这出大戏能吸引来这么多人，原本还担心人少会让栾其凤难堪失望，真是多虑了。

时针指向七点五十五分，朱启昆匆匆返回后台。少顷，一阵铿锵的鼓点响起，大幕徐徐拉开。

9

赵亦娈听见鼓点,定在那儿一时忘了挪步。后面有人拍她的肩,她才会过意来,赶紧猫下身子。一回头,来路已经被椅子堵死了,不少人和她一样蹲在人缝里。

主持人走上台。亲爱的观众朋友们,栾其凤汉剧专场演出现在开始。汉剧旧称楚调,后称汉调,俗称二黄,辛亥革命前后改称汉剧,是流传楚地近四百年的传统剧种,深受楚地人民的喜爱。汉剧声腔以西皮、二黄为主,首创皮黄合流,不同程度地影响了我国其他多种地方戏曲剧种。自汉调艺人米应先、王洪贵、余三胜等先后进京,极大地影响了北京戏曲界,曾有"班曰徽班,调为汉调"之说,在徽班汉调的基础上,催生了我国的国粹——京剧。栾其凤自幼跟随汉剧老艺人学艺,打下了扎实的基本功,其端丽的扮相,明亮的嗓音,含蓄而富有艺术张力的表演,深受戏迷喜爱。今晚,各位将在此共享一场汉剧盛宴,度过一个难忘的夜晚。首先,请欣赏《柜中缘》选段。

鼓点起,接着是胡琴。身边有人用手拍腿,摇头晃脑咿咿呀呀地哼起来。赵亦娈嵌在人群中,只觉得一团气场将自己绵密地包裹起来。突然,耳边爆出一阵叫好声,红衣红裤的栾其凤出场了。身边不知是谁,啧啧,身段、扮相还这么好,怕有五十岁了吧?五十七了,赵亦娈很想接一句,但按捺住了。

栾其凤刚一叫板,就赢了个满堂彩。

有人拍赵亦娈的肩,是李云鹏。他将相机递给她,冲台上打个手势。赵亦娈会过意,拿了相机猫着身子,从人群里往前挤,一路低声说对不起对不起。挤到台前,她半蹲下身子,举起相机,咔嚓咔嚓地拍起来。

栾其凤在镜头里俏皮地笑,忧郁地唱,羞涩地低头,亦悲亦喜,亦娇亦羞,含嗔带怨……我是女儿心肠软,为救他性命惹祸端。哥哥成似疑心重,有理的事儿说不通。无奈何我只得把头碰……忽然来了少年郎。闯进家中把门关上,他向女儿诉冤枉……实指望我夫妻天长地久,谁料想贼法海苦做对头,到如今夫妻们东离西走,受奔波担惊慌长恨悠悠……小青妹且慢举龙泉宝剑,叫官人休害怕细听我言。我为你仙山盗草,我受尽了颠连……小尼姑年方二八,正青春,被师傅削了头发……我本是女娇娥,唉!又不是男儿汉,为何腰系黄绦,身穿直裰?见人家夫妻们洒落,一对对着锦穿罗。哎呀天啊!不由人心热如火……

赵亦娈将镜头对准栾其凤,拉近,再拉近。腿蹲麻了,她就一只腿单跪在地上,后来干脆坐到地上。胡琴咿呀如诉,赵亦娈觉得自己正在变小,变回二十多年前的自己,在人群中伸长了脖颈,眼睛一眨不眨地望着台上的仙女。天地之大,仿佛只剩下眼前这方灿灿的舞台,只剩下舞台上的仙女和舞台下的她。

唱完《思凡》,幕间休息二十分钟。红色大幕徐徐拉上,赵亦娈重回现实。她坐在地板上,半天回不过神来。

忽然,一个奇怪的声音传过来。赵亦娈心思恍惚地回过头,看见不远处坐着的一个男人正拿手来回抹眼眶,旁边一个头发花白的老人拍抚着他的腿,是汉剧团的老职工,赵亦娈记不起两人的名字。男人穿一身对襟黑布褂子,抹着抹着,他突然拿双手捂住了脸,呜呜的悲音从指缝间淌出来。赵亦娈呆了。

这声音像一条溪流越淌越汹涌,漫向喧嚣的大厅。所过之处,说话的人停住了,远远打招呼的人手顿在半空,蹿上蹿下不安分的孩子也稳住了身子。人们的目光搜索一圈,一齐朝向男人这边。男人的悲鸣放大成了悲号。几位原汉剧团的老职工走过去,将男人团团围在中心。他们低声说着什么,赵亦娈听不真切。不知过了多久,一个人走出人群,走到韩书记黄部长跟前附耳说起了什么。

赵亦耍脑子混沌一片，塞满了问号。男人这是怎么了？受了委屈，还是触动了伤心事？那人跑去韩书记黄部长那儿说什么？她四处张望，巴不得有人过来救场。她想去后台叫朱启昆，却迈不开步子。不断有演员从幕布后面探出头来。

　　余局长起身走过来，经过她身边低声说，怎么回事，汉剧团的人怎么这个时候找韩书记反映情况，这是什么场合，要平反要待遇也不是这时候说的事嘛，你赶快处理一下，别把大戏给弄砸了。说完，余局长去了卫生间。

　　赵亦耍惊出一身冷汗，脑子里乱腾腾一片。虽然没弄明白原委，却知道不能任由事态发展下去。一个跑龙套的小伙子穿着戏服跳下台冲过来，耍姐，栾老师问发生什么事了？

　　赵亦耍一看表，幕间休息已经超过预定时间十分钟。没事，一个老戏迷太激动了。你告诉她，马上拉幕布。话一出口，赵亦耍变得异常镇定了。不能让男人再哭下去！

　　她深吸一口气，走上前去，一声声叫着老师，拜托汉剧团的人回到自己的座位上。大家望望她，默然无声地散开来。男人渐渐收了悲音，可还像个哭了太久的孩子，身子不受控制地抽动着，手里的纸巾揉得皱巴巴的。赵亦耍站在他身边，嘴唇动了几次，却说不出一句话来。她记起来，这人好像是因为喊错一句台词被打成现行反革命，从此再没登过台，连戏也不敢唱了，朱启昆告诉她的。她从口袋里拿出一包纸巾递过去，男人接了，头微微抬起来，刀刻般的皱纹里糊满水渍。

　　大幕徐徐拉开。一袭素服的窦娥戴着枷锁上场，背景亦是一片素白。鼓点起……上天——天无路，入地——地无门。慢说我心碎，行人也断魂……独坐皇宫有数年，圣驾宠爱我占先。宫中冷落多寂寞，辜负嫦娥独自眠……

　　胡琴咿呀如诉，男人的悲号似乎与之交缠在一起。赵亦耍回过头,男人不见了。他的位子上坐着另外一个人。赵亦娈拿目光四下搜索,人影叠人影,看不分明。掌声、叫好声不时响起,赵亦娈却再无法沉浸。她不时地回头张望,她不知道自己是希望看到男人的身影,还是害怕看到。男人再没出现。

主持人将话筒交给栾其凤。刚刚唱完《贵妃醉酒》的栾其凤,平静一下,深吸一口气。感谢大家今天赶来这里,帮我完成这个心愿。汉剧是我一生的恋人,为了她,我幸福我快乐,我痛苦我悲伤。也因为她,我这辈子辜负了很多人。就像时间无法回头,生命无法重来,对我来说,大家刚刚和我一起经历的,是我人生的最后一出大戏。她,也将永不重来。我要感谢台下的观众,感谢我身边的这些演员,感谢所有为汉剧付出了青春和心血的人,是你们对汉剧的爱,帮我共同完成了这出大戏。我还要特别感谢我的女儿亦娈,是她帮我实现了这场人生的大戏。亦娈,请你上台来——

赵亦娈盘腿坐在地板上,翻看相机里的照片,舞台上的栾其凤是那么光彩照人。一个个瞬间就此定格,大戏即将圆满落幕。可她的心里没有预期的激动和解脱感,一线温热的感伤在她体内游弋。

听见自己的名字,她下意识地抬起头来。全场出奇地安静,目光齐刷刷落在她身上,沉得她又迅速将头埋下去。有人在背后推一把,你妈在叫你。赵亦娈身子晃一晃。再抬起头,视线清晰了。站在一排演员正中的栾其凤,望着她,向她伸出一只手来。

不知是谁从背后搋一把,赵亦娈从地板上站起身来。两腿刚一触地,一阵酸麻电流一样贯遍两腿,漫向全身。赵亦娈站在那儿,无法挪动步子。有人从背后一把将她举起来,她站到了舞台上,身后顿时响起爆竹般的掌声。

两腿酸麻的赵亦娈,艰难地,一步一挪向舞台正中走去……

芈家冢

1

放眼看去，不过一片不高的坡地，方圆数百平米，靠近中心的坡顶上有两棵树，一高一矮，姿态亲密。如果不是周边那些帐篷和棋盘状的浅土坑，谁会将之与大名鼎鼎的芈家冢联系起来？这片坡地与我自小见过的无数坡地没什么两样，要知道我们这里可是依傍长江的江汉平原，常年江风浩浩，好像大地也被风吹起了微澜，吹成了典型的丘陵地貌。泥土里饱含湿气而终年润泽，青草蔓生。

我站在距离两棵树五十来米的地方，驻足看了半天。两棵树姿态婆娑，纤瘦，被风吹得枝叶摇摆，显然不具有足够的历史长度。可在芈家冢的宣传册上，它们醒目地立在图片正中，仿佛标志或某种隐喻。据说，尚未打开的主冢是一个双冢。

我不知道眼前的一幕，是否值得自己做出这样的选择。半年前的连绵暴雨让芈家冢成了家喻户晓的地方，也将我从南方彻底召唤回来。这场召唤持续了数年之久，从我背上行囊奔赴南方那一刻就开始了，远在芈家村的父母采取了各种召唤方式不得成功，我在南方跌跌撞撞，最苦的时候一天吃三个馒头一包涪陵榨菜，可还是不愿意回来。

最终是神秘的芈家冢成全了他们。

我刚懂事时就知道芈家冢，那时它还不叫这名字，村里人都叫它双冢。说是埋葬着很远很远年代咱芈家人的一个祖辈，远到瑰奇、浪漫的古楚国时代。根据双冢的规模，人们猜测墓主可能是春秋或战国时期的某个楚王，最不济也是个楚国的贵族。大人们不许自家孩子跑到双冢顶上去玩，说这样对祖辈大不敬，也怕冢的阴气摄了孩子的魂。

村里有调皮的孩子，却会偷偷跑了去，在灌木与青草夹杂的坡地上捉迷藏。村头的芈大头有一次突发急病，半夜蹿起高烧，数日不退，口吐白沫，乱说胡话，家人四处一追问，才知道他曾跑去了双冢玩耍，吓得不轻，赶紧请了附近有名的神婆来招魂。

为了警戒家中的孩子，很多人家都带着孩子去围观。我也被母亲拽着手站在人群中。那神婆有着尖而长的指甲，在昏黄的灯光中划出一道道深重的暗影，嘴里发出含混不清的吟唱。她点燃手中的纸，舞动着，火苗忽大忽小，直至烧成黑灰轻飘的一团一团，散乱在空气中。空气仿佛随着神婆手指的舞动，一下一下被抽紧了。躺在堂屋中央的芈大头痛苦地挣扎，一颗大头碾在棉被上摆过来摔过去。他的手脚给人按住了，嘴里发出棉线样的呻吟。某些瞬间我能看见他嘴边沾满了白沫。我想别开头去，可身体仿佛不听使唤，我的目光紧紧粘在那具不断扭动的躯体上。他不再是我熟悉的大头了。吟唱和呻吟交混在一起，仿佛另一只尖利的指甲在抓挠我的心壁，我紧绷的身体。我手脚冰凉，不由拽紧了母亲的手……

那是我经历的最恐怖一个夜晚，这个夜晚成功地将我从对芈家冢的好奇神往中抽拔出来，从此我只肯在距它百米之外的地方经过。

父亲初次在电话里和我说起芈家冢开始挖掘了，知名度和大众关注度远远超过了博物馆的那具西汉古尸，专家预测墓主地位将是迄今挖掘的楚墓中最高的，其规模也是最大的。我在电话另一头发出了轻浅的笑声，觉得父亲在夸大其词，试图增加家乡对我的吸引力。他不知道，我对芈家冢的兴趣已经被多年前的那个夜晚给抹杀了。

后来父亲一次次在电话里说起芈家冢，热烈程度不亚于当年他对牌九痴迷时。每当父亲对一样东西深度痴迷时，必是另一样东西让他失望了。当年父亲突然被告知村东头的土地将被卖给开发商建设商住房，每户人家可以根据被占用的土地面积分得相应套数的房子。我们一家三口分了九套房子，这些房子属于小产权房，就是所有房子只有统一的房产证，归属村集体而非个人，这样的房子无法进入市场买卖，但可以租赁出去，或是卖给亲戚朋友，卖得的钱各家各户自行处理。代价是，从此我家的地萎缩成了一亩三分，不再足以耗尽父亲正值年富力强的精力，于是他将目光转向了抹牌九。他通宵达旦地将时间消磨在牌桌上，常常双眼焦红地被母亲从牌友家中拉扯回来，到家倒头就睡，发出雷鸣般的鼾声。这鼾声回荡在白天亮得晃眼的光线中，我缭乱无着的思绪里，愈发拉长了芈家村白日的空乏与寂寥。离开芈家村的原因不止一个，不想再听见父亲的鼾声就是其中之一。

相隔得太远，我不知道这次父亲是因为什么才对芈家冢抱以如此热忱。他对芈家冢的热忱本身，就让我心里生疑。我在网上搜索资料，芈家冢确实开始挖掘，但一切尚处在规划阶段，景点也好，古墓保护区也罢，专家们出言谨慎，并不曾断言这冢里就埋着某位可查出根底的楚王或是楚国贵族。

仅仅是剥开了洋葱的外表皮，芈家冢的一切依然是个谜。

2

芈家冢的湿泥巴紧紧粘在我的鞋上，这里本来就潮湿，前日又下了点雨。我踩过粘粘滑滑的木踏板，穿过一个个还在沉睡的探坑，走向西北角的几座帐篷。帐篷底下躺着已经发掘的五六个探坑，现在芈家冢的所有看点都集中在这一块，有限得很，但因为各式宣传的大力渲染，芈家冢正像一块磁石，吸引着四面八方的游客向这里汇聚。市里的旅游线路也已经将芈家冢纳入其中了。

一大群广东游客走在我的前后左右，有老人也有孩子，他们将木踏板踩得"咚咚"响。我听着他们仿佛在空中飘浮的鸟语，这口音在过去八年里慢慢刻入我的耳膜，并悄然改变了我舌头舒卷的方式，以致回到芈家村很多人问我还能说家乡土话不。我说能，怎么不能。此时听到这口音，竟感到十分亲切。我混在他们中间，走进编号为 003 的探坑。

帐篷里的空气明显比外面的稠闷，还夹杂着一股成分说不清道不明的气味，我不知道是否坑底躺着的半截车架和两匹马的骨骼发出的。两匹马背向而卧，清晰的侧影，看起来十分安静，它们近乎对称地镶嵌在车辕两边。在马的骨骼间散落着一些或圆或曲形的细小物件。"这些是玉器。"讲解员看起来刚满二十岁，声音清亮，她的话马上引来一片"啧啧"声。有个头发花白的老人顺着坑边的木梯往下爬，讲解员马上提醒按规定游客不能下到坑底，老人停在木梯最低一层，却无法将身体扭成合适的观看角度，只得满面遗憾地重新爬回来。

我注意到帐篷里悬挂的图片上写着："我国最初的殉葬制，是将人畜活活陪葬，或者杀死后殉葬。随着文明程度的提高，到春秋以后，基本改用木制或泥制人形偶像殉葬，偶尔还会出现人殉的墓葬……专家推断，芈家冢的年代在春秋晚期或是战国时期……"殉葬本身就是残忍，无论哪一发展阶段。只是当年的残忍，越过几千年时光就成了一个人身份与地位的象征，成了后人好奇争睹的历史馈赠。

我们重新顺着木踏板走回大门前的空场，在这里等待新一轮纪录片播放。一位老人拍拍我的肩,让我给他和他太太拍张合影。两位老人站在镜头前,两棵树正好立在他俩的头顶上,仿佛从他们的斑白发丛中生长出来。

一切都还简陋。播放室里只有一台电视机和十来把塑料圈椅,电视机每半个小时播放一次关于芈家冢的纪录片。地上满是泥渍。这里看起来还不如村里的楼房像样。我不知道那些千里迢迢跑来的广东游客有没有失望,现在很多东西都是不见后悔,一见之下更加后悔。此时,后悔正在我的身体里翻滚,我寻思着是否再度找个借口偷偷南下,一杯冒着热气的茶水被送到了我面前。一扭头,是刚才跟团讲解的小姑娘,她笑起来有一对又深又圆的笑窝。

"回来创业吧,小芈。芈家冢开发的事你听说了吧,国家级文物保护区规划已经拟出来了,芈家村前景可观啊,没多久古城就要通火车了,车站就建在离芈家村不远……"电话里叔叔说得不温不火,甚至稍显平淡,可他的语气却奇怪地触动了我。

叔叔没有骗我,这一切都是真的。可我亲眼目睹之下,却觉得芈家冢并不是真的,它不是我小时候见过的那个让我又好奇又恐惧的双冢,它也不是被媒体渲染得那么瑰奇神秘的芈家冢。

从逻辑上推断,芈家村的前景确实可观。一个无论是考古价值还是旅游价值都相当不错的新开发景点,加上现代高效的交通方式,未来兴许还有许多超出预期的投资项目落到芈家村的头上……芈家村的很多人开始梦想有一天他们会住进幢幢林立的乡村别墅,每天坐在家里就有大把大把的钞票入袋,那时的芈家村复现古楚国都城"朝衣鲜,暮衣敝"的景象,也不是没有可能。

我就是被这样的梦想激昏了头脑,冲动之下辞去了工作,打包回家乡。也是因缘际会,那时制鞋厂已处在停产倒闭的边缘。全球性的经济危机,如同绵延不愈的哮喘,将一个个中国制造的小型工厂拖至窒息,我们厂清退了一批又一批员工,在它颓然倒下之前,我抽身而出，怀揣着积攒下的四万多块钱回到了芈家村。

芈家村没有我想象的变化大，村里的道路铺成了水泥的，村东头的商住房住进了各种拉杂人家，村里的两层三层楼房多起来，基本上是瓷砖覆面，在阳光下折射出道道亮光。芈家村的光线似乎比八年前更加明亮。

可走在硬邦邦的水泥路上，我依然清晰感觉到芈家村白日的空乏与寂寥。我没能见到多少童年少年时的玩伴，他们和我一样像蒲公英花瓣，被浩浩的江风从芈家村这根花柄上吹落，分散到不同的地方去打拼。我不知道他们还会不会回来，像我一样。

3

在众多创业计划里，我最终选择了开一家餐馆，一口气投进了大部分积蓄，颇有父亲在牌桌上孤注一掷的劲头。餐馆开在国道拐向芈家冢的一条小路入口，这里离通向芈家冢的新修大道还有十多公里，小路足够两辆车贴耳而过，水泥铺底，比走大道近了四五公里路程。

我在餐馆前的路边竖了一块木头做的路牌，大箭头指向小路，上面几个墨色大字——芈家冢由此去。经过几次实地目测，我才确定木牌竖立的位置和角度，确保路过的司机能清楚而醒目地看到那上面的几个大字。

餐馆招牌很醒目，芈家食堂，由我家最有学问的叔叔题写。在博物馆工作多年的他，斟酌一番，最后选择了古意盎然的隶书体，黑底红字，笔势飞扬。菜单以芈家村的传统土菜为主打：皮条鳝鱼、水煮财鱼、红烧黄蛄鱼、排骨莲藕汤、四喜鱼糕、千张肉、香八蒸，等等，再兼顾南北菜系。我将在南方打工的经验搜肠刮肚地翻出来，运用到餐馆的角角落落，至少我要让芈家食堂在这一带是无法超越的。

　　生意没有预期的好。旅行社的导游完全无视芈家食堂门前的路牌，照旧走大道，车"刷"一下就飙了过去。他们带着游客看完芈家冢马上奔向下一景点，将游客安排在城内的定点餐馆吃饭。倒是景点的工作人员将芈家食堂当成了固定的进餐点，经常约了一起来吃，或是电话点餐让服务员送过去。可这只是杯水车薪。

　　一来二去，我知道了那个声音清亮的讲解员叫蔡米米。我问这名字有啥说头，她说曾问过她爸，她爸说一碗菜两碗饭，就是人生最基本的温饱，足矣。她爸还说，人生归根到底就是为了一个肚子一张嘴。我拿手往上指指，那还有头呢，再往下指指，那还有心呢。蔡米米笑出了两个圆圆的酒窝。"不是嘴和肚子提供营养，头哪能转得动，心哪能跳得动。"我想想也是，可再想想又不是。人生不是一碗菜两碗饭那么简单。在南方最艰难的时候，我一天三个馒头一包榨菜也不觉得苦，脑子里像有火苗在烧，心依然怦怦跳得欢。现在我餐餐吃着芈家冢食堂的南北风味菜肴，却觉得日子缺滋少味，目光所及的芈家村一派沉寂，丝毫没有我背包回来时想象的那般喧腾辉煌。

　　手中的财力不足以让我心安理得地看着门前大道上的汽车，像时光一样匆匆奔逝而过。芈家村人习惯了在自家屋里吃饭，生意当然不能指望他们。蔡米米告诉我景点的游客连绵不断，她和另一个讲解员每天讲得嗓子冒烟，与之截然不同，芈家食堂里却食客寥寥。我满脑子回旋着一个问题：如何把游客吸引过来。

　　小时一块玩泥巴、好得穿同一条开裆裤的芈梓路，刚被民选为芈家村的村主任，也是芈家村有史以来最年轻和最富有的村主任。我提着两瓶酒走进了他家院子。一晃我们好几年没见面了。他高中毕业后去了南方打工，等我步他后尘时，他又打道回芈家村养起了甲鱼，在村里率先成了万元户，又召集几户村民办起了甲鱼养殖场。

正赶上甲鱼成为餐馆里的"新贵",一个火锅卖到上百,一天的甲鱼销量就是数百斤,他的财产数额没多久又加了个零,头位数也不断上翻。不知是否应了经济基础决定上层建筑那句话,民选村主任时他轻而易举地高票当选。

我去的时候,院子里只有个女人带着孩子在晒太阳。女人听我自报家门后,冲着楼上大声叫"梓路,芈小芈来了。"接着,我就听到了"咚咚咚"的脚步声。

芈梓路大变样了,理了个板寸头,脸比小时胖了不止两圈,肚子隆起似一座小山丘。他迎上来一把抱住我,用力抱了抱,又拿手拍拍我的肩,"回来得好啊,老弟。"我连连搓手,心里还不能把他和当年那个细瘦的少年联系起来。"惭愧啊,回来有些日子了,没好意思来打扰你。看你的孩子都满地跑了,屋子这么亮堂气派的,我还是光棍一条,啥都没有,没长进啊……"

"你不也成了老板嘛,生孩子还不快,赶紧相上一个好姑娘,你妈可是盼孙子好些年了。"芈梓路呵呵直笑,笑的样子没有变,半仰起头来,露出了四分之三的牙齿,只是现在牙齿没以前那么白亮了。

"我哪是什么老板啊,手下的人拿指头都数得出来,不像你可是一村人的衣食父母,这不,小弟我找你讨主意来了。"芈梓路让媳妇赶紧杀鸡炒菜,拖着我的手穿过堂屋,在一间看起来像会客室的屋子里坐下来。他倒茶的工夫,我打量了一下屋子,沙发两边竖着两个比人还高的瓷瓶,上面盛放着喜气的梅花。对面墙上是一幅装裱了的书法,上面的字龙飞凤舞,一个也认不出来。

我将芈家食堂不景气的状况细说了,芈梓路一直仰靠在沙发上,拿手捋着头顶上短簇簇的发楂,听完沉吟一刻,坐直身子,"我建议你啊,在芈家冢上做文章。"

"这文章怎么做?芈家冢确实是个宝贝,可餐馆不同别的,借不上力啊,餐馆名我就想了好久,也想往芈家冢上靠,不成啊,芈家冢餐馆，还不把客人都吓跑了，谁愿意在坟墓里吃饭呢！"

芈梓路微微一笑，意味深长地看着我，"所谓巧辟蹊径，就看你会不会想，敢不敢想了。这芈家冢可是千年古墓，那墓里葬的可是古楚国的王公贵族，古楚国最大的遗产是什么，楚文化，那可是堪与中原文化，乃至古希腊文化媲美的东方文化瑰宝，咱能不能在楚文化上想点主意，挖掘挖掘？"

芈梓路一语点醒了我，对啊，楚文化可是天赐的资源。说话间，他媳妇炒好了菜。推杯换盏间，我俩又往细处深处议了议，酒精加速了大脑的运转，妙点子接二连三冒出来。芈梓路说我的餐馆位置选得好，大有可作为空间，他准备和村委会商议一下，看能不能和我的餐馆采取某种合作的方式，最近村里因为芈家冢的关系，接待量大增，正发愁没有像样的接待点，回回要领到城里去吃饭，价钱贵不说，还吃不出咱芈家村的特色。如果我的餐馆能做得特色鲜明，完全可以作为芈家村的一个亮点推出。

听到此，我赶紧举起酒杯，"有难处找政府，我今天真是来对了。这里，现在满满的都是信心。"我一拍胸口："老哥，小弟诚心诚意敬你一杯。""老哥叫得亲切。记住，咱要做就做最好的，你放胆去做，我和他们议议，做你的坚实后盾。"芈梓路满面涨红，和我一碰杯。

往回走的路上，我脑子像烧沸的油锅，油星子直往外溅。

4

按照芈梓路的建议，首先得改餐馆名。我找到叔叔，请他帮忙想个既有地方特色又有古楚风味的名号，既要雅气又不能太拗口，最好是和芈家冢有那么些看似藕断丝连的联系。他斟酌来斟酌去，想了几个让我挑选，我一眼就挑中了"芈楚食苑"。

由叔叔牵线，我做了古城研究楚文化专家赵颉夫家中的座上客，从他那里拿到厚厚一本关于楚人饮食的研究资料。读中学时我最怕学古文，现在看着那些半文半白、佶屈聱牙的文字，我深吸一口气，从头仔仔细细读到尾，硬是一点一点嚼透了装进脑子里，又在脑子里来来回回地翻炒，筛选出几道经过考证的古楚国菜名。那名字念着就特有感觉：麒麟鳜鱼、橘瓣珍珠丸、翡翠鳖裙羹、蟠龙菜、三镶七彩盘、红珊瑚鳜、荷包喜鱼头、清蒸兰草龙珠⋯⋯

　　兴奋感持续增厚，对餐馆的整体定位越来越明晰。我将菜单上拉拉杂杂的南北菜式去芜取菁，重点落在两大块——芈家村风味菜和古楚风味菜。菜单重新设计了，融入古色古香的楚文化元素。门窗统一换成了镂空木格的。餐馆大门处的主题背景墙，也请叔叔重新设计了。

　　改造进行到一半时，芈家村村委会正式介入进来，与我签订了承包合同，由村里注入资金十万元用于芈楚食苑的扩建改造，重新开业后，前三个月为零上交额，往后每个月上交三千，每三个月递增一千，一年后固定为每月上交五千。按餐馆现在的经营状况，每月上交五千肯定是不现实，但芈梓路说村里会出面和市旅游部门、芈家冢管理办公室沟通，争取将芈楚食府纳入旅游接待的定点餐馆。芈梓路还说，所需甲鱼由芈家村人合办的养殖场供应，价格在市场价的基础上打半折。我咬咬牙答应了。

　　芈楚食苑重新开业那天，村里组织安排了隆重的剪彩仪式，请了不少据说是市里方方面面的领导，场面非常热闹，远远超出了我的预想。记得芈家食堂开业时，我领着新招的员工在门前放了三挂响鞭，召集员工简单说了几句话就结束了。"芈楚食苑的第一炮一定要打响！"这段时间芈梓路反复在我耳朵边敲打，可我没想到他们能将场面弄得这么浩大。

　　到场的官员我基本不认识，芈梓路特别安排了三名村干部，协助我进行接待。那一天，我的主要任务就是握手微笑，反复陈说事先准备好的关于芈楚食苑的一套说辞。名片收了厚厚一叠，但说实话，眼前走马灯似变换的陌生面孔，耳朵里灌满彼此重叠的姓名和职务，到终了我一个都没记住。

一整天我的头晕乎乎的，人像踩在一团棉花上飘过来飘过去，时不时地，我看见芈梓路浑圆的脸、短簇簇的发楂在人群里一晃而过。等一切结束，芈楚食苑重新静寂下来，服务员分头在打扫，我站在装饰一新的大堂正中，张望满目灯火、一片狼藉，忽然陷入极深的惶惑中。我想不明白这一天发生的一切与自己有什么关系。眼前的一幕是真实的吗，我怎么越看越感觉像是梦境。

芈梓路没有食言，他迅速行动起来。芈楚食苑的"凤鸣"包间几乎被村委会包下了，他们走马灯地请来市政府、旅游局、博物馆、文物局、芈家冢管办、财政局、工商局、派出所、旅行社的头头脑脑，我理所当然地需要作陪。一桌人每餐会灌下两瓶以上的白酒，这些酒大部分装进了芈家村人自己的胃里，产生的后果是芈家村人赢得了喝酒爽快的名声，以及不同人等的不同情状的"现场直播"。芈梓路一喝酒就上脸，从头顶红到脖子根，样子颇具震撼效果，可他其实是我们几个人中酒量最大的。我过去很少沾酒，现在感觉像掉进了酒缸里，我喝酒看似脸不变色，神情从容，可最多两小杯就开始脑袋发晕，手足发凉，有一次干脆身子一歪栽倒在杯盘碗盏间，人事不省地被人直接抬进了附近的卫生院输液。

这样的应酬通常安排在中午，有时会吃到下午两三点钟，店里的其他客人早走光了，就剩下"凤鸣"包间里还热闹着，气氛暖融。吃完，市里的领导和村里的干部相拥相扶地走出大门，个个一身烟气酒气，语声比平时高出八度来，有的走路成了一摇三摆的姿势，有的满面涨红赛过关公，有的嬉笑怒骂完全没了平时的矜持模样。

芈家村委会都是签单挂账，不出一个月积下了一万多元账单。

我暗暗发愁，不知该不该拿这些单子去打扰芈梓路。现在已经有三家旅行社将芈楚食苑作为游客进餐点了，中午大堂里多半是宾客满座，大半包间也有客人，可到了晚上，芈楚食苑就冷清多了，客人寥寥可数。我的心忽上忽下，忽喜忽忧，每天的账目摊在面前，我一笔笔细细核算，发现餐馆还是在亏损，尤其是芈家村的那一大笔欠账，相当刺目惊心。

那天送走村委会的干部和他们的一帮客人，服务员将账单拿给我，说村委会的人忘了签字，加酒水一共是一千一百五十元。我犹豫半天，还是揣着一大叠账单去了村委会。

芈家村村委会在村东头的一处独院独楼，楼修得气派，据说是芈梓路自己设计的，对开大门，穹形门顶，看起来有点像西式的教堂。门大敞开来，阳光斜铺进去，刚好映亮了三代国家领导人画像的左下角。旁边是芈家村的村规，共八条，据说也是芈梓路拟的。

楼道里非常安静，显得脚步声相当突兀，但不见人影，也未闻人声。我故意咳嗽了几下，还是不见有人现身。我顺着门找到村主任办公室，门虚掩着，里面传出波浪起伏般的鼾声。轻轻推开门，一股酒气汹涌扑面。

芈梓路躺在沙发上，熟睡中的脸像一块被烤焦的巧克力蛋糕，只是上面挖了两个洞，随着鼾声的节拍，两个洞在有节奏地胀大和缩小。我轻轻走进去，掩上门，在一把木椅上坐下来。芈梓路鼾声猛烈，搭在沙发扶手上的双脚随着这声音震颤着，不时抽搐一下。

我静静坐着，有风从窗外吹进来，已经是初冬了，窗外的田地显得单薄，枯黄中夹杂斑驳的褐色。这是村里最大一片地了。

"芈家村越缩越小啰。"父亲对我感叹。他迷上了喝酒，自家酿的米酒，不烈，却醇，每餐都要喝上满满一大杯，然后红着脸小睡上一会儿。父亲掰起手指头来数，先是村东头建起了商住楼，接着南头被开发区的一家工厂切去了一角，村西北建火车站时又征去了一块地，村东南角上的两个小水塘被人挖成了四个大水塘，承包办起了鱼庄，专供城里人来休闲钓鱼。现在芈家冢又占去了一大片地，村里已经没几家还在种地了，家家户户忙着建楼房，有些家中尚存的零星之地也转卖给了还愿意种地的人，很多人转而去养甲鱼泥鳅肉鸡，或是做农副产品加工，也有的进城去打工了，卖早点卖水果倒蔬菜开的士做保安盖房子开餐馆，做什么的都有。

"再过几年，不知还有没有芈家村。"酒意深浓的父亲似乎显得特别感伤，满脸的褶子都被深红浸透了。我只能安慰他，"现在不是有了芈家冢吗，芈家村有福了。"

我望向窗外，几棵细树站在田地尽头，再过去不远就是芈家冢。芈家冢的开发并没有村人想象的那么快，我回来好几个月了，蔡米米说比我去参观那时候，仅仅多挖出了一个车马坑，专家探测出的陪葬坑还没动一抔土。

"那些专家动作怎么那么慢，都什么年代了，不是到处都讲效率吗……""你当这是你做鞋啊，讲效率。"蔡米米瞋我一眼，"听说规划有争议。"

"啊，这事不会搁浅吧？"我大惊。"没准，这年头的事，说不好。"蔡米米一脸不以为然的表情，将一根粉丝挑进嘴里，"搁浅了好，我就可以回博物馆了。马上冬天了，你不知道那里四面空绰绰的，风到处乱窜，冷得很。"

5

关于芈家冢的宣传突然冷寂下来，游客也逐渐稀少起来。

我从叔叔那里得来确切消息，果真是关于芈家冢的规划出了问题。据说专家们形成了两派意见，针锋相对。一方认为对此墓的开发正当时，不仅要开发，还要将之充分利用起来，作为古城不可多得的旅游新资源进行包装、推广,试想想,过去七十年代、八十年代发掘的那些墓,哪想到过原样保护,现在有条件了,完全可以在芈家冢原址建一个类似博物馆的室内景区。另一方却认为,与其将东西挖出来不如让它继续封存在地底下,各方面的保护措施进一步完善就可以了,等未来文物保护技术更臻完美后再进行挖掘,这既是对老祖宗的遗产负责,也是对子孙后代负责。

市政府倾向于第一种意见,希望加快芈家冢的发掘进度,给古城不景气的旅游业注入回暖的活力。据说,连钢架棚的方案都设计出来了,其跨度在省内,乃至全国都是数一数二的。可这方案连同景区规划一同报上去,久久没有批复。

我问叔叔同意哪一种意见,他说是后者,"我们不能为了满足自己的好奇心,让这些珍贵的东西在自己手里给毁掉。""毁掉?没那么严重吧,我看博物馆里那些东西保护得也挺好的。持这种观点的人,怕都是些老学究吧……"我不以为然。

"你不懂,我们现在的技术还远不能完善地保护那些珍贵的文物,就拿楚文物中十分珍贵的丝绸来说,那些织物刚出土时,真的是色彩艳丽,织纹繁复绚烂,可一接触空气,马上变色朽烂,即使是现在已掌握的修复技术也很难还原到美丽如初的程度。"叔叔神色凝重,"这些东西都是不可再生的资源,好比生命只有一次。"

我看得懂叔叔的表情,但还是无法理解。对我来说,芈家冢的前景规划是最重要的,那个传说中的景区能不能成为现实是最重要的,我已经投入了数年辛苦攒下的积蓄,还和村委会签下了承包合同。我输不起。

那天,我耐着性子等芈梓路醒来,窗外的天色已灰蒙蒙一片。芈梓路的鼾声在一次爬高的途中戛然而止,粗壮的身体在沙发上扭动一下,他终于睁开了眼睛。因为脸上的红色已淡去许多,衬得他一双眼睛红彤彤的,有些吓人。看见我,他似乎一时没反应过来,眼珠轮动几下，才重新停在我的脸上。他一挺身坐起来，靠在沙发背上直拿手揉太阳穴，看起来五官像临时拼凑在一起的。我赶紧倒了杯水给他。

"小芈啊，来好久了吧。"芈梓路拿起杯子吹了吹，热气袅袅升起，他的五官这才像恢复了往日的和谐匀称。他喝一口水，"不好意思啊，中午喝高了，离开你那儿的时候还好，一到办公室就挺不住了，现在这头还像戴个钢箍呢。"

我没言声，不知说什么才好，一只手紧拽着口袋里的账单，就是拿不出来。"有事吗？"芈梓路吹吹水，再喝下一口，"餐馆的事你不要着急，心急吃不得热豆腐，我们正请旅游局的人牵线，在和两家旅行社谈，现在不是有三家旅行社拉过来了吗，马上这两家也快敲定了，中旅和青旅，都是大旅行社，把这两家拉过来了，估计你那里的生意会大大改观啊。"

我咽一口唾沫，还是没有说话。芈梓路腾出一只手来，继续揉太阳穴，"让你不着急，其实啊，我还不是个急性子，巴不得芈家村一天变一个样……不容易啊。"

我坐在那里，感觉嘴巴像被什么粘住了，张不开。我再咽一口唾沫，好不容易将嘴唇启开来，从嗓子眼里滚出一团含混不清的声音："我，我就是来看看，你醒了酒没。"

"老弟，谢谢你有心啊。现在谈事情，没办法，都得在酒桌上谈，你也看到了，咱们都是拿命在拼啊，为的什么，还不是为的芈家村有个好前景……"我拽着账单的手松开来。

蔡米米说，政府还在想办法，想让芈家冢的规划批下来。芈家冢现在只剩下两个专家带着几个民工每天慢吞吞地在挖。"原来考古发掘就是这样的啊，一点都不神秘。"她半仰起头来感叹，接着又垂下头来，愁眉苦脸地看着我："哎，管理办公室的人不让我们回去。"

"回哪去？"我让服务员拿一盘蜂窝玉米来，蔡米米特喜欢吃，一个人可以"咔嚓、咔嚓"飞快地消灭一盘。"回博物馆呗。""回去干吗,那不是看不到我了。"蔡米米冲我翻翻白眼。"看不到就看不到,你有什么好看的,还没那西汉男尸好看。"话没说完,两个圆圆深深的酒窝露了出来。

话虽这么说,蔡米米却喜欢往这里跑。现在游客少了,她经常和另一个女孩交替溜班,有时三四点就跑来我这里,正好我也闲着,两人喝着茶漫无边际地闲聊,到五点多我骑摩托送她回城,或者干脆等她吃了饭再送她回去。饭钱开始是半价,后来是记账,再后来计不计的就没人去注意了。店里的服务员都当她是我的女朋友,只是我俩之间那层纸还没挑破,我从没问过她可愿意找个乡下人。

乡下人,我始终这么定义自己,也从不隐讳,因为我从小就是光脚踩着泥巴路长大的。随着古城不断向着周边扩张,芈家村已经从城的远郊变成了近郊,等火车站修起来,芈家村没准就成了古城的一个新兴开发区。也许到那时,芈家村就像父亲感叹的那样,真的看不到田地了,修起广场、店铺街、商住小区,俨然像个小镇。

"这有什么不好,这是时代进步的标志。"我劝慰父亲。父亲不争辩,只是一口一口地往肚子里灌米酒,让红色一点点填满脸上长长短短的褶子。间或,父亲摇摇头,又点点头,始终一言不发。听母亲说,我在南方时,有一段时间父亲天天踏一辆三轮车,去城里的洪城大市场批蔬菜,再骑到菜市场分卖给菜贩子。一度,他热情饱满,每天天不亮就出门了,可是突然有一天他撂下三轮车再不肯骑了,问他他也不说什么,只是餐餐喝起了闷酒,话也比以前少了。

父亲不声不响在我家屋后捡去石头、瓦块,辟出一小块地来,种了些应季的蔬菜。我们家餐桌上的蔬菜基本来自那一小片菜地,这些菜算得上真正的绿色食品,父亲从不施加化肥农药,只是定时挑一桶粪料浇一浇。有时父亲吃着吃着饭,拿筷头点一点碗里的菜,没头没脑说一句:"尝尝咱种的菜,那些菜也叫菜啊。"

父亲和母亲从不到我的餐馆来吃饭，对于我做的这个决定，他没说过同意，也没说过反对，只是每次我和叔叔在电话里说起时，他就会坐在一旁默默地听。至于和村委会签订的那份承包合同，他也只是说，"你做主吧"。听他气息软弱地说出这几个字时，我忽然意识到，父亲无可挽回地老了，他的力气已经用得差不多了。

6

如果母亲生下的所有孩子都活到现在，我就是个上有姐姐下有妹妹的人，不至于像现在这样觉得远赴外地，对父母是件极亏欠的事。之所以回到芈家村，也是因为这个原因，在外的那些年，总有无形的愧疚盘缠在心里。"你是进芈氏族谱的人。"父亲无数次对我说过这句话，他庄重的神态总是让我无言以对，小时候是懵懂不敢言，现在则是知而不言。

似乎，父亲对自己生为芈家村人有种自豪。他说，芈姓人都是楚国贵族的后代，尽管我在他身上看不出一点点贵族的影子，但这丝毫不影响到他骨子里的那种自豪感。发掘芈家冢，让父亲一度着迷。母亲说他每天天不亮就出门，一整天在芈家冢挖掘现场附近徘徊。那时候仅仅是木桩围起来的一个区域，设了几个帐篷，正值多雨季节，父亲套着雨披穿着套鞋在泥地里徘徊来徘徊去，终于引起了工作人员的注意。几次磨缠后，他们终于答应父亲每天可以进帐篷躲雨，这让父亲聆听到了现场专家的热烈争议，也近距离目睹了芈家冢发掘的最初情况。他还和一帮民工称兄道弟打得火热。

那时专家们处于集体亢奋状态，对于这个传说久远、终于在一场暴雨中被冲出墓冢一角的古墓，保持了高度的热忱，推测纷纭多样。而父亲，从众多的推测中，固执地拎出一项来："双冢里葬的绝对是一个楚王，说不定就是那个一鸣惊人、问鼎中原的楚庄王。"父亲在电话里的语调，仿佛一只鸽子张开翅膀腾空飞起。

父亲还是常去芈家冢转悠，但冢已被一圈围墙围起来，进去一次门票五十元，他只能在附近转一转，或是站在大门口往里打量打量，打量之下发现发掘进展实在是缓慢。久之，父亲的热情再非前时可比。

芈家村人并非个个都巴望芈家冢被发掘。不少人沿袭祖上的观念，视双冢为芈家村的风水福地，认为它可以荫庇子孙。家中遇了大喜之事，有孩子考上一流大学，或是升了官发了财，得了久盼的儿子，就会跑到双冢前烧一炷香，跪拜一番。因而芈家冢的发掘，让很多芈家村人情绪激动，他们相约到一起，跑到双冢前，跑到村委会抗议，本来他们还想跑到市政府去，芈梓路成功地将他们劝说住了。

父亲当时站在人群外围看热闹，他告诉我，芈梓路不急不躁，始终面带笑容，"你们知不知道，芈家冢将为咱们村带来多大的收益？"没有人言声。芈梓路环视一下人群，笑意更深了，"我估算了一下，大概是咱们村现在年收益的十倍，或许还要多，这是不是就意味着，未来咱芈家村人的口袋会鼓到让你的心怦怦直跳……"

人群里冒出个声音："你凭什么这么估计？""凭什么？"芈梓路拖长语调，拿手指戳戳太阳穴，"凭这个。我听到有人说，挖开双冢会坏了咱芈家村的风水，是谁说的这话？"芈梓路加重语气，目光逼视人群，依然面带微笑。他的目光所过之处，父亲看见人群不由得往后缩了小半步。"我要明确警告说这话的人，这是封建迷信！扫除封建迷信多少年了，你们还准备拿这个理由去惊动市政府吗？让别人说都什么年代了，这芈家村人怎么还是这么个德行啊！你们不觉得丢脸是吧，可我觉得丢脸。你们要去，我绝对不拦你们，不过我可以保证，你们前脚出了芈家村，我立马辞掉村主任这个芝麻官。我芈梓路丢不起这个脸！"

不知是谁最先转的身，接着一个、两个、三个人转了身，没一会儿人群就散得无影无踪了。父亲踏着夕阳回家，特地绕到芈冢前，他看到夕阳掠过两棵树的顶梢，将一小截婆娑的树枝染成了明亮的金色。

很多事情并不以人们的意志为转移的，哪怕这意志的集合数很庞大。芈家冢连同那一圈红砖砌的围墙，凝固在芈家村的地面上，在一阵喧闹过后，再没有引来流流沓沓的客人，也没有带来让村人眩晕的收益，反而像一块疤痕突兀地镶嵌在那里。

我知道，这让芈梓路非常头疼。说起来，他也算是从商多年，财富的积累基本上依循着他的一步步规划，他从没失过手，对自己的判断力十分自信。可在对芈家冢的期望上，看起来他似乎是踏了空。

芈家冢发掘现场的工作人员进一步萎缩，现在只有一个姓谢的专家带着四五个民工在继续挖掘一个车马坑。"这冢里到底有多少个车马坑啊，就不能整点新鲜玩意出来吗？"我冲着蔡米米发牢骚，明知道这牢骚发也是白发。蔡米米伸出两根指头，又伸出一个拳头来，"据说，有二十个。"她故意拖长声调。

"为什么不能先发掘殉葬坑，也许能找出具干尸什么的，那就轰动了⋯⋯"我喜欢逗蔡米米，这叫穷极无聊，聊胜于无。果然，蔡米米激动起来，瞪大眼睛，"规划没有批，谁敢挖啊，现在挖那车马坑，不过是混日子罢了，专家说了，在规划正式批下来以前，也只能在边缘转磨转磨，那主冢是碰都不能碰的。我看你这餐馆啊，够呛！如果规划一直批不下来，芈家冢就等于一死冢，你这餐馆就像了，像了⋯⋯"

我不容蔡米米再说下去，生怕她吐出什么不吉利的话来。开玩笑的心情一下子没了。

"咱们恐怕得想想办法。"一天夜里，过十点了，芈梓路来到我家，神色凝重。我点点头。芈梓路却没有往下说，他仿佛陷入了沉思，眉头皱起来，良久开了口，"小芈，我们不能坐以待毙啊，我想了很长时间，怕是得想想办法。""什么办法？"芈梓路说这话的神情让我浑身不由得绷紧了，"你说，我听你的。"

芈梓路环顾一下四周，堂屋里空荡荡的，敞开的大门外是凝成一团的暗夜。他俯近我，"我想了个主意，想请你的叔叔帮忙弄个东西，和芈家冢有关的，能带来轰动效应的……"我满脸疑惑，不由提高声音，"轰动效应，和芈家冢有关？"内屋传出父亲的咳嗽声。芈梓路进一步压低了声音，和我凑得更近了，"具体是什么，我也不清楚，你叔叔是专家，他肯定知道，我们要弄出这么个东西，让芈家冢再次成为人们关注的焦点……"

"我不明白。"我摇头，"你都不知道是什么，我叔叔怎么来弄？"芈梓路急了，一下拿手把住我的肩膀，疼得我咧了下嘴，他才歉意地笑笑，松开了手，"所以才要你叔叔想办法，我们找人弄出这么个东西，然后埋进芈家冢的地下，然后再发掘出来……这下，你明白了吧？"

"啊，这不是造假吗？"我下意识地望望门外的暗夜，它仿佛随时会闯进门里来，我走过去关上大门。"这行得通吗？""我们只是抛砖引玉，让芈家冢再次成为关注的焦点，引起大家的重视，没准规划就能重新启动……"我垂下头，咬住嘴唇。硕大的头部倒影笼罩住了我，我垂下眼睛，"我不知道，可能叔叔不会答应，他那个人，很传统很古板的。""我们会支付报酬，"芈梓路两眼殷切地望着我，冲我伸出两个手指头。"两千？""不，两万！"

7

这一晚我辗转难眠，脑子里直荡秋千，一忽儿上一忽儿下。自小受的教育，告诉我这是造假，不该做，可……那晚我问芈梓路，"这事会触犯法律吗？"芈梓路坚定地摇头，"不会，哪有那么严重。你放心，如果穿了帮，村委会会出面承担一切后果。现在关键是找一个信得过、又十分专业的人，要把假的弄得和真的一样，不，是把假的就弄成真的！我最近一直在琢磨这事，想来想去，想到了你和你叔叔，你们是最合适的人选。"

"这事万不可泄露出去！"临走，他再三叮嘱我。

我在心里挣扎了几天，迟迟没有去找叔叔。蔡米米看我成天愁眉不展的，说笑话给我听，我哪有心情，只是敷衍地笑笑。她噘起嘴来，"哎，大经理，耍什么性子啊，嫌我吃得太多了是吧，好，以后我再不来你这了。"她作势要走，被我一把拉住了，"别闹，我有点麻烦事。"

"什么麻烦事，说出来，我帮你出出主意。"蔡米米坐下来，正经了表情。我还真想把这事和她说说，一个人憋在肚子里又拿不定主意，别提有多难受，可话快递出嘴时，我还是硬生生地咽了下去，"嘿嘿，骗你的，丫头。"我装出嬉皮笑脸的样子，拿指头刮一下蔡米米的鼻梁，她"啪"一下将我的手打开，故作凶巴巴地白了我一眼。

"芈家冢现在咋样了，规划有消息吗？""还不是那样，没劲死了。"蔡米米将一片纸巾拿在手里扯过来扯过去，弄成一小点一小点的碎末，"规划连点消息影子都没有。你叔叔不在博物馆吗，这个你该问他。"顿了顿，见我没回答，"你是不是为餐馆的事发愁，我劝你啊，趁现在芈家冢还有口活气，赶紧将餐馆转让出去，再过些日子，怕是游客更少了，到时想转让都转让不出去。"

我只有苦笑的份。这城里到处都是热火朝天的景象，市区道路全部在刷黑，城东在建步行街，隔不远又在建地下商城，城西在建高架桥，没几天就有一个新楼盘开业，新老餐馆里一波波的客，怎么偏偏芈家冢这块地儿火没旺两天，就熄了火呢。晚上照例没什么客人，我让员工提早打烊关门，骑上摩托车去了城里叔叔家。

这条公路没安路灯，路边也没太多人家，只远处看得见一长溜灯火，那是芈家村进村的路，前些年翻修成了水泥路，芈梓路叫人装上了这些路灯。村里有人说太浪费，电费流水一样白白地泼洒出去，原来没安路灯也没什么不方便，芈梓路却执意而为，他说这点钱不能省，这是咱芈家村的光彩。他还让人在路口弄了个大广告牌，上写"芈家村——古楚遗韵"，上下几盏射灯将字映得透亮。醒目倒是醒目。可每年挨家挨户收电费，却是个吃力不讨好的活儿。

我骑着摩托车飞快地飙过了"芈家村——古楚遗韵"的广告牌，现在这行字下面新添了一行红字，"芈家冢——千年瑰宝 绝世奇珍"。这个词，还是我叔叔帮着拟的。风飞快地刮擦着我的脸颊，像两把冰刷子。可我不觉得冷。我紧紧握住龙头，将芈家村越抛越远。

按说，芈梓路也认识我叔叔，他大可自己去找他，可他托我来传话，肯定是深思熟虑过的，他是否担心我叔叔会一口回绝。叔叔果然一口回绝了。我嗫嗫嚅嚅说了几句，叔叔就伸出手来，竖在我面前，"我知道你的意思，不用说了，我不会做的。"

我还想再说几句，叔叔摇摇头："我不可能这样做。"他说得简短有力，随后调转话题方向，问起我父亲和家里的情况。中间有几次，我试图将话题再往芈家冢上引，叔叔都避而不谈，似没听见。从叔叔家出来，夜已深，我在摩托车上坐了好一阵，才启动车。

我是否该像蔡米米说的那样，将餐馆转让给别人，可和村委会签的那份合同怎么办。回到家，父亲还没睡，母亲也没睡，两人坐在堂屋中央，我有些意外，故作轻松地，"今怎么啦，两老还没上床歇着啊，不是说我去叔叔家，带了钥匙不用等门嘛。"母亲"嗯"一声站起身来进了屋。我在母亲刚坐过的椅子上坐下来，"爸，你也去睡吧，老晚了。"

爸没接话，依然默默地坐着，头顶上的灯在他脸上洒下斑驳的暗影。"你找叔叔没什么事吧？"父亲抬眼看看我，又迅速垂下去。

"没什么事，餐馆里有些菜名想改改，好久没见叔叔了，今天关门早，就干脆进城找他了。"

"生意怎么样？"父亲慢悠悠问，也不看我。我一愣，这还是父亲第一次问起餐馆的事。"还过得去。""我和你妈这些年还存了点钱，不多，大概有个四五万，本来准备防老的，需要就说一声。"一股闷热直冲我的鼻梁，我赶紧呼一口气，调整一下语调，"不用呢爸，餐馆情况还不错，没大赚，但也没亏。您快去睡吧。"我借口关门，背转身悄悄抹了一把眼角。

"合同不是儿戏！"芈梓路表情严肃，拿手直捋头顶短簇簇的发楂。我还没见他这么严肃过，"你说转让倒是可以，中止合同不行，村里投进去的十万元怎么办，这些钱可是村民集的资，委托村委会投资，我们是信任你，投在你的芈楚食苑上，你拍拍屁股脱了身，我们怎么向那些掏了钱的村民交代？他们还等着每年分红呢。"

我不敢在食苑门口和附近张贴"转让"启事，这里离芈家村太近，没几秒钟消息就传过去了。也不能和店里人说，他们少半部分和村里人有联系，即使以前没联系，大半年处着邻居也成了熟人。我只好把这事和蔡米米说了，拜托她保密，在她的建议下，我化名在"古城热线"网站上发了个帖子。反馈倒是快，没半个小时，第一个电话就打进来了，接着是第二个、第三个，我怕员工听见，回回都走到外面路边上去接。因为在帖子上只说明了国道上有家餐馆转让，规模多大，风格怎样，但具体位置没有标明，我不得不一遍遍重复同样的话，对方多半得知芈楚食苑的具体位置后，就表示还要再考虑考虑。

就在我紧锣密鼓地忙着寻找转让人的时候，芈梓路带着谢专家来了芈楚食苑。他在电话里提前订了"凤鸣"包间，我原以为是一大桌人，没想到只他们两个。

谢专家才四十出头，可头发似乎打算提前退休了，尤其是头顶的一片地方已经寸草不生。他将右边鬓角处的头发留成老长的一缕，从左至右环护在头顶周围，蔡米米戏称这种发型为"地方支援中央"。我没接触过他，听蔡米米说是个挺和气的人，没什么话，在芈家冢待了快一年，就数他待的时间最长。他和大家交往不多，上班就埋头清理文物，下班就钻进了他的房间。芈家冢顺着围墙修了几间屋子，门房、接待室再往里，是几个民工合住的屋子，再过去第二个是谢专家的屋子，他独自住一间。关于谢专家，她就再说不出什么特点了。

芈梓路带谢专家来过一次后，不再露面了。听父亲说，他在村里又办起个淡水虾加工厂，将养殖的虾洗净装进塑料袋里，真空包装起来，送到城内各大超市、菜场，销路相当不错。我心里嘀咕，眼光一贯准确的芈梓路，怎么在芈家冢的问题上就看走了眼呢。

餐馆的生意没有大旺过，却也没有十分的不景气，勉强可以维持。可能是有太多让芈梓路操心的事，他光顾芈楚食苑的时间就稀少了。我将村委会欠的账单拿去找芈梓路，他让财务付了一万多的账，说剩下的年底再结算。在一阵高潮过后，来询问芈楚食苑转让的电话渐渐少了，隔三岔五还会接到一个，我心里干着急，可没办法。

中间，蔡米米传来消息说芈家冢的规划有进展了，可能翻过年就能批下来，还没等我兴奋到一天，马上又有消息来，说是前一个消息是假的，社会上乱传的。好比热气腾腾的时候被人泼了盆冰水，惊凉到骨子里了。

只是父亲似乎对芈楚食苑上心起来，有一天我看见一个人在门前路边徘徊了几个来回，开始没在意，等闲下来细一看，却是我父亲。我赶紧出去迎他，他扭捏一阵才进来，看见蔡米米，咧开嘴很和气地笑了笑，我这才发现父亲的牙掉了两颗，留下一处黑洞。"你妈去淡水虾加工厂上班了，我在家没什么事，出来转转。"父亲冲蔡米米笑得殷切，我赶紧站到两人中间介绍："这是芈家冢的讲解员蔡米米，这是我爸。"

"哦，你是芈家冢的讲解员，那了不起啊。"父亲感叹。蔡米米不好意思地露出了两粒酒窝，脸腾一下红了个透："哪里伯父，没什么了不起的。""那个冢，什么时候挖开啊，我这老头子可等着看那里面的楚庄王呢。""爸，那里面哪有什么楚庄王，专家都不敢确定呢，您倒下结论了。"

"丫头，你说我这老头子说得对不对，不是楚庄王，那也是别的什么王，反正是咱芈家的老祖宗，咱这芈姓啊，可是渊源深啦……"父亲坐在那里和蔡米米讲了一个来小时的芈姓，我从不知道字都识不得几个的他，怎么将那么些关于芈姓的东西装进脑子里的。蔡米米听得津津有味，父亲讲得津津有味，不时露出没了牙的那个黑洞。几时得带父亲去医院补个牙，我坐在一旁暗想。

这以后，父亲就常来了，如果蔡米米在，就会和她说上一阵子。我从不知道父亲有这么健谈。若是蔡米米不在，我会陪父亲坐一会儿，可他又成了我熟悉的闷葫芦，坐在那里不言不语，偶尔望一望大堂，叹气般说一句："今天客人又不多啊。"

8

晚报头版的粗黑体标题新闻：

芈家冢最新重大发现——
竹简"透露"墓主身份之谜

我乍一看到，有些不相信自己的眼睛。抬头看看窗外，再将目光挪回到报纸上，没错，是"芈家冢最新重大发现"。

我是一大早被芈梓路的电话召唤来的。走进办公室，他马上站起身来将一份报纸递给我，眉毛飞扬，满脸毫不掩饰的兴奋。

我坐下来，将消息连看了两遍，抬起头正要开口，他拦住了我的话头，"真是得来全不费工夫，我们还想着怎么制造个轰动效果呢，这效果就不请自来了！"

"这个……"我无法配合他的情绪，感觉自己的目光充满质疑。"不不不，这事可和我一点关系都没有！"芈梓路将手摆得像拨浪鼓，"你叔叔一口回绝后，我就再没往那道上想了。可真没想到啊，天遂人愿，天遂人愿！"他响亮地一拍大腿，站起身来，在狭窄的办公室里转过来，转过去，像一头兴奋不已的熊。

我仔细观察他的神情，倒不像有表演的成分。我又埋头将报上的消息仔细读了一遍。消息说考古专家在一个车马坑内意外发现一扎竹简，经有关专家研读竹简上的文字，虽然还不能最终认定墓主究竟是谁，但可以肯定墓主至少是王或者接近王的高等别贵族。目前，竹简尚在进一步研究中。

"你的芈楚食苑有救了，咱芈家村也有救了！"芈梓路如此反应我能理解，不知怎么自己却激动不起来。我表情呆滞地望着他。"省里的专家已经赶来了，我估计啊，马上还会有更多专家冲着这个来，但愿芈家冢能借此契机一展雄风啊！"芈梓路挥动着两手，显得踌躇满志，豪情万丈。

我一出村委会，就拨通了蔡米米的电话，她说一声"在忙"匆匆挂断了。过一会儿，她打过来，还没等我开口，"你是问竹简的事吧，我们都快忙晕了，来了好多专家，今天怕是不能过来了。"

"竹简到底是怎么回事？""谢专家说挖了好一阵子了，上周才全部挖出来，事前开了会要求我们对外保密，所以没和你说。""你哪怕和我透露一丝丝风影子都好啊，小祖宗！"我不明白自己为什么突然上火，冲着手机大嚷一句，差一点将手机脱手砸出去。

"这是纪律嘛。如果是坏消息，没准我会提前透点风给你，让你有准备，这是好消息嘛，你早一天晚一天知道有什么关系……"我稳一稳情绪，"你先忙吧"，挂了电话。蔡米米又追了电话过来，我没有接，任电话在桌面上震动，信号灯一闪一闪的。

这是真的吗，就像每个人期望的那样？芈梓路兴奋的样子在我脑子里不断地回放，我对自己喃喃低语："是真的，应该是真的。"

这一消息迅速被国内各大网站转发，芈家冢再次成了众人关注的焦点。游客数量也迅速反弹，之前光是芈梓路他们帮忙谈妥的五个旅行社带来的游客，就让芈楚食苑天天爆满，我只好重新拟了个时间表，让各旅行社分时间段安排客人来进餐。员工本来分两班休息，现在不得不连轴转，个个累得一有空就恨不能瘫在椅子上，可他们个个情绪高涨，走路都带着一股风，我承诺月底一定给他们增加奖金。

芈梓路也很忙，他和村委会一帮人忙着筹划"龙虾节"，想借芈家冢这股旺火儿把芈家村农产品加工的外销贸易点燃。"龙虾节"的一项活动内容是民俗表演，有舞狮子、采莲船、舞龙灯、踩高跷。芈梓路将全村人都发动起来了，本来村里剩的主要是妇孺和老人，现在他们扎花灯的扎花灯，做采莲船的做采莲船，绷龙骨架的绷龙骨架，缝扇子的缝扇子，老老少少都忙得不亦乐乎，连我的父亲也披挂上阵，成了龙灯队的舞珠人。

村里在芈楚食苑订了工作餐，芈梓路考虑到中午餐馆接待游客的工作量很大，就将村里的排练活动安排在下午，大家练完就聚到芈楚食苑来吃饭。对此，我很感激。这样也解决了芈楚食苑晚间客人少的问题。

很少踏进芈家食苑的母亲，也来了，跟着村里的一群老姨妈。她走在人群的最尾处，看见我，竟显出几分不好意思的表情。父亲则走在人群最前面，大大咧咧地招呼村里的爷儿们，他一个个安排座位，大声催服务员端茶，上菜，倒酒，仿佛在自家屋里摆桌子请大客。

我从没见父亲这样过,他仿佛成了另外一个人,店里特地准备了上好的自酿米酒,餐餐让村人们尽兴。喧闹声似乎要将芈楚食苑的屋顶冲破。每当看到满面涨红的父亲笑得褶子都堆簇在一起,我心里就弥漫着一股奇怪的情绪,暗自希望这样的时光永远继续下去。

可应了那句话,天下没有不散的宴席。从叔叔突然闯进芈楚食苑我的休息室那一刻起,我就知道,一切终会结束。

9

那天,叔叔没有提前打招呼,突然来了芈楚食苑。我正歪在沙发上小憩,忽然感觉眼前的光影暗沉了几分,下意识睁开眼睛,发现叔叔站在我的面前。他面色严峻阴沉,一言不发地在我身边坐下来,目光逼视着我,压低声音,"是不是你做的?"

"什么?"我吃惊地睁大眼睛。从没和叔叔这么近距离地对视过,我发现叔叔的鼻梁上有根细长的灰白色的毛,它在空气中上下颤动,我很想伸出手去帮他拔下来,可叔叔的表情让我意识到此举不适合于极其严肃的此刻。

叔叔的目光像一轮磨盘压向我,"竹简的事,是不是你们弄的?"我心里"咯噔"一下,赶紧摇头,"不是,我不知道这事。怎么,竹简怎么啦?"

叔叔的目光还在继续磨压,似乎要将我的表情碾碎来,"真不是你弄的?或者,是你们那个叫什么路的村主任做的?"我明白了。"不是,他事前也不知道,是看过报纸才知道的。"叔叔收回目光,但眉头依然没解开。

我一把抓住他的胳膊,"竹简怎么啦,出什么事了?"叔叔叹一口气,再次扭过头看着我,目光里似乎充满忧虑,"真不是你弄的吗，那就好。"他停顿一下，"竹简是假的，现在已经有不少专家提出了质疑。我仔细看过了，确实是假的，里面的有些用词根本不合于那个时期，而且竹简也是新物作旧的。这个你心里有数就行了，别和别人说。"

那天村人们照常来芈楚食苑进餐，望着与昨日差不多的热腾景象，我只是默默在一旁看着。我看见父亲高高地举起酒杯，和身边的人一一碰着杯，大声地说笑，露出了他掉了两颗牙的黑洞。什么时候该带父亲去补补了，我在心里对自己说。

晚上，我给蔡米米打了个电话，她已经有些日子没过来了，一直忙。电话里，她的声音听起来有些沙哑，懒懒的。她说刚刚忙完，送走最后一批客人。"吃饭了吗？"我忽然很想她，想马上看见她的笑脸，那两个又深又圆的酒窝。"还没呢——"她拖长声音，似乎说这话的工夫伸了个懒腰。"想吃什么？"我的声音忽然变得十分温柔，仿佛发自另一个人的嘴。"蜂窝玉米。"她脆脆地答。我笑起来。

二十分钟后，我出现在蔡米米面前，拿着一份热乎乎的蜂窝玉米，还有一份热乎乎的饭菜。"我就知道你会来，都到门口望好几次了。"她冲我一笑，露出了酒窝。"和我一起吃吧。"她边将蜂窝玉米咬得"咔嚓"、"咔嚓"响，边歪过头来冲我傻笑。我心疼地看着她，"每天累吧。"她点点头，又摇摇头，"还好啦。"

我探头看看外面的院子，只两三个帐篷处亮着灯，听得到细碎的语声，可看不见人影。"这黑灯瞎火的，你晚上怎么回去。""管理办八点会安排车来送我们回城。"

本不想问的，可话还是一下子溜出了嘴："芈家冢的规划有没进展，专家怎么说，竹简呢，有没什么问题？""你来看我是假，想探听消息是真吧？"蔡米米停下嘴，歪着头看着我，神情里带了撒娇似的不满，可笑着的一双眼睛显得很平静。我有些心慌，低下头看看鞋子，地上满是泥渍，"不是，随口问问，谁让你和这么热门的事物搅和在一起呢。"我换了玩笑的口吻。

蔡米米不再追究,边往嘴里大口吞饭边讲起白天好玩的事情。她一直没有说起竹简。我暗自忖度,那么,消息还没有公开,也许只是个别专家,或者仅仅是我的叔叔发现了竹简的问题?

我不知道该不该把叔叔来找我的事和芈梓路说,他忙得屁股都没时间落在凳子上。好几次,我想和他说,他不是被人突然叫走了,就是一拍脑袋想起个什么事岔开了话头。我每天关注报纸、电视和网站,都没看到芈家冢竹简有假的报道。可就像一颗定时炸弹埋在心里,你不知道它什么时候就会爆炸,将一切炸得粉碎。我有时心里滚过一丝臆想,会不会是叔叔弄错了,又或者,那天他出现在芈楚食苑根本就是我的一个梦境呢。

然而,这不是梦。先是蔡米米告诉我一个消息,谢专家被调离了芈家冢发掘现场,公开的说法是回博物馆有其他任务,可回去就领了个处分,现在停职待查。传说这处分和芈家冢的竹简有关,而竹简又和芈家村的什么人有关。

"你那天晚上跑来我这里,问我竹简有没什么问题,你怎么知道的,你不会就是那个人吧,和竹简有关的芈家村人?"蔡米米坐在我对面,眼神复杂,语气从未有过的坚硬。

我努力不让目光移开,继续保持镇定与她对视,"第一,竹简的事与我一点关系没有。第二,我也不是去向你打探什么消息。第三,我更没有做贼心虚,问心有愧。所以我才这么平静地坐在你面前,而没有冲你大吼大叫。"

我的语气同样坚硬,它可能像一把剑刺痛了蔡米米,我看到她垂下目光,脸上带着受伤的表情。可我做不到马上化转表情去安慰她,我只能眼看着她一言不发地枯坐了一刻,站起身走出了芈楚食苑。

她的背影在芈楚食苑朱红大门间消失了,我开始后悔,觉得不该用这样的语气来对待她,她一定是出于担心才抽空跑过来找我,可我的身体不听我的使唤，它仿佛被钉在了椅子上，我保持这姿态坐了很久，很久。

像烧水的大锅，鼓出一个气泡后，马上鼓出了第二个、第三个……芈家冢再次成为了聚焦点，这次不是纸媒，古城的纸媒集体"哑声"，可各大网站纷纷制作了关于芈家冢的专题，而最新的消息便是：考古专家大胆造假　千年楚墓芈家冢谜上加谜。

大量的新闻连篇累牍地报道关于芈家冢事件的调查进展，村里的几个人陆续被"请"去协助调查。我一直回避此事，不去打听，也不在村里闲转，我害怕被牵扯进去。可我没想到，有一天父亲也会被"请"去了。

母亲跑进芈楚食苑时脸色刷白，她看见我便一把拽紧了我的胳臂，顾不得抚平喘息，从嘴里喷出一串话来。她的喘息声扰乱了语句，我不得不拿双手扶住她的肩，试图让她先平静下来。母亲瘦弱的肩膀在我的手里不停地颤抖，等我弄明白她话的意思，一颗心在短暂的停顿后，开始迅速下坠。它沉了又沉，仿佛永无止期。

10

芈家村的龙虾节搁浅了，一村人像被捣了蚁窝的蚂蚁。

我也像一只没了窝的蚂蚁，四处惶恐地奔走。我终于弄清楚了，父亲也参与了那件事。芈梓路找到我父亲，请他去给几个民工做思想工作，让他们和谢专家统一口径，这样才能保证竹简合乎情理地顺利"被发掘"出来。我那并不糊涂的父亲，却稀里糊涂地答应了。母亲说，这事父亲没和她细说过，可她知道点影子。那段时间父亲从芈楚食苑回到家，就和她叹气，说小芈的餐馆看起来生意不景气啊。父亲也常跑去芈家冢，虽然只能在外围转悠，可他还是忍不住跑去看。就是在那时候，芈梓路找上门来了。

我不知该骂父亲，还是大声叫着父亲的名字哭一场，无论哪种情况，他都无法看到，我没能见到他。母亲迅速地衰老着，几天之间头发白了一层，我能做的只是编造话语安慰母亲。我告诉她父亲没太大的事，只是把问题说清楚就可以了，主要责任在芈梓路身上。再过几天，父亲就回来了。母亲巴巴地看着我，无比信赖地冲我点着头。我内心酸楚得要命。

"你还好吧，你爸爸的事我听说了。"一个阳光晴好的下午，我接到蔡米米的电话，似乎有很久我没见过她了，具体有多久，我也记不清楚了。"我没事。"我淡淡地说。"告诉你个消息，芈家冢的规划批下来了，已经开始大规模发掘的准备工作了……"

我望向窗外，煦暖的阳光将田野镀上了一层金色，有风正吹过树梢。芈家冢顶上的两棵树，树梢也被吹动了吧。

芈家冢不仅要发掘，而且要"大张旗鼓"地发掘，这是某媒体记录的市领导的话。接着，古城电视台打出连篇累牍的广告称，即将采用系列报道的方式跟踪报道千年古墓芈家冢的发掘工作，期间他们还将针对重大发掘环节，采用直播的方式进行记录，让广大观众在第一时间分享神秘的芈家冢撩开迷人面纱时，带给世人的震撼。目前，他们已经和有关方面接洽好，在专家发掘第一个殉葬坑时，也是后天进行首次现场直播……

我望着电视机，发出了近于无声的微笑。现场直播，万众分享，敬请期待，芈家冢即将撩开神秘面纱！不知道父亲待的地方有没有电视机，看到这个他会不会也像我一样露出笑容呢，我仿佛看见他满布笑纹的脸上，豁开的双唇间那两颗牙齿留下的黑洞，如此硕大深邃。我忽然拿手捂住脸，发出了"呜呜"的哭声。

我进入了芈家冢的发掘现场，我从一个个埋头专注于地面的专家身边走过去，他们仿佛没有看见我，几台摄像机正对准他们。墓道深长，光线愈来愈暗，我躬下腰往里走着，不时翕动鼻翼，空气里弥漫着潮湿阴冷的酸腐味。我看不清楚脚下的路,只能伸出一只手摸索着墓道的墙壁,手感沁凉、坚硬,我看不清楚那里是泥土还是石块。我的另一只手里端着一个沉甸甸的圆状物体,我将把它埋进芈家冢的渊深处,然后,在某一特定时刻,按住胸口,那时,我将听见期待中的一声烈响。

墓道深长,我一步步往前走着,右手冰凉,左手灼烫,我一步步往前走着……

直到被一声烈响惊醒。

龙头龙尾

早两个月，陈家村的各家各户就开始往回招人了。多半是通过电话，利落，方便，陈显然家不行，越洋电话太贵。他让侄儿给他父母家连了宽带安了视频，约好每周日的北京时间早上十点通电话。可用得少，侄儿在那头总弄不利索，折腾两下子，陈义全就不耐烦了，一挥手"算了"。

这次是陈义全要求联线的，倒顺利。他刚在视频上一露脸，就像被自己的模样给烫着了，倏一下缩了出去。陈显然不得不大声说："爸，别躲，我看到你了。"陈义全的脑袋小心翼翼显出半拉来，"你真看到我啦？这小框框里是我么？"

距离远，声音比画面迟滞几秒钟。陈义全的嘴巴开合两下，"今年正月里舞板凳龙，上一次你就错过了，咱家搁外面请的人，这一次可不好再误了，村里人都说你家显然该回了……"话筒里夹着"嘶嘶"的杂音，声音像被切碎了。旁边突然伸来一只手，在陈义全肩头扑了两扑，陈义全一抖肩摆开那只手，扒拉两下头顶上稀疏的头发，"今年回吧，你妈想看孙子都快想疯了。"

"爸爸，啥叫板—凳—龙？"虫子凑过来，原来玩着积木的他耳朵一直竖着呢。陈义全的脸蓦地胀大了一圈，声音也粗壮了："是虫子吧，虫子，我是爷爷！"

陈显然赶紧将虫子的头按到电脑前，"叫爷爷。"虫子倒乖，叫得清脆。"哎，虫子想不想爷爷？"陈义全的头被挤出一小半，旁边多了个脑袋，"虫子，想奶奶不想，都齐腰高了吧？"陈显然看到母亲脸上的皱纹深利了不少。

陈义全在那头叮嘱了又叮嘱，同样的话重复了三四道，仿佛是晚饭多喝了二两小酒。陈显然没有答应也没有不答应，这跨海越洋的，回去一次哪那么容易。

睡觉前，虫子缠着陈显然讲板凳龙，陈显然开始有些敷衍，拿手比画，不成，又拿笔在纸上比画，说着说着，仿佛一扇板壁忽然间被捅开了个大口子，刺目的光亮射穿了记忆。一时间恍惚起来。是啊，板凳龙，打小就在嘴边滚动的字眼。但凡是陈家村土生土长的人没有不经历过的，从看热闹、跟场子到举着板凳龙满场子跑⋯⋯一度，它连同许多往事都被尘封在记忆里。随着这三个字重新滚动在舌尖，它们忽然间又变成了热烫烫、活泼泼的东西。

这一晚，陈显然都在梦沼里翻滚。他梦见了板凳龙，绵延得无边无尽。他跑啊跑啊，舞啊舞啊，不知咋的，那龙就活了起来，他甚至看得清龙爪上一片片散发着幽光的鳞片，他仿佛被绞进了一片炫目而迷离的光影里，身子浮起来，整个村子在身子底下奔跑，迅疾得让他头晕目眩。他竭力抓紧龙爪，生怕自己掉落下去。忽然，他看见了虫子和凯蒂，他们站在村前的大槐树下，虫子拿手指着天上，一脸的兴奋，他赶紧大声叫"虫子，虫子"，可虫子似乎没有听见，他急得直招手，身子骤然坠落下去⋯⋯他大叫着醒来，心脏仿佛还在疾速的坠落中，好一刻才与木木的身子合为一体。

陈显然拍抚着"噗噗"跳动的心脏，做出了一个决定：回！

陈同兴将最后一个商标仔仔细细滚了两道线，拿手指一勾，剪断，线头拉长，在压舌下压好。身边的工人陆续起身了，他越过人丛寻找车间主任的身影。厂里只放七天假,除夕到初六。他得提早和车间主任打招呼,要不请假说情的人多了,这事就不好办了。

"主任,咱村今年正月里舞板凳龙,四年一回。"陈同兴边说边拿手挠头皮,另一只手的四根指头竖起来。车间主任斜睨着他,似乎不相信他的话,又似乎在说四年一回又咋的。

"我、我想迟两天来。"陈同兴递上一支烟。他不抽烟,午休时特地买了一盒。车间主任不接,依然斜睨着他,"厂里统一休息,你一个人来上班?厂里统一上班,你一个人休息?"

陈同兴急了,将一盒烟递进车间主任的口袋里,"我知道节里要赶货,我、我可以春节加班,正月初十再休,行不?我爸说了,你妈病了可以不回,你老子摔了可以不回,你奶奶卧床那么多年你可以不回,今年节里说什么都得回,要不家里寡他一个人,有天大能耐也撑不了三条龙,更别说龙头了……"

看车间主任漫不经心的样子,陈同兴还想往深里解释,没想到主任头一点:"最多六天假。"陈同兴赶紧拿手在额边敬下礼,"遵命!"

陈同兴有三年没回去了,头一年春节是厂里加班,赶一批外销货,中国过节人家国外不过节,厂里硬性规定不得请假,凡请假的一律视为自动辞职,节后不必再来上班。后一年是没提前买到回去的火车票,到腊月二十八那天,三个人提着行李准备去车站碰碰运气。嘀,车站前的广场上黑压压一片。三个人像烙饼似的在这热腾腾的大锅里折腾了一回,直挤得冬瓜哇哇直哭,陈同兴肩挑背扛的,从里湿到外,看看前路依然是茫茫人海,不知何处是归途,一咬牙"别回了"。再一年票也买好了,假也请好了,晓燕忽然急性阑尾炎发作,三个人在医院里过了个凄凄惨惨的春节。一年的积蓄大半抛洒在了医院里,心疼得晓燕恨不能自个儿拿刀将那作怪的东西剜出来。

今年即使没那板凳龙大会,陈同兴也想回了。他想家,想那辣乎乎的土菜,想那奶奶亲手做的米粉肉,想那烟熏火燎的腊肉和辛辣辛辣的酱姜……细想想，真是没出息啊，怎么念的尽是些吃食。其实这些晓燕都会做，一样的方法，一样的配料，可做出来的就是没那股子老家的滋味。冬瓜也年年盼回，他盼下雪，来这边三年了，连滴滴雪影子都没见过。用冬瓜的话说：这里的冬天真没劲，没劲透了。

四年前那次板凳龙大会，冬瓜已经满地跑了，在祠堂前的泥地上蹲得一身泥，两瓣脸蛋冻得红赤赤的。一不留神，就钻到舞龙堆里去了，慌得晓燕满场子疯找。别看一个个板凳龙歇着时，安安静静、乖乖顺顺的，那龙一旦跑起来，就连人一同疯魔了，满场子都是奔腾的、迅疾的风，刮得倒人。

一听说今年可以回老家看板凳龙，"哇呜——哇呜——"冬瓜就兴奋得满屋子闹腾起来。三年了，从老家乡野里带来的野性还是没见多少收敛。不过，好些孩子过惯了这里的生活，嫌老家脏老家穷，老家没有游乐场、电玩、溜冰场，没有正正规规的厕所、一打就着的热水器、很少"结巴"的自来水管，冬瓜不，似乎哪里都比不过他心心念念的老家。问他老家哪里好，他也说不出个子丑寅卯。

晓燕家离陈同兴家隔两个村。往年在老家的话，这时就该四处召唤亲朋好友了，桌席得提前订好数，谁来谁不来，来多少人，主家心里有笔账，账算得越清楚，那天场面上就越不慌，越圆满。平时家里有多少亲朋，没人去在意的，这一天不同，各家各户摆多少席，来多少客，都彼此看在眼里。赶多少份子钱是次要的，重要的是人气，是排场，是脸面。

此次回去，陈同兴心里还有个想法，不同以往的想法。这想法早在他心里扎了根，生了须，只是他不知道他爸陈耕耘听到这个想法，会是什么反应。不管什么反应，他都要说。这关系到他们家的底气，关系到冬瓜往后的底气，关系到往后冬瓜的儿子的底气……

"今年老三、老五家都添了丁，算是咱家最旺火的时候，场面一定要做圆满了，你、你的同事、朋友，还有你媳妇婆家的、你老公娘家的，能请来的都请来……"陈茂生接到通知的第二天就召开了家庭大会。会的规模不小，除了离家远点的老二和老五两家有人没赶回来，其他大大小小三十一口人都聚在主屋的客厅里。一个筹备组在会上成立，各种事宜——分工到人。陈宏进是长子，理所当然担任组长。很快，会议精神通过电话传达到了远在京城的陈达路一家和在上海的陈达飞那儿。

陈达路正在给儿子把尿，别看这小子才五个月大，嘘嘘起来尿线又粗又远，冷不丁地就射出了马桶边缘。车娟先接的电话，说了两句，就冷冰冰地将电话贴在了他的耳朵边上。陈达路边听电话边灵活地调整姿势，以确保尿线准确地入注马桶。话音像尿线一样，有些抖。"什么……你说什么，板凳龙……哦，又四年了，这日子过得真他妈快，呵呵，是啊是啊，正给小祖宗把尿呢，眨眼工夫他都这么大了，你说时间能不过得快吗……好好，我和车娟商量一下，争取回……"

陈达路将儿子放进摇床里，一回头看见车娟绷着脸，一把搂住她，"丫头，这又是怎么啦，嘴撅得可以挂油瓶了。想不想看传说中的板凳龙，达林说今年村里板凳龙大会……"车娟一边嘴角斜翘起来，"你曾经带哪位妹妹去看过啊？"陈达路手松开来，拿起摇铃逗儿子，"哗啦啦"一阵响。

车娟不依不饶，"达林口口声声说你带我回去看过板凳龙，我可是连板凳龙长什么样都不知道呢，不是说四年一回嘛，四年前这时候我们刚认识呢，也不知道是哪位妹妹有这样的眼福……"车娟的口气带了酸。"哗啦啦……哗啦啦"，陈达路不答话，闷头逗儿子。

车娟把住摇铃，瞪视着他。陈达路只得求饶："祖奶奶，我带孩子已经带得脑子里一片空白，即便是我带过女孩去看板凳龙，那也可能是我初中或高中班上的女同学,只是带她们看个热闹而已⋯⋯""你不要狡辩了,达林难道不知道我们什么时候谈恋爱的,怎么会错当成是我⋯⋯"

当晚,陈达路抱着被子睡在了沙发上,卧室门被车娟锁得紧紧的。他做了个梦,梦见儿子长成个金刚葫芦娃一样的壮小子,手举一条小飞龙,上上下下舞得溜圆。忽然,大地剧烈地抖动起来,沙土纷纷向着中心滑坠,眼见得儿子双脚陷落下去,接着是身子,儿子满脸惊恐,哇哇大哭起来,陈达路想扑过去拽住儿子,可身体像被胶水给糊住了。他猛力一挣,身子竖起来,一眨眼睛,真是儿子在哭。忙奔过去,卧室门不知什么时候打开了,车娟正抱着儿子来来回回地走,"快冲奶粉。"

屋里只一盏地灯亮着,儿子嘟噜着嘴使劲地吞咽奶水,车娟的表情被灯光映得温柔宁静。陈达路凑近去,车娟没有动。"春节回吧,我带你和儿子好好看一回板凳龙。"陈达路说得有如梦呓:"今年,儿子也有一条龙了。"

达林给达路打完电话,转头打给达飞。他是筹备组的联络小组组长。达飞的电话响了半天,才有个娇滴滴的女生接了:"您好,请问找陈医生吗?"达林心里敲一下鼓,应一声。"他正在手术。""那麻烦你,告诉他下了手术台一定给我打个电话,有急事。我是他弟。"

凌晨一点,达林才接到达飞的电话,他的声音软得像化在水里的泥,说刚下手术台,是一台肾移植手术,做了整整十七个小时。"你今年不会又没空回吧,爷爷可说了⋯⋯"陈达路的眼皮直往一处粘,嘴里"唔唔、嗯嗯"。等回家睡足了一觉,他才依稀想起陈达林的这通电话,春节逃不了要值班的,医院是越到过节越不得闲。况且这刚肾移植的病人,五十出头了,也不知道能不能过那几道生死关。

达林顺着名单一个个打电话。稍有点犹豫的,都丢了狠话,"要回,怎么能不回,爷爷说了但凡还认这个家门的,正月里下雹子掉石头都得回。"

这是陈昌耀上任后的第一次板凳龙大会。虽说四年一度的板凳龙已经在陈家村舞了数百个年头,而他也亲历了近十回,这一次却非得舞出点新名堂不可。从前一年的正月初一开始打主意,各种各样的念头像一条条生龙活虎的板凳龙在他脑子里翻转腾挪,缠缠绕绕,曲曲折折。从头到尾,细枝末节,他琢磨了无数遍。

陈昌耀冲村干部和群众代表掰着手指头,"今年要创几个历史第一,龙头龙尾第一大,板凳龙数量第一多,游龙队伍第一长,参与人数第一多,跑龙里数第一长,人气指数第一高,全村当日收益第一多……"再进一步细化:今年的龙头龙尾不用纸扎,用绸布,祠堂里外翻新,礼花要能闹翻天,不仅要游遍咱陈家村的家家户户,还要舞遍邻近的兄弟村……"我们还要第一次大规模地邀请媒体记者,邀请专家学者,邀请投资商……总之,这场板凳龙大会我们要跳出自娱自乐的'小圈圈',一定要闹得红红火火沸沸腾腾张张扬扬,让陈家村乘龙势而飞升……"

陈昌耀满意地看到,像一架性能良好的机器,全村马上发动起来。之前对他有所不满的人,这一次也没站出来唱反调调。连为儿子的事隔三岔五上访的陈孟桥,也兴致勃勃地修枝取竹,在家扎起了板凳龙。他不禁窃喜,自己这步棋走得恰到好处。

他上任前的那一次板凳龙大会,龙头龙尾大大缩水,参加的人数也大大缩水,好些去外地打工的男丁都没赶回来,很多人家花钱请人来替工,那龙舞得稀稀松松、疲疲软软,半路掉链子的特别多,大家用的多是旧凳旧榫,还没到转钟就收了场。那一年,陈家村的年均收入在全乡甩尾巴。

这一次，他特别强调："凡是从咱陈家村走出去的，心里还认咱陈家村这家门的，都得给我回来！"他期望陈家村舞出一条前所未有、让村人震动欣慰并终生难忘的板凳龙，让这场大会成为一种召唤。这样才不枉自己当了一回陈家村的当家人。

当了三年村官，陈昌耀自信为村里办了不少好事，可还是有人不领情、不认好。上个月县政府的朋友悄悄告诉他，又有人在告他。朋友不肯透露姓名，他以为是陈孟桥，可朋友摇头说不是。他在心里一寻思，为公事得罪的人不是一个两个。就说陈孟桥，他的儿子没考上大学，被招进村边上的化工厂做事，前年忽然查出得了白血病，他怀疑是原料污染造成的，说厂里不少人都是一样的症状。厂长找到陈昌耀让他帮忙出面做工作，厂里赔点钱可以，但不希望把事情闹大。没想到，陈孟桥是根牛皮筋，拿了两万不满意，拿了五万还不满意，告到县里又告到市里，说还打算告到省里。告企业不说，还扯上了他，说就是他把这化工厂引来的，祸害了一村水土一村人。陈昌耀听了，能咋的，满腔委屈只有往肚子里咽，还得想方设法派人去安抚他。逢到重要的节日，就找到与他要好的兄弟，掏钱买两壶酒、几斤猪头肉，让他上门陪着陈孟桥好吃好喝。好在陈孟桥酒量不咋的，三杯就倒，倒下就发出了让人心安的鼾声。再比如，为了把村里的土地资源盘活，请了开发商来联合建房，就有人死活不肯签字让地。还有为村西两口鱼塘承包的事，两户人家明里暗里争得狼烟四起，最后不得已，他定给了另一户人家。村里一百多户人家，你想一碗水端平，千难万难。更让他想不通的是，他为了村子的事应付这个应付那个，想破了脑子花尽了心思，酒桌上杯来盏往，肠胃日日浸泡在酒精里，却有人告发他天天花天酒地，大吃大喝。但凡与他沾点亲带点故的，得了点好，就有人写匿名信说他以权谋私。只要政府有点钱款拨下来，马上有人盯着这钱的来处与去处，稍有不慎，马上有人去告。第一次被人告时，他心焦气闷想不通，他妈的，现在的村官怎么这么难当啊！慢慢的，次数多了，也就麻木了。他安慰自己，只要让大家看到了陈家村的起色，看到陈家村的变化，看到陈家村的前景，那些私底下的嘀嘀咕咕自会烟消云散吧。可真要让一个村见点起色，也难。

陈昌耀将村里的老人召集起来，还有人搬来了竖版的线装古书，大家七嘴八舌地将板凳龙的规矩理了个透。那些随着岁月流逝而模糊、淡迹、失落的细节，重新被缝合在一起。今年陈家村舞的将是最原汁原味、最具复古风味的板凳龙！

龙头和龙尾，请了乡里手艺最好的师傅扎，龙骨取的韧性十足、经过几煮几晒的新竹，绸布也是寻谋的色彩最艳的，灯彩是质量最好的，木头挑的上好的榆木。无珠不成龙。照规矩做龙珠的竹子不能是自己村种的，也不能是集市上买的，得到邻村的山上去偷。偷毛竹那天，陈昌耀亲自上阵，率领二三十人背着铳敲着锣，浩浩荡荡地开到邻近的徐村的竹山上。徐村早一天就得了"暗道"消息，一帮孩子正翘首盼着呢，看到"偷"毛竹的队伍逶迤而来，便纷纷涌向竹山。陈昌耀挥动砍刀砍下第一根毛竹的时候，孩子们一拥而上抓住毛竹，大声喊"有人偷毛竹了、有人偷毛竹了"，陈昌耀赶紧从口袋里掏出一把红纸包撒向孩子们，趁着孩子们拣红包的工夫，他用红头绳把一盏点亮的灯笼拴在竹竿顶上，背起竹竿撒开步子往山下奔，奔得太急不小心扭了腰。等在山下的队伍远远地看见亮起的灯笼，知道毛竹已经"偷"到手了，马上敲锣打鼓，放起铳来。三响之后，一伙人簇拥着毛竹喜滋滋地打道回府。

村里为这次板凳龙大会投入了十万，都是陈昌耀四处筹集来的，村里各家各户又凑了十二万六千九百元，在广东开公司的陈升茂捐了二万，他自个掏了八千，村干部每家出三千。今年一条龙都不能少，满打满算是三百六十八条。光棍陈先银家，孤寡老人陈树人家，孤儿寡母的陈冬娣家，他都派人送去了木头、竹条、纸、蜡，还送去了请人舞龙的钱。本想给几个困难户都做好了板凳龙送过去，被陈茂生拦住了，"别，这板凳龙讨的是个彩头，再孬再歹，都得各家各户自己出。"

正月初三那天，陈昌耀率领村干部挨家挨户拜年，见到的生面孔不少，像陈义全家的大儿子八年没回了，这次万里迢迢从英国赶回来，还带回个洋媳妇，一头金发，碧蓝眼睛。陈昌耀立马想到，她要是往人堆里一站，绝对抢镜头。看洋媳妇胸前挂着相机，他满意地打着哈哈："好好好，多拍拍，把咱们陈家村的板凳龙宣传到国外去！"

每进一户人家，陈昌耀眼一溜，就瞅见了板凳龙。它们安静驯顺地蹲伏在墙边、柱下，无声地述说着这家男丁的数量。它们和这家人一样，等待着被正月十五那天的激情点燃。

也许是世事经历太多，陈昌耀心里并不踏实。看起来太完满的事情，往往容易节外生枝。世间哪有真正的完满！只有等到最后一条板凳龙归家上梁的那一刻，他才能彻彻底底地松一口气啊。

回家前一天，晓燕出了点篓子，陈同兴一家差点没成行。为了攒足假，陈同兴只除夕休息了半天。三个人的团年饭做了四个菜，一个鸡汤水饺，一个酱猪耳，一个红烧鱼，一个菜心。冬瓜不挑食，扑在鸡汤上吃得津津有味。一家人守着台21寸的电视机边吃边看春晚，不到十点，陈同兴就和晓燕睡下了，他正月初一还得加班。

晓燕在家没歇两天，心就不踏实了，自行车后面驮一箱纯净水去火车站附近卖，卖完顺便捡瓶子，收废旧。别说，火车站流流沓沓的客，也不知这大过年的怎么还有那么多人在路上，捡的瓶子竟比平时多出几倍来。

看到路边有几个空瓶子，晓燕准备跳下车去捡，"哐——轰——嘭——"一串响，她还没反应过来就觉得视线一片混乱，身子不受控制地脱离了自行车，凌空飞起直撞到路边一棵大树才停下来，脸擦着树干滚落到地上。面颊、手掌、腰、背，顿时疼出了不同的滋味。晓燕挣扎着直起上身，透过凌乱的头发看见自己的自行车后轮蜷曲在一辆越野车的前轮底下，一个戴墨镜的男人正弯腰察看汽车前轮。

脸上火辣辣的一片，像有火舌在舔。晓燕定一定神，"哎，师傅……"男人回过头来，"怎么骑车的你，没看到我的车拐弯吗？"盛气凌人的口气，晓燕一愣。"师傅，是你从后面撞上我的……""谁是师傅，大过年的你赶什么赶，你看看我这刚买的车，就被你弄花一大块漆。真他妈倒霉！"

"师傅，哦，先生，你讲讲道理好吧，是你从后面撞上我的车……""别那么多废话了，你好好骑车的话，我哪能撞到你。"男人又弯下腰来打量自己的车。

晓燕看看四周，流流沓沓的人，有拖着箱子的，有背着包的，有肩挑手提的，也有空着手的，没有一个人停下来。晓燕扶着树干站起身来，"先生，我好好地顺着马路……"

男人不耐烦地一挥手，"说吧说吧，你要多少钱！"不等晓燕搭话，男人从怀里摸出几张老人头："五百，够不够？够你买两辆车了。"墨镜下的嘴向一侧歪上去。男人将钱往晓燕怀里一塞，麻利地将自行车从车轮下拽出来，扔在路边，拔腿准备上车。晓燕赶忙忍住疼，一伸手拽住他，"先生，你不能就这么走了……"

"嘿，你不是存心碰瓷的吧？"男人回过头来，声音里陡然带了狠劲。晓燕手上松了一下，又蓦地抓紧了，"先生，我不是讹你的钱，你看我这手，这车……"不只脸和手，腰也在钝钝地疼，刚才撞上树的那一下，力道可不轻。万一……她可不能让这人就这么走了。

"我可告诉你，给你钱是爷们看你可怜，像你们这些碰瓷的，我遇得多了，可真没见过大过年的还舍得出来碰瓷的，要钱不要命是吧，爷可不怕，我告诉你，今儿再给你加一百，讨个吉利，你别给脸不要脸！"

晓燕急得眼窝子生疼，嘴里却说不出来，只一双手拽得紧紧的。男人不耐烦地拿手掰她的手，嘴里骂骂咧咧。"要爷拿脚踹你是不是，真他妈晦气，你再不松手，老子可真踹啦！"晓燕心里只一个念头，这手不能松，万一……靠陈同兴那点工资，哪看得起病。她嘴里叫着："我们一起找交警解决，你和我找交警去……"

"妹子，我看你就算了，这大过年的交警也不会管你这点小事。"说话的是路边杂货店的老板。不知怎的，一听这声音，晓燕的眼泪扑簌簌就下来了，"老板，你帮我评评理，是不是他撞的我，我好端端地……"老板满脸皱纹，半头白发，叹一口气，转向男人，"兄弟，我看这妹子也是可怜，谁大过年的愿意出来卖东西，你就再多给两个钱吧。"

男人趁这工夫已经抽出了手，从怀里又掏摸出两张钱，甩在晓燕的脸上，"恭喜你发财，婊子！"晓燕还要拉住他，老板拦住了，"算了妹子，赶紧去医院看看吧，你这脸上擦破了皮，还在渗血呢……大过年的，和气生财，和气生财！"

陈同兴赶到时，晓燕还坐在马路牙子上，不停地拿手抹眼泪。眼泪辣辣地渍过伤口，源源不断，可已经不觉得疼了。她本想自个儿推车回去的，走了两步发现脚踝那儿疼得像要炸开一般，而且车轮扭得脱了形，根本推不动，这才让杂货店老板帮忙给陈同兴打了个电话。

脚踝骨骨裂。"住院吗？"医生问，晓燕和陈同兴不约而同地摇摇头。打石膏板上药花了二百三，晓燕不肯在医院拿药，说照着处方去药店买便宜很多。两人叫了辆麻木（机动三轮车），破自行车横在司机和两人的膝盖之间，晓燕的腿没法收，白刺刺的一条，和扭曲的车轮一起伸出车外。

一路上，风从敞开的车门外长驱直入，晓燕擦过红药水的脸像覆了一层硬纸壳。陈同兴在一旁掐指细算，"还有五天就是初十，你这腿可咋办？""咋办，大不了我不回，儿子也别回了，免得路上折腾。""那不行，照陈家村的规矩，他也出一条板凳龙，爸特地交代了，冬瓜一定要回。"

冬瓜回了，晓燕也回了。三人退了火车票，买了直达的汽车票，卧铺，免得中途转车。到家已经是正月十二的早上了。一进门，冬瓜就瞅见了靠墙摆着的三条板凳龙，"爸，哪条龙是我的？"

"问爷爷。"陈同兴把晓燕搀进屋里。"爷爷，爷爷，哪条龙是我的？"陈长春一把抱起冬瓜，"你说哪条是你的，哪条就是你的！"冬瓜一点灯笼上面贴了小龙剪纸的那个，"这个、这个，我要这个……"

"这不是龙！"虫子大声叫道，"爷爷骗人！龙头上有角，身上有鳞，嘴巴是这样，爪子是这样，我在书上看过。"虫子边说边比画。

陈义全小心翼翼地将最后一个灯笼安上，左右端详一下，家里的三条板凳龙都做好了，齐齐整整地排在木窗棂下。老屋后壁的墙根下，还顺着一长溜板凳龙，分别是显然姑姑和叔叔家的，全家加起来共有七条龙。他不急不慌地将灯笼扶扶正，"爷爷没有骗你，这只是龙的一截身子，等到正月十五那天啊，你就能看到真正的长龙啦。"

陈显然带着媳妇进了城。洋媳妇结婚前来过陈家村一回，转眼虫子都五岁了。洋媳妇一部相机不离手，这里拍拍那里拍拍，落满尘灰的木窗格，上面雕的戏曲人物有不少被铲没了脑袋，落雨的天井满是褐绿色的苔痕，木门上的门闩不少成了摆设，堆满农具的荒败的偏屋，门前的檐眉缺了一处角，陈义全不知道洋媳妇拍这些有什么意思。家里唯一新簇簇的门口那副对联，红底上衬枝蜡梅，肥圆的印刷字体，端庄又喜气，偏偏洋媳妇说"不好，不好"，非让显然用毛笔写了一幅换上去。到底不是本乡本土的姑娘，陈义全看来看去，还是觉得有点隔涩。

从城里回来，陈显然和洋媳妇埋头在手提上看拍的照片，陈义全也凑上去看了一眼，都拍的什么啊，裂了缝的房子，蜘蛛网一样的电线，马路上的坑坑洼洼，路边堆的垃圾……"你们拍这些干吗？"洋媳妇憋着半生不熟的中国话，"爸，这都是'斗夫叉'工程，很多'坡'了，这些垃圾很'藏'，不'因改'……""爸，她觉得中国发展速度太快，带来的问题很多。"

"你们要把这些带到国外去？"陈义全竭力克制住情绪，儿子媳妇难得回来一次，又是大过年的。"你们不能只看到这些啊，那城里还有好多漂亮的楼房，十几二十层高呢，玻璃亮晃晃的，还有那新修的大桥，多气派……"陈显然赶紧关了页面，"知道了爸，我们会拍的。"

陈义全还是想不明白，这洋媳妇口口声声喜欢中国，她喜欢的究竟是什么啊？似乎，她对这老屋子倒是蛮感兴趣，那天陈义全刚一提显然姑姑想卖老屋的事，她马上"NO、NO、NO，不要卖，这'系'宝贝"。

去年底，显然的姑姑来和他商量，她的大儿子快成家了，小儿子也不小了，这老宅分给她的三间房不够住了，想用这老宅向村里换几套宽敞些的新屋，或是向村里要块地再做新屋。像村头的陈茂生家，连体一溜的三幢四层楼房，六兄弟你挨我我挨你，多气派。

陈义全知道这话的起因，有人想盘下这幢老屋，肯花大价钱，说要做成一处依旧作旧的乡村客栈，看重的就是这份老底子，屋子里氤氲的老旧氛围。那人还托了村主任来说情，被陈义全一口回绝了。这老屋可不能在他手里卖掉，全村就数这幢屋子年岁最长了，眼见得好多人家拆了老屋建新宅起楼房，陈义全没动过心。住在老屋里,就仿佛还依偎在祖祖辈辈的怀里。

趁着春节一家人都到齐了,陈义全让大家一起拿个主意,显然姑姑和叔叔家的意见是七比三,同意卖的居多。显然和洋媳妇是反对,陈义全是坚决反对。看到比例不敌对方,洋媳妇甚至举起了双手。末了,陈义全说了一番话:"这屋子老是老了点,旧是旧了点,可住着舒服,踏实,这里角角落落都是先辈人留下的痕迹。这里的一木一砖都是咱祖祖父肩挑背扛回来的,那根主梁是万里挑一的好木啊,一百多年了还不见一点点糟。窗棂上的木雕被人毁坏的那天,祖父和父亲掩面痛哭,他们觉得对不住祖辈的心血,我们,也不能对不住祖辈的心血啊……"

一席话说得一屋子人沉默不响,后来是显然打破沉默,"这样吧,我来找村主任说说,看能不能保留老屋,另外还给我们批块地。说起来这百年老屋,也算得是文物了,是被保护的对象。在英国,越是老房子越是价值昂贵。金钱唯一买不来的就是时间,老屋子在他们眼里都是宝贝。"

晚上,姑姑的大儿子显贵来找显然,说急着结婚,女方肚子里已经有了,现在就差房子。陈显然知道他的意思,"就在老屋里挤挤吧,我那间房可以先借给你。""女方父母说了,没有新房就甭提结婚的事。他们说这老房子到处是木头,万一哪天着了火,呸呸,看我这大过年的说这么不吉利的话,他们还说上厕所什么的也不方便,而且,结婚住在这么个老屋子里,亲戚要笑话……""你怎么想,住这房子觉得丢脸吗?"一句话问得陈显贵嗫嗫嚅嚅,半天答不出来。

这次回来,陈显然突然发现村子一下变得簇新新的,很多老屋都消失不见了,一幢幢瓷砖贴面的楼房,新修的水泥路,翻修过的祠堂,路边硕大的广告牌,还有中不中西不西的村办公大楼,这一切都让他感觉是那么陌生。他竟找不到一扇可以回到童年、少年时代的门。还就是这幢老屋,残存着一股让他眷念的气息。

在国外，通过网络可以看到关于国内的种种报道，好的看了高兴，坏的看了伤心，以为一直在关注，以为很了解，可等到真正回来发现和想象中的并不一样。似乎印象中的很多东西都在被一股力量抽离，迅疾得让人难以抓握。

从早上睁开眼睛，就能听见姑姑叔叔家响起的麻将声，这声音时断时续一直"嚯嚯"地响到深夜。村子里的时光，似乎被这声音填满了。从村里一路走过去，总能和这声音相遇。在国外好几年没碰过麻将的他，不习惯这声音，也不习惯和人聊天的内容。坐在一起，大家议论最多的是钱，今年赚了多少钱，买的房子花了多少钱，菜价涨了多少钱，身上的衣服用了多少钱，开的车贷了多少钱，送礼送了多少钱，牌桌上赢了输了多少钱。大家似乎都觉得他在国外生活和这些年，一定赚了大钱。可在国外，他和凯蒂过得很清贫。凯蒂做一份文秘工作，业余时间在一家幼儿园做义工，不拿一分钱。而他的工资也不算很丰厚，可是一家人过得轻松怡然。钱，似乎只是生活的极小一部分。

他们未到小年就回了。每天他带凯蒂出去走一走，看一看，回国前夕鼓胀在身体里的兴奋和期待却在慢慢冷却。他甚至有些后悔，万里迢迢赶回来过这个年真的值吗？

正月十二，陈家村喧腾起来。各家各户有拿着封存的板凳龙来祠堂上香的，也有举着新做的板凳龙来的，不管新的旧的，一律披上新"龙皮"——尚好的旧灯笼保留骨架，重新覆一层薄纸。有的刷红，有的染蓝，有的贴上玲珑的窗花，有的贴上盘曲的小龙。

忽然间，年味就铺天盖地、满满盈盈了。人们在村路上相互打着招呼，有自小熟识的，也有多年未见的，人人眼里透出一股喜气。陈同兴和他爸拿着两条旧龙、一条新龙去祠堂上香，冬瓜不愿进去，跟一帮小朋友在祠堂前的空场上玩，摔鞭砸得"啪啪"响。孩子是最快活的，跑得风一样，尖叫声在村尾都听得见。祠堂里张了大红榜，按原来生产队的排名写着接龙的前后顺序。陈同兴在红榜前站了站，一眼捉到陈耕耘的名字，心里敲一下鼓，那个想法什么时候说合适呢？

陈茂生一家动静最大，十来条汉子抬着十来条龙。"茂爷，还是你家气派啊！今年都回了吧？"一路不停地有人打招呼。"没呢，就差达路和达飞了，在往回赶呢。"陈茂生昂头走着，满头白发被风刷成了一面旗。

达飞医院值班，说正月十三一早才能到。达路春节落脚婆家，上两天班再赶回来过元宵节。今年也是一家人的大团聚，五代同堂，十五条男丁十五条龙。正月十五那天，他们要摆五十桌席，风光就彻彻底底风光一回。

他们一进祠堂，其他人都不约而同地让出中间的场地。像表演一样，陈茂生带着十来条汉子上香，行礼。陈同兴站在一旁看着，心里说不清楚的一腔滋味。从小，他就知道不能招惹这一家的孩子，他爸总说村头陈家家大势大，人丁兴旺，而咱们家几代单传，就你这么根独苗，这就是命！每当走过村头，陈同兴心里就升腾出一股既羡又恨、既好奇又害怕的情绪，他听见院子里传来孩子的叫嚷声，他们在玩游戏，似乎有很多孩子，他放轻脚步、一步三回头地走了过去。其实，村头陈家的孩子对他挺客气，远远地招呼他过去玩，他总是腼腆地摇一摇头，拔腿跑掉了。

今天看见他们，那些和他一般大的孩子，都长成了汉子。陈同兴没有了年幼时的害怕，可心里依然是五味杂陈。他即将说出的那个想法，会否让村头陈家的汉子不屑一顾，或者被村干部一票否决呢？他看见他爸在和陈茂生打招呼，满脸谦卑之色。他一把拽上陈耕耘，匆匆跨出了祠堂。

晓燕的腿一直疼，也不知是骨头没对好，还是发了炎。他责怪晓燕大过年的去捡什么瓶子，为几个钱捡出这么大的麻烦。晓燕不言声，低着头织保暖拖鞋，她和一家鞋店说好，做好的鞋放在店里寄卖。晓燕的样子看得他一阵心疼，不免自责，先前的言语太重了。

结婚十年了，在老家的时候，晓燕跟着他贩过菜，凌晨四点起床到批发市场去进菜，晚上守到八点夜市收摊，冬天手冻得裂开一道道血口子，指甲缝里的泥怎么洗也洗不干净。有一年除夕，晓燕和他睡在路边的窝棚里，为了那些卖不动又搬不走的脐橙。因为看走了眼，那年他亏得一塌糊涂，恨得狂抓自己的头发，喝闷酒发酒疯，指着晓燕的鼻子要她走，不要再跟着他这个窝囊废了。晓燕不说什么，他砸了杯子，她收拾碎片，他弄伤了手指，她给他包扎，最后他抱住她"哇哇"地哭得像个孩子。人的命真的是上天定好的？苦了这么些年，他还是不愿意信。

小家有小家的难，大家有大家的难。要不是陈茂生竭力反对，村头陈家早分了。老二和老四的媳妇早些年就有矛盾，为了鸡毛蒜皮的事，小怨积成大怨，闹得老二、老四都巴不得分家另过，安宜。后来老二调到市里，老四转到县里，其他的几兄弟也前后离开了村子，都在外面买了房有了家。他们的子女更是散得更远了。只留下老大和老六两口子在身边。

村头气气派派的三幢连体房，是陈茂生拍板非让建的，老大和老二那幢最大，居中，他和老母亲也住里面，左边是老三老四的，右边是老五老六的，各占两层楼。隔不多远，是陈茂生姐姐和弟弟一家的房子，姐姐早走了，弟弟家平时也只有夫妇两个，两家的子女有的考学出去了，有的出门打工，有的天南地北跑生意。平日里，村头这三栋楼也是清冷寡声，再大的房子没有人来填，又有什么生气呢。这次的板凳龙大会，陈茂生举双手赞成，将子孙都召了回来，半截入土的人，这样的团聚多一次就是少一次。

看着三幢体体面面的房子重又人影憧憧，灯光直铺到马路中间，齐齐整整列在堂屋里的十五条板凳龙，灯笼清一色样子，不分彼此全都贴一个大红"茂"字，陈茂生感觉一股热气在身体里游走。长年卧床的老母亲也从床上起来，每天在院子里走上十来分钟，在牌桌边坐坐看看，没牙的嘴乐得豁张开来。

去祠堂上香的那晚，老母亲主动要了一点米酒，尽管只是润了润唇，这让陈茂生想起小时候，每餐母亲都会陪父亲喝上一小杯酒，脸颊上飞起两朵薄红。父亲去世后，母亲一个人带大他们三个孩子，再未改嫁，等他们一个个立起成了人，母亲却躺倒了，她得了不明原因的头痛和眩晕症，时常感觉天旋地转，不能站持，再大些年纪，干脆镇日躺倒在了床上。那晚，陈茂生格外开心，一家人放开来一气喝光了七八坛米酒，直喝得搭肩勾背不知你我了。陈茂生脸色绯红，点着满屋的子孙，"正月十五那天，你们都给我收拾得干净利落点，一定要精精神神，灵灵醒醒的，这板凳龙，舞的就是个精气神！"

陈茂生是被人抬到床上的，没多久就发出了鼾声。他的记忆停留在满桌狼藉的菜盘上，似乎有谁喝倒了，耳朵里灌进一阵碗碟撞击声……

陈茂生的媳妇天不亮就起来了，起锅烧水熬稀饭。忙过一阵看陈茂生还没起来，平时他已经在院子里打完一整套太极拳了。进屋一看，陈茂生平平直直地躺在被子里，脸容平静，可没有一点声息。似乎，鼾声从半夜就隐退了。她迟迟疑疑地一试鼻息，顿时惊愕在了原地。

尖叫声划破了村头陈家正月十三早晨的宁静。一大家子人很快聚集在陈茂生的屋里，陈达飞刚到家，一番急救，不见丝毫反应，竟已是断气多时了。

村人陆续得了消息，不断有人上门来询问情况。说起来，陈茂生不是陈家村年岁最长的，也不是官职最高的，可村人敬他，服他。

也不为他家子孙满堂，人丁兴旺，家境优裕。他十六岁参军，拿起枪杆子打遍了大半个中国，解放后又上了抗美援朝战场，带着两枚弹片、几处伤疤、四枚军功章回到家乡，未要一官半职，做了村小的一名教师。平日里他喜欢读书，时常带着村里的孩子到野外去，大人小人一起将书读得摇头晃脑，诵书声在田野里清越地滑翔。平时，村里人有什么事情拿不定主意，就会来找他。他曾戴着"臭老九"的帽子游过街，也曾被当作"特嫌"批斗过，可在村里的声望不减，村人还是敬他，服他。后来，他到乡小当校长，再到县中当校长，去省城领过奖，到人民大会堂开过会，做人不卑不亢，最后两袖清风地离休，回到家乡过他本本分分的日子。他一辈子教过的学生数不清，不少当了大官，发了大财，他从不主动给这些学生添麻烦提要求，可学生年年都会组织来村里看他。村里要给他这待遇那待遇，他也不要，靠一份干干净净的离休工资过日子，还种了一亩半分地，自己每天提粪水去浇田，戴着草帽去除草，有时的装扮比地道的农民还农民，可村人就是敬他，服他。

　　陈昌耀带着一众村干部赶来了，面色沉重。没想到村里最德高望重的茂爷偏偏在这时候走了。这时节丧事怎么做，这一屋的板凳龙怎么办？若是村头陈家退出板凳龙大会，不仅举龙尾的人家没了，单他家就有十五条板凳龙，再加上沾亲带故的人家……陈昌耀将陈宏进拉进屋子，两人关在里面说了半天。

　　待陈昌耀一行走后，陈宏进回身吩咐几个媳妇分头准备该准备的，一屋的男人都盯着他。他沙哑着嗓子说，"舞完龙，再摆丧！"

　　"大哥，这不妥吧。"老二说话了："爸这一走，大家哪还有舞龙的心情。而且，按理，家里有丧，就要退出板凳龙大会，这也是村里的老规矩。哪有人走了三天，才摆丧的……这让爸怎么走得安心！"

　　老四说话了："我觉得大哥说得对，相信这也是爸的心愿，我们就是要让爸走得安心，才要舞完这场板凳龙。"他话没说完，老二一瞪眼，"这龙我不舞！村里人会怎么说，我可不想担不孝子的骂名！"

"我看未必，村里人应该可以理解。再说，我们也要顾全全村的大局……"老四马上顶了回来。老二不看老四，一字一字说得斩钉截铁："村里有村里的考虑，可我们作为子孙辈，该尽的孝道必须要尽，这个是不能含糊的！"

"这不是含糊，是了却爸的心愿。大家都还记得昨晚爸说的话吧？"老四答得毫不含糊。老三也慢条斯理地开了口："老二，我也觉得不必拘泥，爸如果在世，也一定会让我们……"

"要舞你们舞，我退出！"老二一梗脖子，满面涨红。

久未说话的陈宏进厉声道："谁也不许退出！父不在，长兄为大。按我说的，舞完板凳龙再摆丧！凡事有先有后，咱们先做红再做白，板凳龙不仅要舞，还要像爸说的那样舞得精精神神、灵灵醒醒。丧事也要做得隆隆重重、体体面面，让爸走得安心，走得体面。"

龙头重，龙尾更重。按照陈家村自古沿袭下来的规矩，村里最困窘的人家抬龙头，求个昂昂扬扬的好彩头；村里最旺火的人家担龙尾，那股子底气压得住阵脚，也体现谦逊的本分。龙头一般由两三家人合力抬。龙尾则多半是那人丁最兴旺的人家包。从陈昌耀可以舞龙的时候开始，这龙头龙尾的人家就没大变过。压龙尾的总是村头陈茂生家，抬龙头的少不了村西头的陈耕耘家。这已成了陈家村约定俗成的规矩。可让陈昌耀没想到的是，临到快出龙了，有人变了卦。

正月十五一大早，就不断有车、有人从村外进来，慢慢地，淌成了车流、人流。人们一进村，就被村头陈家的阵势震住了。陈家准备了五十桌席，光一次性的碗筷就摆了五箱，用海盆装的牛骨头、腊蹄子、卤羊肉归置在院子一角，旁边架了两口炉底红旺的大锅。全家人都捋袖子上阵了，只是每个人的臂上套一块白布。不知情的人还以为这是舞板凳龙的标志，想想又不对，听说这舞板凳龙的只限于男人。

陈家从外村请了两个烧菜的大师傅。凡能请到的同事、朋友、亲戚都请了，从十点开始生火煮饭，来一桌吃一桌，来两桌吃两桌，只要看到有进村的都往院子里招呼，今天每家每户都图的是人气，人气旺，来年一家人的运头就旺。

也有两家都有熟人的，客人本奔着那家去的，结果先遇到这家，稀里糊涂就坐上了桌。酒足饭饱后再转去那家，又被抓到饭桌上喝酒吃肉，不吃还不行。村路上不少看热闹的，冷风里来来回回地走，这里看看那里瞧瞧，祠堂前的空场上竖了粗粗大大、高高低低的一片高香，烟气袅绕。孩子们在烟气里窜来窜去，鞭炮声脆脆亮亮。威武武的龙头已经停在了祠堂门口，身披金色龙鳞，漂亮的龙眼还未点睛。

它正等着被仪式点"活"。

龙头边有两个人负责值守，以防有人碰坏龙头，或是想生男孩的女人提前去扯那龙须。祠堂门前的台阶上站满了人，打鼓的、敲锣的在门侧"预热"，"咚咚、锵锵"吸引了不少人。想凑凑热闹的外乡人，也可以拿过鼓槌、锣柄敲几下子。

村路上密密挨挨卖吃食和小手工艺品的，这些人选都是事先定好的。陈昌耀秉持先困后富的原则，让家境困难的人家自己挑选经营的项目。晓燕不顾陈同兴的反对，批发了两箱火腿肠，打石膏的腿搁在矮凳上，自己坐一张高凳边炸边卖。不想，没到中午全卖空了，赶紧让陈同兴又追了两箱来。卖彩气球、爆竹烟花、糖葫芦、拌粉、打糕、花生糖、米粑、奶茶、果汁、羊肉串、肥皂泡、玩具……摆满了通向祠堂的村路。

陈显然爬上阁楼，嗬！前些时还显得荒陌空旷的村子、田野，忽然被花花绿绿填满了。村庄仿佛活了，有了满腾腾的勾心动魄的气息。

凯蒂嘴里不住发出惊叹，镜头时而拉近，时而伸远。陈显然心里也满是感慨，回来这么多天了，他始终感觉曾经无比熟悉的故乡成了异乡，可今天，他仿佛重新握到了故乡熟悉的脉动。心里似有一条龙在盘旋，他很想像在伦敦郊外时那样仰脖尖啸一声，"噢哦——喔——"，他真的就仰起脖子来，冲天尖啸了。凯蒂的啸声加入进来，接着是虫子的。他们的啸叫引得路人纷纷驻足观看。收了声，他们一起哈哈大笑起来，冲着路人招手，"Hi，Hi，你'闷'好。"

下午三点，村路封了，只准进人不许进车，城里来的车一律停在村外，以保证等会游路畅通。村里村外的游龙路线是经过再三斟酌的，邻近的几个村子前一天都收到了红纸写的"路贴"，这有个说法——"借路"。

四点八分，三声响铳不疾不徐地惊破了陈家村的天空。风将云团不知吹到了哪里，只见天空一片明净。由村里德高望重的老人和村干部代表、村民代表组成的队伍，簇拥着龙头进祠堂敬拜先祖，祈问天时。众人默声祷告晚上天气安好，游龙顺利。每个人表情庄重肃穆，头深深地俯下去，腰直直地竖起来。

接着，龙头在飞虎旗的指引下走出祠堂，来到空场上高高悬挂的一枚龙珠下，等候各家各户的板凳龙集结而来。陈家村的角角落落响起了鞭炮声，家家户户出龙了——只见老老少少、高高矮矮、胖胖瘦瘦的男人们，在女人们的注视下，扛着各式各样的板凳龙，从四面八方汇向祠堂前的广场。不少女人、孩子也收拾好，跟着去看热闹。

参与管理和维护秩序的村干部、村民代表各就各位，他们的板凳龙由亲朋好友代舞。按照祠堂里早就公布的顺序，板凳龙一条一条按名册顺序接起来。每家一条板凳龙除一人舞外，还有一位亲朋跟随在侧，随时准备"替补"，或遇到"折龙"时帮助解除危险。

陈同兴扛着他的龙来了，陈耕耘也扛着他的龙来了，冬瓜的龙由外请的一人扛着来了。大家等着陈同兴和陈耕耘卸下自己的龙，交由村里早安排好的人，他们则要站到龙头两旁。可陈同兴仿佛没会过意，扛着自己的龙就要往龙身上接。负责接龙的陈树升忙叫住他，"同兴，规矩你忘了吧。""什么规矩？"陈同兴一脸坦然，反而让陈树升一时语塞了。

他拿手点点龙头，"你家要抬龙头。""谁规定的，我家要抬龙头？"气氛顿时绷紧了。陈耕耘一脸尴尬，想将手里的龙交给别人，被陈同兴拉住了。陈同兴镇定地扫视一下维持秩序的几个工作人员，目光所过之处，一双双眼睛都垂下了眼帘。

"同兴，这是老规矩了，你爸知道的……"陈耕耘刚要接口，陈同兴将手一举，定在半空中，"抬不抬龙头，应该采取民主自愿的原则。现在是民主社会了，村干部是民主选举的，抬龙头还是举龙尾，也得按民主的方式来定吧？"

"同兴，这是祖祖辈辈传下来的老规矩。"陈耕耘不能不开口了，他没想到陈同兴会来这么一出。他难堪地看看陈树升，五官齐齐向内收缩，嘴唇因为激动不由自主地颤抖着。

陈同兴眼神坚定，"没有一成不变的老规矩，为什么我家就必须抬龙头，我想举龙尾可不可以，就算龙尾不行，我舞龙身可不可以？"

举着板凳龙的村民，已经将龙头围得里三层外三层。还有几个按规矩该抬龙头的村民，都眼巴巴地看着陈树升。

"你为什么不肯抬龙头？"有人将正在陪同投资商的陈昌耀叫了来，他挤进人群大声问道。陈同兴看见是他，并不着慌，"我就是不想抬龙头了，我想举龙尾。"陈昌耀舔一下嘴唇，"龙头象征着最旺的彩头，抬龙头寓意着祈愿之意，祝福之心，你知不知道？"

"我当然知道，可我不认同。我们家是穷了好几代，从曾祖父到祖父到我父亲再到我，抬了一次又一次龙头，可怎样呢，好彩头并没有降落在我们家头顶上，今年我不想抬这龙头了，更不想我家冬瓜一辈子只能抬龙头。万事都在变化之中，为什么这抬龙头的人就不可以变一变呢？"

陈昌耀愣了，陈树升愣了。围过来的人越来越多，现场越来越乱。冷汗渗出了陈昌耀的脊背，他眯一下眼睛，不能让这个意外的插曲毁了全盘，他抹一把额头，一挥手，"那好，今年咱们就来个不同以往，由我们村干部一起来抬这个龙头，象征着带领咱陈家村奔向更辉煌的年景！"

不知谁带的头，身后响起一片叫好声。"这个最前的位子给我留着，我先和客人交代两句就来。还愣着干什么，赶紧接龙！"陈昌耀冲陈同兴一笑："你愿不愿意紧跟着龙头？"陈耕耘抢先点头，"谢谢主任，谢谢主任，我们这就接。"

一条条板凳龙开始往后顺下去，后一条的木榫插入前一条后端的洞口，用木插销锁好，再接下一条，队伍越来越长，横过了空场的长边，拐了弯，又横过了空场的宽边……板凳龙还在一条条汇聚而来。

接龙头的一幕早传到了陈宏进耳朵里，他"啧"一声，"这陈同兴，真不懂事。"陈达路说话了："我看陈同兴论的有道理，我看啊这龙尾也不该我们家来举，大家都知道，整条龙就属这龙尾最重，跑得最辛苦，俗话说龙头微微摆，龙头远远甩，凭什么就得我家来举龙尾。我觉得应该用抽签的方式来定这龙头龙尾，这样才公平。"

老二赶紧呵斥一声："你懂什么，不要瞎插嘴。"陈宏进低下头，理一理木榫，"只要我还在一天，咱家举这龙尾就举定了！祖宗的规矩不是随便定的，之中自有深意，自有道理。满招损，亏是福，人不可总赢，不能总享福不吃亏。"他环视整装待发的一群汉子，"记住爸的话，这板凳龙舞的就是股精气神。走，接龙去！"

十五条臂缚白布的汉子，满面肃穆地扛着板凳龙出发了。

空场上已经人叠人围了不知多少层，里面是板凳龙，外面是围观者。当汉子们将板凳龙一起放下时，只看得见拥挤的人群，攒动的人头，黑压压一片。一旦汉子们将龙身举起来，一条气势恢宏的长龙就盘踞在空场上。

围观者还在不断涌来。有人踩在不知是谁家的院墙上，有人从自家掇来了长条凳，上面杂耍般站了五六个人，还有人手拿望远镜站在自家阁楼上。虫子和一帮孩子还想往龙堆里跑，慌得凯蒂跟在后面猛追，"虫，NO，NO"。

"我要找爸爸！"虫子在人群里穿来窜去，从一条条板凳龙下矮身而过，忽然被一双大手捉住了，"今天不许找爸爸！"

虫子回头一看是个戴红袖章的爷爷，也不认识。他调皮地问："为什么，为什么不能找爸爸？""为什么？"戴红袖章的爷爷呵呵一笑，"因为今天你爸爸是龙。"

凯蒂趁此工夫一把抓住虫子的胳臂，戴袖章的爷爷更乐了，"原来你是陈显然家的啊，快到外面去，等下大龙舞起来，可是腾云踏雾猛得很，快和妈妈站到台子上去看。"凯蒂拖着虫子，"OK，OK"。

位于数层圆圈最中心的龙头在飞虎旗的指引下，开始慢慢移动。绕空场绵延了几个回环的板凳长龙，逆时针滑动起来。七彩的龙头与龙尾遥相呼应。陈昌耀走在最前面，昂首抬着龙头。村头陈家的十五条汉子在最后面，齐齐举着龙尾。他们臂膀上的白布格外醒目。

渐渐地，速度越来越快，龙身奔跑起来。只见一盏盏灯笼接连穿梭而过，舞龙的汉子们纷纷迈开了脚步。他们有的特地穿了耐磨的家常衣服，脚蹬一双长筒套鞋，这鞋足以逢水蹚水，逢沟越沟。龙身在一圈圈往里收缩。汉子们一面跟紧前面的脚步，一面尽力保持前后的平衡。陈显然紧跟在陈义全后面，接着是叔叔……跑动的板凳龙忽然停下来，紧邻的两条板凳龙猛地弯折向一处，陈显然眼疾手快，腾出一只手撑住陈义全的板凳龙,以免两条龙将父亲的头折压在中间。一旁跟随的人,忙搭手将龙身重新舒展开来。"没事吧,爸!""没事!"陈义全答得响亮。没一会儿,龙身又奔跑起来。

车娟抱着儿子站在祠堂门前的土台上,大声叫"达路、达路",抖着儿子的手,"快看,那里、那里,爸爸!"陈达路穿着皮衣,脚上一双牛皮鞋已被泥巴糊满。久未运动的身子骨在举重和奔跑中,又酸又疼,可他奋力奔跑着,抽空抬起手来朝孩子媳妇挥一下。很久没这样畅快地出汗了,每天待在空调房里,对着电脑书本消磨一天的时光,他不知道逐渐发福的身子还能这样灵活地跑动起来,还能耐受这么久的负重。旁边的朋友想接替他,他摆手拒绝了。这一刻,他突然感觉自己成了这长长龙脉上的一环,前前后后熟悉、不熟悉的面孔都是那么亲切,他们都是兄弟叔伯,是由同一条血脉延续而来的。他们被紧紧地牵系在一起。

长龙在龙虎旗的指挥下,表演着一套套令人眼花缭乱的程式。俗话说,"龙踩脚,一年三年麦",被这祥龙踩过的土地仿佛得到了祝福,来年后年大后年都将有好收成。

汗水灌满了陈昌耀的背脊。本打算抬自家板凳龙的他,没想到第一次站到了龙头的位置。龙头还真是不轻,肩膀一定被压得绯红了。旁边伸过来一条毛巾,一扭头,媳妇正心疼地看着他。"你那腰……撑不住就换换人。"他摇摇头。腰是偷毛竹那天扭的,擦了好几天的药,热疗过冷敷过,还是没好清爽。可今天,他一定要撑下去,撑到点灯的那一刻。

长龙跟随龙头逆时针盘旋三圈,再顺时针盘旋三圈。汉子们奔跑着。晓燕坐在临街人家的露台上,冬瓜站在一张板凳上。"爸爸跟着龙头咧!"他一眼就捉住了他的那条板凳龙,"我的小龙,我的小龙!妈妈,我要舞龙,我要舞龙!我不要叔叔帮我舞龙……""好好好,等冬瓜长大些就自己舞龙……"

夕阳一寸寸退去,暮色一丝丝深浓。忽然,龙头定格在空场正中,一截截龙身随之静息下来。

长龙安静地盘旋在空场上。汉子们擦一把汗,喝两口水,定一定心,双手拢住火苗,将一个个灯笼点亮。光亮次第闪动,渐渐地,渐渐地,连成了一条灿亮的长龙,在淡墨的夜色中浮凸而出。刚刚还雀跃不已的冬瓜,痴痴地立在那儿,小手轻轻地、轻轻地捋动衣帽上的绳带。"漂亮吧?"晓燕问。"漂亮。"冬瓜回答得有如梦呓。

"陈达飞,陈达飞在哪?陈达飞,赶快到龙头这儿来一下!"陈达飞正埋着头点灯,陈达路拉一下他,"哥,有人叫你去龙头那儿。"陈达飞将龙交给旁边的人,往龙头方向穿过去,人们纷纷抬起龙身。

龙头已经被点亮,闪着七彩的光。走近了,人群让开一条道,只见中心躺着一个人,陈达飞俯身一看,是陈昌耀。"怎么啦?"他慌忙蹲下身解开陈昌耀的衣领,借着微弱的灯光,只见陈昌耀脸色刷白,双眼紧闭。一摸,一头的冷汗。"我们说要接他,他不肯,刚才一放下龙头,他就倒在地上了。"

"可能是过度疲劳,拿点盐糖水来,要温热的。"他拨开陈昌耀的眼皮看看,领口又松了松,里面的保暖内衣已经湿透了,用手掐一下人中,盐糖水来了,撬开嘴喂了两口,陈昌耀的眼睛睁开了,眨了两眨,"怎么啦,怎么不舞啦,灯都点上了吧?"他举起手来虚虚地挥一挥,"我没事,继续!"

"主任,真是对不住了,龙头我来抬。"一个声音弱弱地说。陈达飞一看,是陈同兴。陈昌耀扶着陈达飞站起来,朝周围摆摆手,"好,大伙儿轮流抬。大家各就各位,不要耽误时间!"

长龙重新游动起来。灿亮的七彩的龙头昂首盘旋出龙身的环绕,从村尾开始一家家漫溯,所经的人家点燃鞭炮,敬起香烛,深深礼拜。腰身俯向大地的一刻,有多少虔诚的心愿在无声地倾诉……

长龙游遍了陈家村的角角落落,最后停留在村头陈家的院门外。

汉子们的表情凝重起来，步伐缓慢下来，长龙久久盘旋不去。跟随而来的村民们环立四周，用静默的目光，注视着村头陈家的女人们簇拥着老母亲一再深深地鞠躬回礼。有村民自发地提来一挂挂鞭炮，次第点燃，铺天盖地的鞭炮声，一串覆着一串，惊醒了田野里蛰伏了一个冬天的生命。它们纷纷抬起头，惊异地发现了一个陌生的村庄，一个被星星点点又绵延不绝的灯火点亮的村庄……

飞虎旗猛力一挥，长龙继续昂首向东，游向了村外，像一道赤金的光芒刺破赣北乡村潮湿而漫长的冬夜。

夜雾正在田野里酝酿，蒸腾。黎明时分，它们已悄悄地占领了整个田野，一棵棵树、一幢幢房子仿佛刚刚从云雾中生长出来，带着湿漉漉的泪痕。而舞龙的汉子们踏着雾气弥漫的晨曦归来。那狂舞了一夜的长龙，在白雾中时隐时现，浮游而至。

长龙一改往年的规矩，再次从村尾漫溯向村头。一截截板凳龙回到了自家的屋梁，静默，高悬，等待四年后的再次被唤醒……长龙慢慢收缩着腰身，直到最后，只剩下龙头龙尾，中间连着抬举龙头龙尾的汉子们的板凳龙。

已不再绵长的板凳龙，最后停在村头陈家门前。女人们早已准备妥当。一条条板凳龙回到了屋梁上，静默地注视着地上的人们。男人们接过毛巾抹去汗水，穿戴起白麻孝服。陈宏进大声而庄重地宣布："红事做完，现在摆丧！"

堂屋正中端端正正地祭起了遗像，四周白花环簇。桌案上青烟袅袅，火盆里一张张黄表纸撩起红得灼目的火焰。村头陈家的男人和女人们齐齐跪在案前，发出了悲恸的哭喊声。他们身后，无边蒸腾的晨雾中，一个又一个身影正从陈家村的角角落落汇聚而来……